「ゆらぎ」 田中満枝 作

おんくるだなうんじゃくうすさま明王謹写

阿州國分寺

「烏枢沙摩明王」田中満枝 作

日本の心に共感したアメリカ文学

田中 泰賢 著

開文社出版

目　次

はしがき

　このたび、ささやかではありますが『日本の心に共感したアメリカ文学』を上梓することになりました。1918 年にアメリカの詩人、ジョン・フレッチャーが『日本の版画』を出版してから百年余りがたっています。その長い年月の中で限られた範囲ではありますが、日本の文化及び／あるいは仏教に出会うことによって作品を生み出してきたアメリカの詩人・作家たちを紹介しました。近年のアメリカ文学の仏教あるいは日本文学・日本文化の理解は格段に深まっています。10 章で取り上げましたルース・オゼキの『あるときの物語』は道元禅師の『正法眼蔵』を織り込みながら、現代のことを語っている大作です。非常に味わい深い作品です。

　京都の名刹、広隆寺で長年行われてきた行事、牛祭りは現在休止しているとのことです。しかし 1966 年にフィリップ・ホエーランは「牛祭り」という詩を残しています。この詩は優れた文学作品に止まらず私たちが忘れてしまっている日本の心の貴重な資料にもなります。またゲイリー・スナイダーは京都の有名なお寺の一つ東寺を描写した「東寺」という詩を書いています。その詩の中で路面電車がチンチンと音を立てて走る様子もさりげなく書かれています。この路面電車も今では見られません。この詩も当時の京都の様子の一端を私たちに指し示してくれます。

　ロアルド・ホフマンはノーベル化学賞を受賞した科学者です。現在も科学の研究を続けておられますが、同時に詩人であり、何冊かの詩集も出版しています。現在も詩を書いています。ホフマンは大学生の時、ドナルド・キーンの日本文学・日本文化の授業を受けています。今回紹介したホフマンの詩「文楽」もキーンとの出会いによるものも大きいでありましょう。

ルシアン・ストライクは終生、禅の古典から現代の禅詩人であった高橋新吉までの作品の英訳に捧げた詩人でした。彼は日本の英文学者、池本喬氏と協力して英訳を続けました。そして 1982 年、巻頭に「池本喬氏（1906-1980）を記念して」と銘打って、大著『仏陀の世界　仏教文学入門』（*World of the Buddha An Introduction to Buddhist Literature*）を出版しています。長年にわたって共に協力し合って英訳を続けた池本喬氏への感謝の気持が込められています。

　今回取り上げました詩人・作家たちの琴線に触れた日本の心を読んでいただければありがたいです。

2021 年 5 月

田中泰賢

v

1章

ジョン・グールド・フレッチャーの
『日本の版画』から学ぶこと

　ジョン・グールド・フレッチャー（John Gould Fletcher, 1886-1950）は、アメリカの中南部の州、アーカンソー出身の詩人であった。彼は1938年の『詩選集』（*Selected Poems*）でピューリッツァー賞を受賞している。彼は英国を中心としてヨーロッパで24年間を過ごしている。今回、彼の作品『日本の版画』（*Japanese Prints*）の中のいくつかの詩を紹介してみた。この作品『日本の版画』は今から百年余り前の1918年に出版されている。日本では大正7年である。1年前の1917年に英国の外交官であったアルジャーノン・バートラム・フリーマン＝ミットフォード（A.B.Freeman-Mitford, 1837-1916）の『続回想録』（*Further Memories*）が出版されている。この『続回想録』の訳書を大西俊男氏は、『ミットフォードと釈尊―イギリス人外交官の見た理想郷日本』（春風社、2017）と題して出版している。フレッチャーとミットフォードの接点は分らないけれど、しかし二人はともに日本文化に関心を持ち、特に仏教にも注視していたことからその当時の英国・アメリカの一面がうかがわれる。
　フレッチャーは『日本の版画』の序文で次のように述べている。

　　芭蕉が修行した禅仏教は自然という形のもとで宗教と呼ばれるだろう。空の雲から道端の小石まであらゆるものが私たちにとって精神的或いは倫理的な重要性を持っている。イギリスの詩人、ウィリアム・ブレイクの言葉はどんな人にとってのみならず禅仏教徒の目標を示している：

1章

「一粒の砂に一つの世界を見るために、

　一本の野の花に至福の場所を見るために；

　あなたの手の掌に無限なものを掴みなさい、

　そして時間の中に永遠を掴みなさい。」

芭蕉は詩と想像力の唯一の規則としてこの言葉に同意するであろう。西洋と東洋の秘法伝授者の違いは一粒の砂の中に世界を見た西洋の者はそれについてすべてをあなた方に話すが、東洋の人は見ても、沈黙の中にその意味を知っていることをほのめかすのである。[1]

　フレッチャーが引用しているウィリアム・ブレイクの一節をより良く理解するために仏教の華厳経から引用してみる。『華厳経』では次のように説かれている。

　微細なる世界は大きい世界であると知り、大きい世界は微細なる世界であると知り、少しの世界は多くの世界であると知り、多くの世界は少しの世界であると知り、広い世界は狭い世界であると知り、狭い世界は広い世界であると知り、一つの世界は限りない世界であると知り、限りない世界は一つの世界であると知り、限りない世界は一つの世界の中に入ることを知り、一つの世界は限りない世界の中に入ることを知り、汚れた世界は清い世界であると知り、清い世界は汚れた世界であると知り、一つの毛孔の中にことごとく分別して一切の世界を知り、一切の世界の中にことごとく分別して一つの毛孔の本性を知り、一つの世界から一切の世界が生み出されることを知り、一切の世界は虚空のようであることを知ろうと思い、ほんの短い間（一念）に残すところなく一切の世界を知ろうと思う故に、この上ないさとりを求める心を発すのである。[2]

　さらに華厳経とブレイクの詩を理解するために科学者であり、仏教僧

2

である江角弘道師の論説を引用してみる。江角師は次のように説き始める。

> ポーランド生まれの数学者ブノワ・マンデルブロにより最初に、「フラクタルということは、部分と全体が同じ形となる自己相似性を示す図形（拡大しても縮めてみても同じ形が現れる図形）」を意味して提唱されました。それが現在は、空間的にも時間的にも拡大解釈されてきています。その結果、ここ十年で、驚くほど多種多様な現象が「フラクタル」になっていることが解明されました。これは間違いなく宇宙の基本特性の一つと考えられています。(3)

　江角師はさらにフラクタルについて述べて、そこから華厳経へと展開している。長くなるが重要な所なので引用させていただく。

> 生命発生のプロセス（あかちゃん誕生までの母体内での経過）と地球生命の進化のプロセスが相似です。つまり、時間的にフラクタルです。人間は、その内側に地球上の生命誕生の歴史を織り込んでいるということです。第2には、人間の体そのものも、よく観察すると空間的にフラクタルになっています。その例として、中国の耳鍼療法では耳に全身が投影されているという考え方に基づいて治療されています。人間の体そのものがフラクタルな存在であるという2つのポイントを述べました。ところが、人間のこころそのものも、実はフラクタルであることがすでに華厳経の中に述べてあります。それは、華厳経（六十華厳）の中の如来昇兜率天宮一切寶殿品に因陀羅網として、その様子が詳しく書かれています。因陀羅とは、帝釈天のことを意味します。仏法の守護神である帝釈天の宮殿である帝釈天宮に、それを荘厳するために幾重にも重なり合うように張りめぐらされた網のことを因陀羅網といいます。その網目一つ一つの結び目に宝珠がつけられていて、数えきれないほどのそれらが光り輝き、互いに照らし

合い、さらに映し合って限りなく照応反映する関係にあります。これは、こころの世界の構造がフラクタルであることの示唆と考えられます。また、金剛界曼荼羅を図形的に見ていきますと、5つの円の組み合わせが重なって見られ、フラクタル図形が現れています。だから、身体もこころも自然界も精神界もフラクタル構造をもっているといえます。⁽⁴⁾

　また、江角師は19世紀のドイツの数学者カントールを取り上げ、「無限」の世界とは、「部分の大きさと全体の大きさとは同じである」と紹介している。⁽⁵⁾ こうしてみるとフレッチャーが取り上げたブレイクの詩の一節及び華厳経と現代科学がひとつながりになっていることがわかる。

　ジョン・グールド・フレッチャーについて、手元にある日本人の研究者による論文は次の通りである。

市木忠夫「J.G.Fletcher の東洋文化への関心（1）」『滋賀大学学芸学部紀要　人文科学・社会科学・教育科学』第 11 号（1961）、1－5 頁。
西口純子「John Gould Fletcher の *Japanese Prints* をめぐって―浮世絵と俳句の影響―」『Asphodel（同志社女子大）』20 巻（1986）、128－144 頁。
西口純子「John Gould Fletcher と東洋―"Symphonies" をめぐって―」『Asphodel（同志社女子大学）』22 巻（1988）、234－251 頁。

　西口純子氏によると、「フレッチャーは浮世絵に関する知識を、フェノロサ（Fenollosa）の *Epochs of Chinese and Japanese Art* から、また海外に浮世絵を紹介した先駆者の一人でもあった、詩人、ヨネ・野口の作品から得た。」⁽⁶⁾ フレッチャーは1912年の時には既にヨネ・野口（野口米次郎）の書物から俳句について学んでいる。⁽⁷⁾ エドマンド・デュチャスカはこの『日本の版画』を「フレッチャーの作品の中で最も写象主

4

義的なものの一つである」[(8)]と述べている。そしてこの『日本の版画』
は「多くの人に容認された」[(9)]ようである。

　フレッチャーは自身で書いた自伝『人生は私の歌である』(*Life is My Song*)の中で『日本の版画』を書こうとしたいきさつを述べている。それによれば、「私はボストンに帰る途中シカゴに立ち寄った。するとシカゴ美術会館で日本の版画のコレクションが展示されていた。私は既に東洋美術の活力を知っているつもりであった。しかしこの浮世絵の素晴らしいコレクション―制作者が日常生活の描写と人物像に彼らの技能の粋を結集している作品―を観て、私はこれらの版画から短く、警句のような詩を書いてみたいという気持ちになった。それで一週間、この美術会館に何度も足を運んだ。」[(10)]フレッチャーは「クロワゾニスム（cloisonnism）は日本人から取り入れ、模倣したものである。クロワゾニスムの芸術家の神々は北斎であり、広重であり、歌麿であった」[(11)]と述べて浮世絵師を高く評価している。クロワゾニスムの画風を始めた一人、ポール・ゴーギャンは「1889年の末、パリに帰った時、北斎や歌麿の一連の版画を彼の工房の壁に自身で貼り付けた。」[(12)]「ゴーギャンは彼の芸術において仏教徒の安らぎ、静けさをめざした。」[(13)]

　フレッチャーは『日本の版画』の序文で「浮世絵」を "Passing World"と表現している。日本語にすると「過ぎ去る世界、変化していく世界、つかの間の世の中、はかない世間」というような意味に近い。小林忠氏は江戸庶民の絵画を描く画家について次のように述べている。

　　（浮世絵師をはじめとする大衆相手の画家たちにとって、）移り気な大衆の審判が売行きという具体的な数字で下されるこの種の絵画が、長期にわたって特定の様式の純度を保つことは、きわめて難しいことであった。高い世評が与えられた作家や工房の様式を、何の関係もない画家が安直に取り入れてはばかることはなかったし、それが飽きられれば、いっせいに風向きを変えて新たな傾向へとなびいていく。（中略）鳥居派や歌川派などを

例外として世代を重ねる流派の存続などはほとんど期待できなかったのである。[14]

　小林忠氏はまさにフレッチャーの解釈した "Passing World" をわかりやすく説明している。それは無常の世界である。まさに憂き世であり、浮き世でもある。「浮世絵版画は版元・絵師・彫師・摺師らの共同作業によってはじめて完成する一種の総合芸術であり、絵師の技量とともに、彫や摺などの技術的側面が作品に及ぼす影響の大きい特殊な絵画」[15]という。浮世絵の画題は実に幅広い。例えば中国の古典『西遊記』、日本の古典『源氏物語』、など、一休禅師、寒山拾得、不動明王、阿倍仲麻呂、在原業平、小野道風、光明皇后、西行法師、清少納言など、また四ツ谷怪談などの幽霊物語、といった様々な説話、伝説、戯曲からも画題に活用されている。

　このことから当時の版画を作る人々及びそれらを見たり、買ったりする人々はその作品を理解していたことになる。そうすると、当時の人々の教養は相当高かった。だからあらゆる職業の人々が作品に接したであろうことが分かる。共同作業により古典から風俗まで幅広い題材で出来た浮世絵は職業を問わず多くの人々から注目されていた。海外においても、工夫を施して精魂込めて作られた浮世絵の作品を通して日本の美術や短詩型文学を含めた日本文化に優れたものを見た人たちがいた。フレッチャーもその一人であった。

　フレッチャーは、序文で「芭蕉から学ぶのは形式ではなくむしろ精神（"The thing we have to follow is not a form, but a spirit）であり、できる限り無我（"become impersonal"）になり、大げさにしゃべりたてることの無いようにしたい（"Let us not gush about our fine feelings"）と語っている。そして浮世絵と日本の短詩型文学にひとつの共通したものを見ている。それは平凡な主題を普遍的な重要な芸術作品に高めたことである（"they exalt the most trivial and commonplace subjects into the universal significance of works of art")」(16) という。フレッチャーは日本の短詩型文学や芸術の魅力を彼の詩によって表現しようと試みている。小林剛氏は「印象派の画家たちが浮世絵を蒐集し、ゴッホやゴーギャンが日本を芸術家にとっての理想郷として憧憬していたことは確かであるが、彼らの頭のなかにあった「日本」が常に前近代的で反産業資本主義的であったのは決して彼らに特有のものではない」(17) と述べている。フレッチャーもそのような考えを持っていたかどうか定かではない。フレッチャーは「遠くのお寺の晩鐘」という題の詩を書いている。

遠くのお寺の晩鐘

霧の中の梵鐘の音が
かすかにこだましながらゆっくりと動いていく
振動する薄明りの
青白く、広く注がれた閃光、
消えていく美しさ。(18)

　原題は "Evening Bell from a Distant Temple" となっている。遠くのお寺の梵鐘が聞こえる。梵鐘を撞いているのは僧侶であろうか。原文では 1 行目の終りが "the fog"（霧）であり、2 行目の終りは "faintly"（かすかに）になっている。意味的には「霧」と「かすかに」が 1 行と 2 行のそれぞれの終りに配置されて梵鐘の余韻を暗示している。1 行と 2 行の横の行に余韻を見たが、今度は縦から見ると最終行の最初に "Faded"（消えゆく）という言葉が使われている。この言葉も余韻を暗示している。この詩の横の行と縦の行に余韻を暗示する言葉が施されて梵鐘の余韻の美しさを醸し出している。原文の 2 行目の "echoing"（こだましながら）と 4 行目の "vibrating"（振動する）という表現は梵鐘の響きを表わしている。
　梵鐘制作で日本一を誇る老子（おいご）製作所（富山県高岡市）の元

井秀治専務取締役は「梵鐘の余韻の中に含まれる「1／fゆらぎ（エフぶんのいちゆらぎ）」が心身をリラックスさせることが近年、科学的に証明された。小川のせせらぎや小鳥のさえずりなどと同じく、心を癒す音であることが分かり、梵鐘の音を聞くとどこか気が休まるのは偶然ではなかったのです」[19] と語っている。梵鐘の余韻も心を癒すことが科学的に証明されているとのことである。

　1／fゆらぎ研究で有名な東京工業大学名誉教授の武者利光氏は著書の中で「シンセサイザーの演奏者として、世界的に有名な冨田勲氏との対談がきっかけで梵鐘の音を作ることにチャレンジした冨田氏は回転むら、すなわちゆらぎを不純物とみなして排斥するのではなく、ゆらぎがあるならば、その効力を追究しようとしたこと、また作曲の仕事をしている後藤慶一氏と人工音から自然な音を作る実験を試み、大勢の僧侶が読経をしているような音も作った」[20] ことなどについて語っている。

　武者氏は、「ゆらぎはゆらぎなりに、私たちにいろいろな情報を与えてくれています。ですから、ゆらぎを可愛がって、大事に扱ってやると、私たちに実にいろいろなメッセージを与えてくれます。昔の物理の世界では、真の動きを知るために、ゆらぎを邪魔なものとして切り捨てていましたが、それは違うと私は思っています」[21] と述べている。さらに武者氏は「ゆらぎは、世に存在するすべてのものに表れます。例えば、風は突然吹いて、そして突然止まることもあります。風は不規則な動き、いわばゆらぎの代表格の1つです」[22] と語っている。そうすると上の詩にも「ゆらぎ」を表わす言葉が日本語訳の1行目の「霧」と「梵鐘の音」、3行目の「振動する」4行目の「閃光」に見られる。武者利光氏をはじめとする研究者の方々、老子製作所、アットホーム株式会社のサイトのお陰で1／fゆらぎの視点からフレッチャーのこの詩を見ると一味違った解釈をすることも出来るようである。

　「1／fゆらぎ」の "f"（＝frequency、周波数）と直接の繋がりはないけれど、この詩の中に先ほど述べた原文の1行の終りに "the fog"（霧）が

あり、2行の終りに "faintly"（かすかに）があり、3行の終りに "flashes"（閃光）があり、最終行に "Faded"（消えゆく）が見られるように "f" 音が続いている。辞書で "f" の項目を調べると、"F clef"（ヘ音［低音部］記号 "bass clef"）という言葉も載っている。その "f" の項目にあるヘ音［低音部］記号を梵鐘の低い音に重ねると詩の中の "f" 音から始まるいくつかの言葉が重い響きを持ってくるようにも解釈できる。

　また当時、梵鐘は時を知らせる役目も持っていた。「時計などが普及していなかった当時、庶民はどうやって時刻を知ったのだろうか。太陽の位置でだいたいの時刻はつかめたのだが、それ以外にも江戸市中にはあちこちに時の鐘があり、その音を聞いて時刻を知ることができたのである」(23) 江戸に限らず、日本全国各地の梵鐘の音は人々に心の安らぎを与えただけでなく時刻も知らせたのである。フレッチャーの詩はそういうことも喚起させる。

　フレッチャーは「終わりのない哀歌」という詩を書いている。

循環する哀歌

春雨は桜を通って、
長い青みがかった矢を身につけ
かすかな星が散らばる草地に降る。

夏の雨はしだれ柳を通って、
中庭に落ちてくる
灰色の水たまりを残して。

秋雨は紅葉を通って
打ちつける緋色の悲哀の糸、
雪の降る大地の方へ。

> 冬の雨が
> 私の悲嘆を洗い清めますように！[24]

　原題は "The Endless Lament" となっている。循環していく春夏秋冬の雨を詠っている。春の桜の季節の雨、夏の枝垂れ柳の季節の雨、秋の紅葉の季節の雨、そして冬の冷たい雨は季節の循環していく様子を表わしている。フレッチャーも日本の季節を詠うように春夏秋冬の詩を書いている。春夏秋冬の雨は哀歌を表わすのにふさわしい言葉である。そして最後の連で冬の雨が私の悲しみを洗い流してくれるように祈っている。原文の4連目の1行は文語 "Would that" で始まっている。仮定法を用いる that-clause を伴って、「…であればよいと思う」気持ちを表わしている。そしてその後に続く that-clause は次のようになっている："the rains of all the winters / Might wash away my grief!"「冬の雨が / 私の悲嘆を洗い清めますように」という願いが控えめに滲み出ている。『小学館精選版日本国語大辞典』によれば、農家では寒に入って九日目に降る雨は豊作の兆しとして喜ばれるという。フレッチャーは大地だけでなく、心にも循環する慈雨を齎すように祈る詩を書いている。
　フレッチャーは「女三宮」という詩を書いている。

女三宮

> 彼女は日差しを浴びて飛び上がる子猫
> 揺れる枝に向かって。
>
> 彼女は一陣の風、
> 枝垂れ柳の枝と共に曲線を描いて。[25]

　フレッチャーはシカゴ美術館で鳥居清信作：「上村吉三郎の女三の宮」

からヒントを得て上の詩を作ったであろうと推測する。「シカゴ美術館は全米の五大美術館の一つで、ヨーロッパ、アメリカの絵画、彫刻の偉大な富と、東洋美術、特に日本の浮世絵の豪華なコレクションとを擁している。アフリカ芸術、ステンド・グラス、日本の版画、インドの細密画、ローマのモザイク、古代の洞窟彫刻、そしてその他の多くの文化の芸術が、現代芸術に、その表現と芸術観念の豊穣とをもたらした」(26)。

　原題は "Josan No Miya" となっている。この詩の1連目の1行に「子猫」が登場する。『源氏物語』に「唐猫のとても小さくてかわいらしいのを、少し大きな猫が追ってきて、急に御簾の端から走りでるので、女房たちは驚いてしまう。その小さい方の猫に結んであった長い綱が、物に引っかかって、御簾の端が引き上げられてしまった。ちょうどその時は若い公達は蹴鞠を行っていた。猫がやたらに鳴くので衛門督の君（柏木）は恋慕う女三宮の姿をつい見てしまう。女三宮は御簾の中に入ってしまうが、柏木は猫を抱き寄せてこれが女三宮であったらと思う」(27)という場面がある。その場面をこの詩の子猫は連想させる。また上の詩の2連目の2行に「枝垂れ柳」がある。これは『源氏物語』の中で光源氏が妻の女三宮（おんなさんのみや、又はにょさんのみや）を「とても気品があって美しく、二月の二十日ごろの青柳の、少し枝垂れ始めたような風情がある。（中略）御髪は左右からこぼれかかっているのが、まるで柳の糸のようである」(28)という場面を連想させる。当時の人々が『源氏物語』を知っていたことが分かる。

　また、小野道風も浮世絵の画題になっている。小野東風は書道が上達せず悩んでいた時、通りかかった枝垂れ柳の枝にカエルが跳びつこうとして何度何度も試みて遂に成功した様子を見て、自分の工夫の不十分さを悟り、精進して書が上達した話はあまりにも有名である。また柳の木は『万葉集』の巻第五、八二六で歌われていることはよく知られている：「うち靡く春の柳とわが宿の梅の花とを如何にか分かむ」（霞こめる春に美しく芽吹く柳と、わが庭に咲き誇る梅の花と、そのよしあしをど

のように区別しよう）[29] また禅の「柳は緑花は紅」をはじめとして柳には様々な言葉がある。

　次の詩は鳥居清信と鳥居清倍が題名になっている。

清信と清倍の対比

　一人の生涯は長い夏；

　高いタチアオイは通り道に堂々と立っている；

　日光の小さな黄色い波が、

　緋色の蝶々を招き寄せる。

　もう一人の生涯は短い秋、

　稲妻で走り書きした激しい嵐が

　通り過ぎて行った

　雨のように多くの剣で突き刺された

　むきだしで、血まみれの大地を残して。[30]

　原題は、"Kiyonobu and Kiyomasu Contrasted" となっている。タチアオイ（hollyhocks）及び蝶々（butterflies）は複数形である。小林忠氏によれば、「鳥居派は、絵師の消長が激しい浮世絵界には珍しく、近年の八代目清忠（昭和五十二年没）までおよそ三世紀の長きにわたり流派をつないでいる。その開祖と目される鳥居庄兵衛清信（1664-1729）は、大坂の女形役者鳥居清元の子として生まれ、貞享四年（1687）父とともに江戸へ下った。父の清元は、役者ながら絵を巧みにし、劇場の看板絵などを描いたというが、その縁故から、清信は歌舞伎界と密接な関係でつながり、芝居絵専門の絵師として浮世絵界に地歩を築いていった。一方、系譜上鳥居家の二代目となる清倍（生没年不詳）は、従来清信の実子ないし弟と考えられてきたが、いずれも確かな根拠によるものでな

く、実体はなお明らかでない。清信の師として鳥居清高^{きよたか}という絵師の名が伝えられる（1709 年刊『風流鏡ヶ池』）が、清倍もまた同じ師につながる兄弟弟子であったのかも知れない」⁽³¹⁾ という。

フレッチャーは「写楽の夢」という詩を書いている。

写楽の夢

私は夜の壁に走り書きしたい
様々な顔を。

横目で見る顔、あざ笑う顔、苦い顔、威嚇するような顔；
涙を流す顔、のたうつ顔、大声をあげる顔、うめくような顔；
金切り声と笑いのしかめ面の顔、
よくわからない様々な顔。⁽³²⁾

原題は "Sharaku Dreams" となっている。直訳すれば「写楽は夢を見る」であるが「写楽の夢」としてみた。様々な顔の表情を言葉で示すことによって写楽の絵の魅力を伝えようとしている。フレッチャーは日本の短詩型文学と芸術の魅力を詩で表そうとしている。色々な顔に写楽の思いを観ようとしている。顔に焦点をあてているのですっきりと簡潔な詩になっている。山口桂三郎氏によれば、「（海外において）写楽の作品収蔵数の第一位はボストン美術館で七十数点、これに次ぐのがシカゴ美術館とニューヨークのメトロポリタン美術館の四十数点、ヨーロッパではイギリスの大英博物館とフランスのギメ美術館の二十数点がその大なるものである。世界で唯一枚しかない写楽の作品をシカゴ美術館は八点、ボストン美術館と東京国立博物館は六点所蔵し、そのベスト・スリーに数えられる」⁽³³⁾ という。

次は「役者」という題の詩である。

役者

役者は怒りを演技しようとする、
役者は顔をゆがめて勇猛さを演じる。

野原の丈の高い草以上に
鎌首をもたげ、とぐろを巻き、
螺旋状の蛇のように
役者はこぶしを固める。[34]

　原題は "An Actor" となっている。原文には草むらにとぐろを巻いた蛇の挿絵がある。この作者は Dorothy Pulis Lathrop と記されている。この原書の他の挿絵も同じである。ドロシー・P・ラスロップ（1891-1980）は、多くの書物に挿絵を描いているようだが、このフレッチャーの『日本の版画』は、彼女にとって最も早い挿絵の部類に入るのではなかろうか。

　次の詩の題名は浮世絵師、奥村政信（1686-1764）の名前が題名になっている。

柱絵、政信

彼は昔の後悔の念がもたらす怨霊達に苦しんでいる。

深紅色の花のつる植物のように
怨霊達は彼の心の
中へ
這いあがってくる。[35]

　題名の原文は "Pillar-Print, Masonobu（ママ）" となっている。フレッチャーは奥村政信の柱絵（はしらえ）が印象に残ったようである。小林忠氏は「奥村政信は開拓精神の旺盛な創意の人で、浮世絵版画の表現形式に様々な新機軸を打ち出した。（例えば）極端に竪長の判式「柱絵」の創案をしている」(36) と述べている。もう一つの詩にも政信の名前を題名にしている。

政信―初期

彼女は夢のように素晴らしかった
変化する月のように、ひらひら舞い落ちるネッカチーフのように、
舞い上がる葉っぱのように、日傘のように、
彼女は一瞬私の刀の柄の所に羽ばたきしたかと思うと、
飛んで行ってしまった；
しかし蝶々を追って一日中誰が過ごすのであろうか。(37)

　原題は "Masonubu（ママ）― Early" となっている。この詩の蝶々（a butterfly）は単数形である。2行目の「月」は、複数形 "moons" になっているので「変化する月」とした。「葉っぱ」(leaves) と「日傘」(parasols) はともに複数形である。フレッチャーは絵師、豊信を題名にした詩も書いている。

豊信。流人の帰還

鶴たちはお寺に帰ってきている、
風が幡をパタパタとはためかす、
笛で
私は歌を奏でよう。(38)

原題は "Toyonobu. Exile's Return" となっている。昔から鶴は千年亀は万年というように鶴はめでたいことを表している。折り鶴をはじめとする「折り紙」は英語の辞書にそのまま "origami" として載っている。例えば『オックスフォード現代英英辞典』では "origami" は "the Japanese art of folding paper into attractive shapes"（紙を魅力的な様々な形に折る日本の芸術）と定義している。「豊信（1711-85）は、重長に学んではじめ西村重信ないし西村孫三郎の画名を名のり、のちに石川豊信と改めた。（中略）優艶な女性像や、女形ないし若衆形の役者姿絵にことにすぐれ、桜の枝に短冊をかける「花下美人」は紅絵（豊信は漆絵よりも紅絵を好んだ）を代表する記念的な名作として知られている」[39]。

「花見」という詩がある。

花見

小舟は止まったまま浮かぶ
美しく舞う桜吹雪の枝の下で。

震える弦の微かな音がする、
葦で作った笛のささやき、
絹の衣服のすみずみまで柔らかい風のそよぎ；

これら全てが混じり合う
ゆっくりと去っていくそよ風と、
桜の薄い花びらで満ちて、
日光の中で笑い声が飛び跳ねていくように。[40]

原題は "A Picnic Under the Cherry Trees" となっている。1連目の2行「枝」の原文は "branches" となっており複数形である。2連目の2行「笛」

は単数形 "a flute" になっている。福田智弘氏によれば「桜の花見というのは、武士階級から庶民までが広く楽しんだ娯楽だった。（中略）この花見の席には、いつも以上に着飾って出かけた若い女性も多かったという。なぜなら、花見の地には、武士も商家も長屋の住人もみな集まる。ひょっとして、お武家さまや大商人の若旦那に見初められるチャンスがあるかもしれない、というわけである。」(41) 次の詩も桜が題名になっている。

桜の木の下に立つ宮廷夫人

彼女はかきつばた（杜若）のような人、
濃い紫（の服）、淡い薔薇（ように美しい）、
花の星が散る
ねじれた大枝の下で
彼女は優美に動く
木の動きと一緒に。

彼女が夢見ているのは何だろうか。(42)

　原題は "Court Lady Standing Under Cherry Tree" となっている。1行目の「かきつばた」の原文は "an iris" である。日本のあやめ、かきつばた、花菖蒲を英語ではひっくるめて "the iris" としている。フレッチャーも混同していた可能性がある。いわゆる西洋アイリスが彼の頭にあったかもしれない。江戸時代中期の画家、尾形光琳（1658-1716）の『燕子花図（かきつばたず）』は有名である。また平安時代の歌人、在原業平（825-880）の折句、かきつばたの歌（から衣きつつなれにしつましあればはるばるきぬるたびをしぞ思ふ）もよく知られている。かきつばたは、万葉の時代から現代まで和歌、俳句、川柳等で詠まれている。フレッチャ

ーがシカゴ美術館で観た日本の版画は江戸時代の町人にもたやすく求められた。それは大衆に人気のあった川柳に近い。現代において、かきつば（杜若）を詠んだ川柳に次のような句がある「杜若小魚が走る水の面　大西英二呂、花鋏古典へ夏のかきつばた　竹内千尋、競い咲くあやめが憎い燕子花　田島加代、垣根越し賞めていただく杜若　千玉節子。」[43]

花魁と虚無僧

金色のハチドリがブーンと音をたてて飛んでいる
宮殿の庭のあちこちを、
帝の宝石のような木々の
翡翠色の花弁に誘われて。[44]

　原題は "An Oiran and her Kamuso（ママ）" となっている。この詩の1行目に「金色のハチドリ」が登場する。原文は "Gilded hummingbirds" となっており、複数形である。フレッチャーは日本の版画でハチドリを観たのだろうか。ハチドリは日本で生息していないと思われるが、版画で観た生き物をハチドリと思ったのか、それともその版画からヒントを得て金色のハチドリを想像したのか。

　松井今朝子氏の著書『吉原手引草』では廓で働く男女の苦楽、そこに出入りする客人の様子が詳しく描かれている。様々な事情でそこで働いたであろうが、例えば「早い子だと六つか七つで売られてくる」（98頁）。「十四では花魁に仕立てるには年を喰いすぎている」（206頁）という。「読み書きと行儀を一から仕込まれ、花魁になるために書、歌、俳諧、茶の湯、生け花、囲碁、将棋も教えられた」（110-11頁）。「みんなが花魁になれるというわけでもない」（100頁）。花魁のなかでも「道中をするのは十間間口の大きな妓楼が抱える花魁にかぎられていた」（10頁）。しかし「いったん廓の中に入ったらもう外には出られない」

（203頁）。廓から逃げるのは難しかった。「ある女性は駆け落ちに失敗して縛られ、用心棒に尻も背中の肉もそこらじゅうが裂けるほど青竹で叩かれた」（95－6頁）。この作品の終りのところで「千丈の堤も蟻の一穴から崩るというたとえの通り、何事にも上がしかと襟を正さねば、下万民の侮りを受け、やがては幕府の礎が砕け散り、日本が危うくなる」（255頁）⁽⁴⁵⁾と書かれている。当時の状況を知る貴重な文献の一つである。虚無僧と言えば尺八が付き物である。次の詩に尺八の音色が奏でられる。

至福の女流詩人たち

尺八の鋭い音色に
至福の女流詩人たちは
空を浮遊する。

詩は彼女たちから降りてくる
槍のような竹の葉を揺り動かす風のように
素早く；
無事通過する詩の銀色の櫂によってかき回された
泡のように回りを包みこむ星。⁽⁴⁶⁾

　原題は"The Heavenly Poetesses"となっている。2連目の1行と4行の「詩」の原文は複数形"poems"になっている。2連目の2行の"wind"を風と訳したが"wind"には管楽器という意味もあるので音色が増幅していくようなイメージがある。1連目1行の「音色」の原語は"bark"である。この"bark"にはもう一つの意味「小船」がある。2連目の4行「櫂」（oars）はこの言葉「小船」を連想させる。2連目の最後の行に出る「星」は複数形の"stars"である。ロマンチックな様相を呈する。次の詩は若

い恋人たちが登場する。

春の恋

しっとりした春雨の間中
二人の恋人は寄り添って歩く、
傘を二人で持って。

ところが陽気な春雨は
二人の恋の芽吹きの邪魔をしようとする。

でも男性の思いは大きな茎になり、
女性の思いはその中で小さな花になる。(47)

　原題は "Spring Love" となっている。傘をフレッチャーは "the parasol" と表現している。1連目3行の「傘」は、日本では女性が使用する「蛇の目傘」（an oiled paper umbrella with a double ring design）と通常男性が使用する竹の骨組みと油紙で作った「番傘」（an oiled paper umbrella; an umbrella made of bamboo frame and oiled paper）がある。次は」日本」という詩である。

日本

午後
古い前庭
人里離れて。
威厳のある歩きぶり、
苔むした石、

赤褐色の鯉のゆっくりとした泳ぎ、
かなたの、
雨の微かに、単調なサーと繰り返す音に
胸をかきむしられる思い。(48)

　原題は "Japan" となっている。時間は午後、場所は人里離れた庭。威厳のある人の歩きぶり。苔むした石。池には鯉、そして雨の音。時間は心の痛みの薬。静かな人里離れた庭も心が安らぐ。鯉の泳ぎに活力が漲る。雨の微かな音も心が落ち着く。だが雨の音に胸が痛むのは何故か。原文では "A faint toneless hissing echo of rain / That tears at my heart"（雨の微かに、単調なさーと繰り返す音に / 胸をかきむしられる思い）となっている。"tear" には「涙、あるいは涙であふれる」という別の意味もある。フレッチャーは、日本へのあこがれを上の詩のように胸をかきむしられる思いと表現したのだろうか。
　エルネスト・シェノー（Ernest Chesneau, 1833-1890）は 1878 年日本人について次のように述べている。

　　日本人の好みは、何よりもまず実際的で、直ちに役に立つことなのだが、彼らは同時にその実用的な形を、創意に溢れ、楽しげで、人の目を驚かす機知に富み陽気な想像力でもって直観的に飾りたてるのである。このかわいらしくそして甘い庭！この庭をよちよち小股で散歩していると、全てのものの内に——栽培されている大麦の株や、水田、青々とした竹のオアシスといったものの配置の中に、また納屋、井戸、そして鶏小屋の建築の内に、子供の玩具の中に——それらを通じて共通なひとつの単純だが類まれな、精確で好奇心に富んだ勘どころを求めてやまぬ姿、ひとつの共通した、勤勉で、魅力的な天才、あの同じ心遣い、同じ忍耐力、あの同じ、完璧さをめざす気遣いを見出すのである。(49)

1章

山田利一氏はアメリカ人について次のように述べている。

　アメリカ社会は貧しい開墾時代から出発した。それはまた宗教的にも人種的にも不寛容な社会であった。しかし時の流れとともに、またさまざまな移民の流入とともに、アメリカ社会は豊かで多様性に富む、自由な社会に変化していったはずである。にもかかわらず白人ミドルクラスのコミュニティーであるサバーブは、いまだに偏狭で相互監視的なピューリタン社会の悪しき伝統を引きずっているようである。(50)

　しかしフレッチャーは日系アメリカ人にも優しい心を持っていた。ベン・F・ジョンソンⅢによれば、「日系アメリカ人、ケネス・ヤスダ（Kenneth Yasuda, 1914-2002）が入れられていたアーカンソー州のローワー（Rohwer）強制収容所の状況を見るためにフレッチャーは1944年5月に出かけている。フレッチャーが収容所に行ったきっかけは日本詩とイマジズムの関係について調べているケネス・ヤスダが同年、3月にフレッチャー家を訪ねていたことによる。」(51) フレッチャーも若き頃、イマジズムと日本詩に関心を持っていたからである。1944年といえば日本とアメリカが戦争をしている時代であったにも関わらず、フレッチャーは日系アメリカ人にも温かい手を差し伸べている。二人の文通と協力によってケネス・ヤスダは後にフレッチャーに序文を書いてもらった著書 A *Pepper-Pod: A Haiku Sampler*（『胡椒のさや・俳句集』）を出版している。フレッチャーはその序文で「アメリカと日本の戦争によって、ケネス・ヤスダ氏をはじめとする多くの日系アメリカ人が悲惨な目に会った。しかし戦争が終わった今、お互いに学び合うことが大切である。俳句によって多く語らずしてたくさんのことを暗示することを、そしてそれに伴って禅を理解することによって詩から生きた生活が生れることを俳句は教えてくれる。そのような文化の交流によって日系アメリカ人は

受けた悲惨さを乗り越えるであろう」(52) と述べている。フレッチャーは "William Blake" という論文の中で「混乱から抜け出す道がある。それは誤解をそぎ落とし、真実を受け入れる最上の判断、いわゆる敵にも友にも共に寛大な自我滅却によってである。それを人々に語ったが、誰も聞き入れようとはしなかった」(53) と論じている。このウィリアム・ブレイクと自分自身の生き方をフレッチャーは重ねていたのではないだろうか。というのは「1945年の夏、フレッチャーがシアトルで開催されていた太平洋北西作家会議に出席していた時、8月6日に広島に原爆が投下された。翌日の8月7日、その会議で一般市民に落とした原爆を彼は公然と非難した。しかし、聴衆からは何の反応もなかったのである」(54) フレッチャーは同年12月に詩を書いている。「科学は人類に生ではなく、死のシンボルをもたらした、/ 私たちは今日、ついに持ってしまった / 原爆を」(55) 本当にジョン・グールド・フレッチャーはヨーロッパ文化のみならず仏教文化や日本文化等をも学ぼうとした好奇心旺盛な詩人であり、心の広い人間でもあった。尊敬したい人である。フレッチャーはつぎのようなことばを夫人に捧げている。

　　妻へ

　　この露の玉の世界が露の玉の世界に過ぎないとしても、

　　しかしこの世界は認められる―

注

（ 1 ）John Gould Fletcher, *Japanese Prints* (The Four Seas Company, 1918), pp. 13-14.

（ 2 ）鎌田茂雄編著『和訳　華厳経』（東京美術、1995）、70-71頁。

（ 3 ）江角弘道『見えるいのちと見えないいのち～理系和尚の求道記～』（文芸社、2017）、68頁。江角氏は同著の中で金子みすゞさんの「星とたんぽぽ」を取り上げて次のように説明している。「この詩では、「見えぬものでも、あるんだ」というところが重要な点で、繰り返しています。（江角氏ご自身は）大学で30年以上も物理学を学生達に教えてきましたが、娘が亡くなっ

て3年ぐらい経ってからは、この詩を物理学の講義のはじめに学生達に紹介していました。実は、物理学の中の概念つまり物理量：力、温度、圧力、電気、磁気、熱、音、電磁波など、これらは、直接には見ることができないもので、すべてエネルギーと関係しています。そして、現象として空間に「場」の形で出てくるものです。エネルギーは、目に見えないが存在します」（76-77頁）。矢崎節夫氏は「三歳とはいえ、テル（みすゞの本名）にとって父庄之助の死は支え所のないさみしさであったろう。兄堅助もまだ5歳にならず、弟正祐はちょうど満1歳であった。そんなテルたちをなぐさめ、励ましたのは祖母ウメと母ミチの言葉だった。「お父さんは見えないけれど、いつもみんなのそばにいて、ちゃんと見ててくださってるの、守ってくださってるのよ」そして堅助もテルも、毎日仏壇に手を合わせる祖母や母の姿を見てはそのことを実感していった。みすゞの作品《星とたんぽぽ》にある〈見えぬけれどもあるんだよ、／見えぬものでもあるんだよ。〉という、みすゞの大切な部分が、悲しい出来事を通してはっきりと形づくられていったのだろう」と述べている（矢崎節夫『童謡詩人　金子みすゞの生涯』JULA出版局、2001、51頁）。金子みすゞさんについての矢崎氏と早坂暁氏と対談で早坂氏は次のように語っている。「みすゞさんのまなざしは、素敵な浮世絵の視点だと僕は思いますね。日本人が身につけている、ひじょうに特殊な、優れた感性だと思います。日本人全部じゃなくて、日本人のなかの一部だとは思いますが。決して人間が威張っていない。浮世絵は人間が威張ってないですよ」」（『KAWADE夢ムック　文藝別冊　［総特集］金子みすゞ没後70年』河出書房新社、2000、132頁）。金子みすゞさんと浮世絵に共通性を見た興味ある視点だと思う。

（4）江角弘道師からの私信「人間の中の小さな人間」の抜粋引用。江角師から筆者あての手紙で、江角師は次のように教えてくださいました。「何故宇宙はフラクタルであるかと考えてみますと、宇宙の始まりは宇宙物理学によると137億年前の「ビッグバン」によって始まったからだと考えられます。その時は、全宇宙は「光」だけでした。その後、粒子が生れ、銀河系が生じ、太陽系が生じ、地球が生じ、生命体が生じ、最終的に人間が誕生してきました。だから私たちは「光の子」なのです。これがフラクタルになっている原因だと考えています。光とは仏教的に言うと「無量光仏」であると考えています。従って私たちは『仏様の子』であると言えます。」（2017年8月16日付け）

（5）江角弘道『見えるいのちと見えないいのち』、前掲、94頁。

（6）西口純子「John Gould Fletcher の *Japanese Prints* をめぐって―浮世絵と俳句

の 影響―」『Asphodel（同志社女子大）』20 巻（1986）、129−130 頁。

（ 7 ）Edna B. Stephens, *John Gould Fletcher*（Twayne Publishers, Inc., 1967）, pp. 26-27.

（ 8 ）Edmund S. de Chasca, *John Gould Fletcher and Imagism*（University of Missouri Press, 1978）, p. 213.

（ 9 ）Lucas Carpenter, *John Gould Fletcher and Southern Modernism*（The University of Arkansas Press, 1990）, p. 10.

（10）John Gould Fletcher, *Life Is My Song The Autobiography of John Gould Fletcher*（Farrar & Rinehart, 1937）, pp. 199-200.

（11）John Gould Fletcher, *Paul Gauguin His Life and Art*（Nicholas L. Brown, 1921）, p.82.

（12）同上、p.83.

（13）同上、p.103.

（14）小林忠「江戸時代庶民の絵画」『日本美術全集　第 22 巻　江戸庶民の絵画　風俗画と浮世絵』（学習研究社、1996（改訂版））、119 頁。

（15）『原色浮世絵大百科事典　全十一巻　第三巻　様式・彫摺・版元』執筆者　菊地貞夫、小林忠、村上清造（大修館、1982）、80 頁。

（16）*Japanese Prints*, 前掲、pp. 16-17.

（17）小林剛『アメリカン・リアリズムの系譜――トマス・エイキンズからハイパーリアリズムまで――』（関西大学出版部、2014）、163−164 頁。

（18）*Japanese Prints,* 前掲、p. 90.

（19）「日本人の心に響く鐘の音を追究―老子製作所」老子（おいご）製作所　取材・文、写真＝原田和義（一般財団法人ニッポンドットコム・シニアエディター）2013.07.26（最終閲覧日：2020 年 4 月 7 日）nippon.com 次の論文を参照。池口琢磨・三井知新・湯川大悟「1 / f ゆらぎと生物に関する数理的研究」指導者　古牧先生（最終閲覧日：2020 年 4 月 15 日）https://www.nagano-c.ed.jp/seiho.intro/risuka/2008/2008-08.pdf　宮坂総・須永高志・齋藤兆古・加藤千恵子「1 / f ゆらぎに関する一考察」『法政大学情報メディア教育研究センター報告』Vol.21：85−90、2008。

（20）武者利光『ゆらぎの発想　1 / f ゆらぎの謎にせまる』（日本放送出版協会、1998）、162−169 頁抜粋引用。

（21）同上、39 頁。

（22）武者利光「F 分の 1 ゆらぎの謎にせまる」『アットホーム株式会社大学教授対談シリーズ　at home こだわりアカデミー』1998 年 11 月号掲載（最終閲覧日：2020 年 4 月 15 日）http://www.athome-academy.jp/archive/mathematics_

physics/0000000230_01html

(23) 福田智弘『「川柳」と「浮世絵」で読み解くよくわかる！江戸時代の暮らし』（辰巳出版、2018）、173頁。

(24) *Japanese Prints*, 前掲、p. 57.

(25) 同上、p. 28.

(26) 「序文」 チャールズ・C・カニンガム（訳　西片悌三郎）『世界の美術館28 シカゴ美術館』、編集・執筆　シカゴ美術館　撮影　高橋敏、（講談社、1970）、9-10頁。

(27) 「現代語で読む《女三宮》」訳　三村友希　監修　陣野英則『人物で読む『源氏物語』第十五巻　―女三の宮（おんなさんのみや）』監修　室伏信助編集　上原作和（勉誠出版、2006）、130-131頁参照。

(28) 同上、137頁。なお同書に猫について次のような記述がある。「家猫が飼育されるようになったのは奈良時代の初め頃と言われる。猫はそもそも中国産で、仏教伝来の際に、鼠の害から経典を守るために、経典とともに日本に渡ってきたという」（伊藤禎子・正道寺康子・八島由香・絵は中村義雄）、同書、199頁。

(29) 中西進『万葉集　全訳注原文付（一）』（講談社、2011）、380頁。

(30) *Japanese Prints*, 前掲、p. 36.

(31) 小林忠「浮世絵の成立」前掲、134頁。

(32) *Japanese Prints*, 前掲、p. 69.

(33) 山口桂三郎「総説・写楽/地方版画について」『浮世絵大系　7 写楽』後藤茂樹編集、（集英社、1973）、78頁。因みに山口桂三郎氏は「修性院と浮世絵」という論文で日蓮宗修性院と初代広重、三代豊国達の浮世絵との関係について詳しく述べている（『仏教文化の諸相　坂輪宣敬博士古稀記念論文集』（山喜房佛書林、2008：497-514）。また永田生慈氏の「葛飾北斎の日蓮信仰」『渡邊寶陽先生古稀記念論文集法華仏教文化史論叢』平楽寺書店、2003、331-347頁）も参照。

(34) *Japanese Prints*, 前掲、p. 37.

(35) 同上、p. 42.

(36) 小林忠「浮世絵の成立」前掲、139頁。

(37) *Japanese Prints*, 前掲、p. 44.

(38) 同上、p. 58。

(39) 小林忠「浮世絵の成立」前掲、140頁。

(40) *Japanese Prints*, 前掲、p. 22.

(41) 福田智弘、前掲、150-151頁。

(42) *Japanese Prints*, 前掲、p. 23.

(43) 奥田百虎編『川柳歳事記』（創元社、昭和 58（1983）、304-305 頁。

(44) *Japanese Prints*, 前掲、p. 29.

(45) 松井今朝子『吉原手引草』（幻冬社、2007）

(46) *Japanese Prints*, 前掲、p. 47.

(47) 同上、p. 56.

(48) 同上、p. 93.

(49) エルネスト・シェノー「パリに於ける日本」稲賀繁美訳・校註、『浮世絵と印象派の画家たち展　東と西を結ぶ虹のかけ橋』大森達次編集、（財）2001年日本委員会、2001、198 頁。

(50) 山田利一『「郊外」復興——"緑の海"の住空間サバービア文化論——』（春風社、2004）、68-69 頁。

(51) Ben F. Johnson Ⅲ, *Fierce Solitude A Life of John Gould Fletcher*（The University of Arkansas Press, 1994), pp.237-238. ウォルター・イマハラ氏はローワー強制収容所について次のように語っている。「家族がローワーに抑留された時、私は 5 歳でした。有刺鉄線で囲まれ、機関銃を持った監視人がいたので実際は刑務所に等しかった」（*the japan times On Sunday,* June 24, 2018. Little Rock Arkansas AP, REUTERS.）。歴史は繰り返されてはならない。ちなみに『収容所ノート　ミツエ・ヤマダ作品集』石幡直樹／森正樹訳（松拍社、2004）は第二次大戦の開始とともにアメリカ、アイダホ州ミネドカ収容所に入れられた日系二世詩人ミツエ・ヤマダ氏の記録である。当時の強制収容所の実状の様子を伺うことが出来る。「彼女は一人すすり泣いた／そして建物中が／もらい泣きの涙を流した」（同書、48 頁）。柳澤幾美『「写真花嫁」たちの一生——アメリカに渡った日本人移民女性の歴史』（愛知学院大学博士論文、2005）参照。

(52) John Gould Fletcher "Foreword"（January 18, 1946）*A Pepper-Pod A Haiku Sampler by Shōson*（*Kenneth Yasuda*）（Charles E. Tuttle Company, 1976), pp. ix-x.

(53) John Gould Fletcher, "William Blake"『上代たの先生米寿記念英米文学論集』（日本女子大学英文学科研究室　上代たの先生米寿記念実行委員会、1975)、pp.48-50。フレッチャーの遺稿 "William Blake" はフレッチャーの夫人、Charlie May Simon の御好意で掲載したことが同論集に記されている。（「献辞」日本女子大学名誉教授　大原恭、vii 頁）

(54) Ben F. Johnson Ⅲ、前掲、p. 239。

(55) 同上引用文中。

2章

『雨月物語』（上田秋成）と
『ナイン・ストーリーズ』（サリンジャー）

　「サリンジャー（Jerome David Salinger, 1919-2010）の父方の祖父はロシア帝政時代末期のリトアニアに 1860 年に生まれている。12 歳の時イギリスに渡り、さらに 21 歳でアメリカに移住している。ユダヤ教教師（ラビ）および医師になっている。」[1] 時代は異なるが第 2 次大戦中、リトアニアの領事館に勤務していた日本の杉原千畝氏はナチス・ドイツの迫害から逃れてきたユダヤ人をはじめとした難民たちにビザを発行して多くの人たちの命を救ったことはよく知られている。サリンジャーの祖父がリトアニア出身であり、そのリトアニアで杉原千畝はビザを発行して多くの命を救った。ヒレル・レビン氏は「杉原千畝は普通の人間でも、時に桁はずれの行為を行うことができることを示すことで、私たちを励まし、勇気づけてくれるのです」[2] と語っている。サリンジャーは、作品の中で「私的ではあるが、シーモアは私たちと一緒にいた 31 年間ずっと、中国や日本の詩を書いたり、話したりした。」[3] と語っている。また仏教や日本の禅などに深い関心を示していたサリンジャーと日本、中国との不思議な目に見えない繋がりを覚える。

　『サリンジャーと過ごした日々』を翻訳した井上里氏は次のように述べている。

　これは Joanna Rakoff, My Salinger Year（2014）の全訳である。原題のとおり、著者（ラコフ）がサリンジャーと過ごした一年間を綴ったメモワールだ。出版エージェンシーとは作家の原稿を預かり、代わりに出版社に売り

込む会社だが、本書に登場するエージェンシーもマンハッタンに実在する。（中略）当時23歳だった著者（ラコフ）は、大学院を修士課程修了後に飛び出したあと、これからどうすればいいのかもわからないまま、職業紹介所で最初に紹介されたこのエージェンシーでアシスタントとして働きはじめる。（中略）だが、意外なことに、大学院まで進んで文学を研究した著者（ラコフ）は、サリンジャーの作品を一冊も読んだことがなかった。（中略）命じられたとおりサリンジャー宛のファンレターに返事を書くうちに、不思議なことが起こる。読んだことも興味もなかった作家への手紙であったにもかかわらず、著者（ラコフ）はその内容に強く惹かれていく。それらはどれも極端に私的で、切実で、時には戸惑ってしまうほど親密な手紙だった。千通近くのファンレターを読んだ頃、とうとう著者（ラコフ）はサリンジャー作品を手に取る。[4]

　そしてラコフは作品を読んでいくうちに、サリンジャーという作家に対して今まで勝手に決め付け、思い込んでいた自分が間違っていたことに気が付いていく。だから、こうあるべきだという考えから脱却しようとする。この訳者、井上里氏のコメントは私たちの偏見や染みついた思いを投げ捨てることの難しさを教えてくれる。
　サリンジャーの作品『シーモア―序章―』で、「幼い男の子は釣った魚の糸を引きよせていると同時に、下唇にひどい痛みを体験した。その後、そのことは忘れてしまった。帰宅して依然として生きた状態の魚をお風呂に放した。その魚の先端に男の子の学校のしるしと同じ青い織物の帽子が付いているのに気が付いた。その魚の小さな濡れた帽子の内側に彼のネームが縫いつけられていた。」[5] この箇所は上田秋成（1734-1809）の『雨月物語』（1776）に書かれている「夢応の鯉魚」を思い出させる。鯉の絵が得意な僧侶の話である。その僧が病気になって、七日寝込んだ後亡くなった。体が少し暖かいので三日間様子を見ていたら、僧は生き返って不思議なことを語り出した。湖の神がこの僧の放生の功

徳を認め、泳げる鯉の服を授けてくださった。湖の神から釣り糸にかからないようにと注意を受けた。楽しく泳いでいたが、腹が減ってきて餌を飲み込んでしまった。僧はその釣り人を知っていたので叫んだが知らん顔であった。まな板の上でその僧が切られようとした時、夢がさめたという。村田昇氏によると、この夢応の鯉魚は「醍醐天皇の頃天台宗三井寺に住した画僧興義についてかいた仏教尊重物語」[6] である。上田秋成のお墓は、京都南禅寺畔の浄土宗西山禅林寺派西福寺内庭にある。「それはそのころ西福寺住持であった玄門和尚と格別の親交があったことによる」[7]。彼の愛妻は剃髪して尼僧となった。名前は湖璉尼といった。

　岡本かの子氏は、「上田秋成の晩年」という小説を書いている。上田秋成は俳諧、和歌、学問、小説等に精進したのみならず後に煎茶道の中興の祖と仰がれた。この小説は上田秋成が煎茶を楽しみながら妻たちを回顧しているうちに朝になり、南禅寺の修行僧たちの読経の声が聞こえてきたという構成になっている。彼の妻が次のように書かれている。

　　　尼の形になってからのお玉に驚かれたのは、まるで気性の変って仕舞ったことであった。（中略）いんぎんにまめに自分の面倒を見た若いときの妻の親切というものは、一つも心に留って居ないのに、綻びて仕舞ったようになった彼女がただわけもなくときどき自分の眼を見入るその眼を見ると、結婚して以来はじめて了解仕合ったという感じがするのであった。[8]

　湖璉尼は寛政9年（1797）12月15日逝去。享年58歳。尼僧になってから7年目であった。

　さて、上田秋成の『雨月物語』とアメリカの作家、サリンジャーの『ナイン・ストーリーズ』（1953）を取り上げたい。『雨月物語』及び『ナイン・ストーリーズ』ともに九つの短編から構成されている小説である。時代も国も異なる二人の作家が書いた作品が奇しくも九つの物語

から成っている。特に『雨月物語』の最後の話「貧福論」と最初の話「白峯」に注目したい。その理由は板坂則子氏によると「この『雨月物語』の九話は、本来はその順序を入れ換えられるものではなく、一つの話が次の話を生む契機となり、巻末は巻頭につながるといった循環体を構成しており、各話の独立した世界と同時に、『雨月物語』全体として一個の夢幻郷をなしている」(9) という。それでは、サリンジャーの『ナイン・ストーリーズ』はどうであろうか。最後の話「テディ」と最初の話「バナナフィッシュにうってつけの日」を取り上げて、循環体になっているか検討したい。

　『雨月物語』の「貧福論」は経済についての物語である。上田秋成に関する小説論文集の中に次のような記述がある。「参勤交代は貧乏をさせるためにやつたものだといふが、是は間違つた話で、二本さした事のない人間の想像に過ぎない。昔からそんな事を書いた書類を見たことがない。土佐のある侍の話に、我々の藩では殿様のお供で江戸に行く事は一生の間に一度位のものだから、貧乏するどころか、大喜びだつた。」(10) 参勤交代で人が動く。それに伴って旅館、食事、衣服、交通費、土産等の経済が循環していく。そして旅で人は見聞し、江戸で故郷とは違う有り様を知ったことを帰ってから人々に話していく。文化も循環していく。これは江戸時代の経済活動の一端を示している。

　スーザン・B・ハンレー氏は、ハーバード大学及びエール大学大学院で日本研究をした時、江戸時代の後進性を強調する説や伝統的な経済と急速に工業化した近代日本とを切り離す説に疑問を抱く。それから長年月にわたり、史料を読み、江戸時代の富の増加と生活水準の向上、資源を有効利用する文化、質素でも健康的な生活、都市の公衆衛生の発達、近代化する家族構成などをまとめている。例えば、「江戸が開かれるよりかなり前でも、大坂では屎尿が周囲の農村で肥料として用いられていた。その大部分は集められて、船に積み込まれ、近隣の農業地域へともたらされた。（中略）大坂では、18世紀中頃には、明らかに屎尿は経済

的な価値を持つ品物であった。」(11) 屎尿が畑で使用されるという循環機能が働いていた。そればかりでなく屎尿が経済的価値を持つ品物であった。そこに経済的循環も働いていた。ハンレー氏は終りのところで次のように語っている。

> 工業化のルーツを明治時代に捜すのではなく、もっと過去に目を向けなくてはならない。二世紀以上にわたって海外からの影響にほとんど門戸を閉ざしていた国が、どうやって大きな人口を抱えながら、比較的乏しい資源で、しかも国際交易なしに、その国民にこれほど高レベルの福祉をもたらすことができたのか、また、それはなぜ可能であったのだろうか、といった点に注意を向けるべきなのである。そこには、資源を有効に利用し、人々に質素ではあるが健康的なライフ・スタイルをもたらし、簡素さのなかに豊かな喜びを見出す文化を創り出した社会があったのである。この社会のこういった側面すべてが近代化に貢献したのは確実である。(12)

『雨月物語』はそのような時代に生まれた作品である。「貧福論」では岡佐内という武士が登場する。この武士はお金持ちになることへの思いが人一倍強く、節約をしたので、家は豊かであった。しかしあまり風流に親しむことはせず、小判を眺めて楽しんでいた。だから人々はみんな岡佐内の行いを、味気ない人間だといって嫌った。だが岡佐内に対して軽々しく自分の都合で価値判断をしている人たちに対して、風流だけではなく、お金も大切であることを「貧福論」では語っている。

武士、岡佐内の枕元に黄金の精霊が現われる。仏教では無情説法という言葉がある。金石・土木などの自然物・無生物が常に仏の法を説きつくしている。それらがそのまま仏の法にほかならない。「戒法を受け、大自然の摂理の霊妙さに目覚め、坐禅を中心とした生活を始めるとき、十方世界の、土地も草木も、あるいは石垣や土塀、さらにはかわらやいしころ、ありとあらゆるものがことごとく仏のありようを示し始めて、

それらが発するある種の霊気があちこちに及び、それにふれると、摩訶不思議な仏の恩恵としかいい得ないようなおかげを知らず知らずのうちに受け、親密な（天地いっぱい渾然一体となった）さとりのすがたを示すのである。」(13) 黄金の精霊が仏の法を説くのである。

　黄金の精霊は語る。

> 武士たちまでが富貴は国の基であることを忘れ、つまらぬ軍略にばかり熱中して、破壊と殺戮を行い、自分の徳をうしなって子孫まで絶やしてしまうのですが、それもつまりは財宝を軽んじて名誉を重しとする、その惑いのせいであります。思うに名誉をもとめる心も、利をもとめる心も、心はひとつであって、けっしてちがう心が二つあるのではありません。それを学問や書物にとらわれて、金の徳を軽んじては、それでみずから清廉潔白であると自称し、生業を捨て俗世間をのがれて晴耕雨読の生活をしている人を賢人であるというのです。たしかにそういう人自身は賢人かもしれませんが、そういう行為そのものは賢いことではありますまい。金は、七宝の最上位のものであります。(14)

　道元禅師は治生産業もとより布施にあらざることなしと述べている。人を騙すのではなく、人々に喜びを与える産業は社会を幸せにする。機械のおかげで家庭では洗濯等の労が軽減される。機械は用い方を誤らなければ人間を助けてくれる。道元禅師の言葉をそのように理解したい。

　黄金の精は語る。「いったい驕奢をほしいままにして治めた世というものは、むかしから長つづきしたためしがありません。人間として守るべきことは倹約ですが、それがあまり行き過ぎるとけちんぼにおちいります。だから、倹約とけちんぼのけじめをよくわきまえてつとめることが大切です。」(15) 仏陀は「身を健やかにし、一家を栄えさせ、人々を安らかにするには、まず、心をととのえなければなければならない。心をととのえて道を楽しむ思いがあれば、徳はおのずからその身にそなわ

る。(中略) 人の心は、ともすればその思い求める方へと傾く。」(16) と
語っている。

　朝4時にお寺の梵鐘の音が聞こえて来ると黄金の精は消えていった。
岡佐内は黄金の精の「天下万民が安穏に富みさかえ、家ごとに家運の繁
栄と世の泰平を謳歌することは、近い将来のことです」(17) という言葉
を思い出した。高田衛氏は「この編(「貧福論」)で注目しなければなら
ないのは、片や人、片や人にあらざるものの問答という趣向と、黄金精
霊の未来史の予告という形態が、そのまま巻頭の「白峯」に連続するこ
とである。もちろん、終章として『雨月物語』全編の大団円としての配
慮は十分になされているが、しかも円環的に、九編の独立した主題が連
鎖状につながっているということである」(18) と述べている。高田氏の
論は興味深いものである。

　最初の編「白峯」では亡霊が恨み言を言ったのに対して西行法師は
「君のおっしゃるところは、(中略) やはり醜い人間の欲情・煩悩の域か
ら脱してはおられません」(19) と語る。仏教の唯識では「いくら善の行為
を積み重ねても、存在それ自体は〈無覆無記〉(善・悪いずれでもない
もの) なのですから、いつ何時でも、悪に変身する可能性をひめている
ことになります。(中略) 人間は、限りなく向上の力を秘めているとと
もに、限りなく転落後退の可能性も持っている。」(20) だから修行は果て
しないものということになる。亡霊はそこに気が付いていない。西行法
師は亡霊に「ただただ昔の恨みをお忘れになって、極楽浄土におかえり
遊ばすことこそ、心からお願い申し上げたい君の御心でございます」(21)
と述べた。「元来、〈阿頼耶識〉そのものは、空・無我の存在であるにも
かかわらず、実体的な自我として、頼りにされる傾向をもっていること
でありましょう。〈阿頼耶識〉は、不動の自己と思い込むのにもっとも
都合のよい性質を持っているのです。古い自己の残痕を貯えているか
ら、昔の自己と現在の自己とが一体のものだと思われやすいのです。」(22)
亡霊はいつまでも過去の自己と今の自己が連続したものと思い込んでい

る。

　「西行法師は亡霊が仏縁につながるような御心になられることをおすすめ申し上げた。（中略）死んでしまえば王侯も庶民もおなじであるのにと、（中略）歌を声高にうたいあげたのである。」[23]　西行法師は亡霊にそのような気持ちで歌を詠み、語ったと思う。西行と亡霊との物語は次の物語「菊花の約」では義兄弟の契りを結んだ二人の武士（一人は亡霊となって再会を果たす）に繋がっていく。西田汐里氏は『雨月物語』を表、図を駆使して、時間と場所、登場人物の関係性、怪異現象の内容を調べて「高田氏の「連環」研究に、各篇を他の観点から考察し分類した項目を合わせて考えることにより、物語同士の関連の強さを加えて考察することができるという結果となった」[24]　と論じている。

　サリンジャーの『ナイン・ストーリーズ』の最終の物語、つまり9番目の「テディ」の中で、テディは船上で知り合ったニコルソンと会話する場面がある。「やがて死ぬけしきは見えず蝉の聲」テディは突然口に出した。「此道や行く人なしに秋のくれ」「何だって。もう一度言って。」にっこりしながらニコルソンは聞こうとした。「今言った<u>二つは日本の詩だよ。二つの詩は感情に訴える言葉遣いをあまりしてないでしょう</u>（下線部筆者）」[25]　とテディは言った。テディは日本の詩があまり感情的ではないと語っている。上の二つの芭蕉の句に影響を与えている仏教について鈴木大拙氏は次のように述べている。

　　　仏陀がその最初の説法で、「悔い改めよ。天の国は近づいた」とは言わずに、四聖諦の確立を説いたというのは当然である。前者は感情に呼びかけるものであるのに対し、後者は知性に訴えているのである。（中略）涅槃の教えがキリスト教の愛の福音よりも知性的であることに疑問の余地はない。それはまず、日々の経験がはっきり示しているように、人生が悲惨なものであるということを認識する。次に、その原因が、存在することの真の意味に関する我々の主観的無知および、我々の精神的洞察力を曇らせ

ることで我々を虚妄なものに執拗に執着させる自己中心的欲望にあること
を確認する。(中略)そして、最後に、一切の悪の根源であるエゴイズム
の完全なる断滅を主張する。これによって、主観的には心の平安が回復
し、客観的には普遍的な愛の実現が可能となる。このように仏教は涅槃お
よび普遍的愛の教義を発展させるにあたって、きわめて論理的にことを進
めているのである。(26)

　鈴木氏の述べているように、仏教は知的な教えであるのでそれに伴っ
て芭蕉もまたそのような態度で俳句を詠ったものと思われる。だからテ
ディはそこを敏感に嗅ぎ取って上のように発言したと思う。
　高橋美穂子氏によると、「やがて死ぬけしきは見えず蝉の聲」はR.H.
Blyth の『禅と英文学』(北星堂、1942)の265頁に、また「此道や行く
人なしに秋のくれ」の句は、同じく Blyth の Haiku vol. 1 (1949;
Hokuseido, 1981)の169頁と vol. 3 (1952; 1982)の901頁に "Teddy" に
引用されたのと同じ形の英訳がみられる。」(27)「ブライスは京城着任3
年目の1927年に、(鈴木)大拙の Essays in Zen Buddhism, First Series『禅
仏教に関する緒論』第一集を読んで感動し、以後(鈴木)大拙の禅思想
の信奉者となる。したがって当時相次いで刊行された(鈴木)大拙の禅
書を読破したのではないだろうか」(28) と吉村侑久代氏は述べている。
吉村氏は更に次のように述べる。

　ブライスと(鈴木)大拙の初会見は、いつ金沢のどこでなされたのであろ
うか。ブライスは1940年11月に、第四高等学校の英語教師に採用されて
いて、彼の『禅と英文学』は翌年1941年5月に脱稿している。そして太
平洋戦争が同年の12月8日に勃発している。このことから、筆者(吉村
侑久代氏)はブライスと大拙の初見は、ブライスが就職した1940年11月
から、戦争がはじまり交戦国民間人として広坂署に拘束された1941年12
月8日までの間に行われたと推測していた。さらに詳細な事実が、北国毎

日新聞の記事で判明した。その記事によると、大拙は 1941 年 10 月 12 日から 19 日まで、金沢の天徳院に滞在している。15 日には第四高等学校の学生のために「禅と日本文化」の講演を行っている。大拙の投宿した天徳院は、ブライスの居住する鷹匠町と同じ地区にあった。ブライスはこの 10 月 12 日から 19 日の一週間の間に天徳院の大拙を訪ねたのではないだろうか。この会見は、ブライスが広坂署に連行される約二か月前のことであった。[29]

　吉村氏は詳細に調べてブライスと鈴木大拙の初めての直接の出会いを推測している。この貴重な出会いは両者の関係をさらに緊密なものにしていったと思われる。それはサリンジャーにとって間接的ではあっても影響を与えていると考えられる。「サリンジャーは鈴木大拙やアラン・ワッツやブライスなどの著書をとおして、その理解を深めたようである。」[30] ブライスの授業を大学で受講した向井俊二氏は先ほど上でテディが語った芭蕉の俳句「やがて死ぬけしきは見えず蝉の聲」とは異なる「閑けさや岩にしみいる蝉の声」を取り上げて「静けさは、蝉の声があってこそ生じる、いや、蝉の声が静けさそのものなのだ」[31] と論じている。芭蕉の俳句観に対する鋭い指摘ではないだろうか。芭蕉が沈黙、すなわち静寂、落ち着きを大切にしていることは言変えれば生きる力を削いでしまう徒に感情的になったりすること、また感傷に耽ることの無いように心したといえる。芭蕉は即今を生き切った人であったことになる。サリンジャーはブライスの作品とともに鈴木大拙の著書も読みながらそのようなことを覚えたのではないだろうか。

　テディが語った芭蕉の句の一つ「やがて死ぬけしきは見えず蝉の聲」の季節は夏である。そしてもう一つの句「此道や行く人なしに秋のくれ」の季節は秋である。そこに刻々と時は移ることも暗示している。そしてそれは最初の物語「バナナフィッシュにうってつけの日」の海水浴の場面へと移っていく。つまり夏である。その一連の流れに循環性が見

られる。

　テディは言った。「まっさきに子供たちみんなに集まってもらい、坐禅の仕方を示したいと思う。そして自分は誰なのかを見出す仕方を示したい。自分たちの名前が何であるとか、事物は何であるとかではなくて。」(32) 石田稔一氏は「人間を含めて世界のあらゆる事物には実体がない訳ですが、それでは、この世の中に実体というものは、全く存在しないのでしょうか。実は、あるのです。それは言語（あるいは厳密に言えば、その概念）です。例えば鉛筆とか電気スタンドという言葉（もしくはその概念）は、それらを頭に浮かべる個人の生き死にに関係なく、自立的かつ恒常不変に存在しますし、物質的存在ではないから単一です」と実体と言語について述べている。(33) テディの言っている、「自分たちの名前が何であるとか、事物は何であるとかではなくて」というのは言葉の実体化にとっぷり浸かってしまい、自分を見失ってしまう危険性を述べている。だから自分は誰なのかと問うている。そのためには最初に坐禅をすることによって落ち着いていくことから始めようと述べている。

　石田氏は、「たしかに私達は、一面において、事物・人物を昨日までの事物・人物と同じものとして対応しなくては生活が成り立ちません。（中略）しかしながら、他面、私達は事物・人物が恒常不変のものでないことを腹に置いていなくてはなりません。事物・人物を一応不変なものとして対応しつつ、同時にそれが、いつどのように変わっても不思議ではないという心構えも備えていること——これが実体視から生じる現実誤認を避ける基本的なあり方と思われます」と説明している。(34)

　石田氏はさらに次のように説いている。

　　色不異空及び色即是空は、駐車場に車が無く、花びんに花が無く、演算の枡目に数字の無い状態に相当するものです。これは事物を本質的には無いと見ることにより、事物への執着を戒めようとするのです。だからこれは言い方こそ違え、釈尊の我執の戒めや、人の無我や、諸法無我などと同じ

考えを述べていると言えます。所でこれは、誤解されると虚無主義を生み出す危険があります。事物が無だとなると、自分が生きているのも無意味であり、真理や道徳などどうでもよいと考え、勝手気ままな生活に走る危険があります。そこで（般若）心経は空不異色とか空即是色と言うのです。これは（般若）心経がはじめて言い出したことですが、駐車場に車が有り、花びんに花が有り、枡目に数字が有る状態に相当するものです。これは、虚無主義に走る誤解を否定すると同時に、因縁仮和合によって、今ここにこうしてある、それぞれの事物の、そのかけがえのない価値に気づき、その尊さ、有難さを噛みしめて生きよと説くのです。（般若）心経は私達が事物を有ると見て執着する点を「色→空」によって否定し、また事物を無いと見て虚無主義になる点を否定して、「空→色」と説き、両極端を戒めています。つまり事物は有るのでもなく無いのでもない——非有非無——と見るバランスのとれた見方をする必要があると説いているのです。そしてその非有非無の見方が、ほかならぬ空の見方なのです。(35)

テディの言葉を補うために石田稔一氏の著書から引用した。またテディが船上で知り合ったニコルソンは輪廻の言葉を発している。サリンジャーは鈴木大拙氏の著書も読み、仏教への理解を深めている。鈴木氏は輪廻について次のように述べている。

大乗の涅槃というのは生の根絶ではなく生に覚醒すること、つまり人間としての熱情や欲求を破棄するのではなく、それを浄化し高めていくことなのである。この永遠なる輪廻の世界は、邪悪なるものが跋扈する場として忌避されるべきところではなく、普遍的な幸福を目指して、我々が持つすべての精神的可能性と力とを展開することができるよう、我々に常に機会を与え続けてくれる場として見なされるべきものである。我々は人生の義務と重責を前にして、居心地のよい殻の中に閉じこもっているカタツムリのように縮こまってしまう必要はない。それどころか菩薩は生死の連鎖の

中に涅槃を見いだし、悪の問題に果敢に挑戦し、そして主観的無知から菩提を浄化することによってそれを解決していく。[36]

　鈴木氏は輪廻の世界を嫌うところではなくて、私たちの幸福の機会を与えてくれる場として捉えていく。そして生死の循環の中において仏性を開発して真理を得知していく。しかし、仏は衆生の救済を自らの課題として迷いの世界にとどまり、活動し続けるのであるから、真理を得知していく境地にとどまることはできないという。道元禅師は、「煩悩のもとは無明にあるが、誰がこの無明を厭い嫌うことができよう。それはただ秋の露のように跡かたなく消えゆくものである。真実はもともとこの無明の中にこそあるのである」[37] と述べている。

　「テディ」の作品の最後の場面には「非常に鋭く、響く悲鳴が聞こえた──疑いようもなく少女から生じたものである」[38] という表現がある。この悲鳴によって死が連想される。そして『ナイン・ストーリーズ』の最初の物語に繋がっていく。何故らば、最初の物語「バナナフィッシュにうってつけの日」で青年が自分のこめかみを銃で撃つ場面に繋がっていくからである。

　野依昭子氏は、『ナイン・ストーリーズ』を今まで論じられていなかった見解、すなわち一つのまとまった独立した作品として捉え、聖書、神話、童話、先人の作品を取りあげ、詳細に論じて大部の論文を仕上げている。野依昭子氏は「それらが読者に潜在する記憶、想像力、共感力を喚起して連想を生じさせる目的もある」と巻頭で書いている。[39] 終盤のところで野依氏は次のように述べている。

　　死は終りではなく生の始まりでもあると言う意味で、テディが「死ぬ時は、ただ身体から離脱するだけなんだ。なんてこった。みんな何千回もしていることなのに。思い出さないからって、しなかったことではないんだから。馬鹿馬鹿しいったらありゃしない」と言うように、悲劇的なもので

はないかもしれない。たしかに「バナナフィッシュにうってつけの日」と
「テディ」との間に七編の物語があり、そのほとんどは通常の意味で、生
きることを肯定するようなハッピー・エンディングの物語になっている。
サリンジャーは『九つの物語』の初めと終わりにそれぞれの主人公の死を
書くことによって、生は死の中にあり、また死は生の中にあるという構成
でまとめようとしたのではないだろうか。(40)

　そして野依氏はさらに踏み込んで「もう一つの選択肢として、循環の
帰結を選んだのかもしれない」(41) と述べている。野依氏の循環の帰結
かもしれないという考えに従えば『ナイン・ストーリーズ』も『雨月物
語』と同様の循環構造と言えるだろう。
　ただ『雨月物語』と違って、この小説『ナイン・ストーリーズ』の巻
頭には禅の公案「両手の鳴る音は知る。片手の鳴る音はいかに？―禅の
公案―」が掲げられている。安藤正瑛氏は「公案とは本心打発のために
肝要な条件というべき意識の統一を純熟させるささえ・助杖のごとき役
目を果たすものである」(42) と述べている。
　この公案は白隠慧鶴禅師（1686-1769）が編み出したことはよく知ら
れている。白隠禅師は次のように述べている。

　　この隻手の音は、耳で聞くことができるようなものではない。思量分別を
　　まじえず五感を離れ、四六時中、何をしている時も、ただひたすらにこの
　　隻手の音を拈提して行くならば、理屈や言葉では説明のつかぬ、何とも致
　　しようのない究まったところに至り、そこで忽然として生死の迷いの根
　　源、根本無明の本源が破れる。(43)

　白隠禅師は重要なことを述べている。種々の条件や要素によって成り
立っている存在には固定的、実体的なものはないけれど、執着し実体化
してしまう。そういう中で現実の自己を自覚して自己を転じていく。白

隠禅師はその時、安心（あんじん）を得る（うる）公案として隻手の音を創出された。「江戸時代になって白隠慧鶴が現れ、それまで行われていた公案を体系化し、いっそう参禅を重視する姿勢を打ち出しました。白隠の禅は、その後の臨済禅の流れを決定づけ、現在の臨済禅はすべてその影響を受けています」[44] という。

　サリンジャーがこのような重要な公案を題辞にもってきたことはアメリカ文学では画期的な試みである。西洋の作者が題辞に持ってくるのは西洋の有名な文人、哲学者、宗教者、聖書などを引用することが多い。それにも拘わらずサリンジャーはあえて禅の公案を掲げた。だから『ナイン・ストーリーズ』には公案的なもの、言い換えれば、心の問題提起が見られるのではないだろうか。例えば、最後の物語「テディ」ではテディは俳句にはほとんど感情的な要素がないけれど、彼の父親は新聞を読むと感情的になると批判している。これも公案的なもの、すなわち問題提起ではないだろうか。この物語では船上での幼い女の子の叫び声で終わっている。船上は海へと連想される。その幼い女の子の叫び声は最初の物語「バナナフィッシュにうってつけの日」で海水浴を楽しんでいる小さな女の子が喜びの叫び声を上げるところに繋がっていく。この物語は青年が拳銃の狙いを定め、自分の右のこめかみを撃ち抜いている。この自殺の場面もまた公案的、心の問題提起と思われる。

　辻村英夫氏は「サリンジャーと漱石における自殺」と題する論文を書いている。[45] この論文はサリンジャーの「バナナフィッシュに最適の日」におけるシーモアの自殺と、夏目漱石の『こころ』の「先生」の自殺について論じている。自殺についての貴重な論考である。誰だって自殺はしたくないし、されたくない。自殺防止のために尽力されている様々な分野の方々を思う。しかし、サリンジャーは何故自殺の物語を書いたのであろうか。夏目漱石は何故『こころ』で自殺を書いたのであろうか。真似をされたくないと思う人はこれらの作品を快く思わないであろう。だからと言って、禁書にすることはかえって良くないであろう。

むしろこれらの作品に対峙することによって自分自身が学び、強くなっていくのではないか。そうあってほしい。自殺は避けたい。しかし自殺者を嘲笑するだけでいいのだろうか。

1963 年 6 月、ベトナムの仏教僧、ティック・クアン・デュック師ら 7 名の僧侶が植民地政策を推し進めるフランスとそれを後押しするアメリカを背後にした南ベトナム政府、ゴ・ジン・ジェム政権の仏教への抑圧に抗議して、焼身自殺をしている。アメリカ合衆国首都ワシントン D. C. のベトナム戦争戦没者慰霊碑（1982 年建立）前で数名の帰還兵が自殺をしている。

佐々木閑氏は自死・自殺について次のように述べている。

> 人が全て平等であるならば、死んでいる人は、自分の思いや意見を人に伝えられないというハンディキャップを背負っているのだと理解した上で「私たちのそばに今、座っておられる」と考えるべきなのです。それが、釈尊の説く「平等」であると考えます。社会では、自殺に対するイメージが間違った形で広がりをみせており、とても残念に思います。前述の「自殺は犯罪である」という考え方に加えて、自殺した人は「弱い人だった」「愚かな人だった」というような見方、考え方が今なお存在し続けています。こうした考え方が生まれるのは、生きている私たちが正常であって、亡くなった方は正常な世界から外れた人間であるという意識があるからではないでしょうか。（中略）仏教の『サマンタパーサーディカー』という律の注釈書は、この物語の中では相手を殺したり、お互いに殺しあったりすることだけが罪であって、自ら命を絶つこと、自分を殺してほしいと頼むことは罪に問われないと明記しているのです。（中略）仏教には「創造主」がいません。私たちは偶然、輪廻（りんね）の世界に生まれた生物であり、全てが苦しみであるという世界で悩みながら生きる運命を背負っています。これは、生まれながらに、誰かから生きる意味を授かったわけではないということです。同時に、生きる意味を自分自身で見つけるしかな

いということでもあります。ですから、自分の人生が誰かにつくられたものでない以上、私たちは生きることに負い目を感じる必要はありません。生きる権利はありますが、生きる義務を負わされているわけではないのです。（中略）世俗的な意味から、（中略）自殺は、すでに苦しみを受けている人が、その苦しみを消すために行う行為です。新たな悪を生む行為ではありませんから、自殺は悪にはなり得ないのです。また、涅槃への道の邪魔になるかといえば、それも違います。ただし、もったいない行為だとは言えるかもしれません。せっかく人として生まれて、悟りを開く道を歩む機会があるのに、自ら命を絶ち、これを逃すのは惜しい行為と考えられます。しかし、悪いことだとは言えません。このように、世俗的、仏教的な面から見ても、自殺は悪に入らないのです。(46)

　佐々木閑氏の説明は理路整然としている。とても分かりやすいので長文を引用させていただいた。平井正修師も「禅ではどんな死に方も美化しないし、貶（おとし）めもしません。どう死んだっていい、とするのが禅（仏教）の風光です」(47)と語っている。また吉田道興氏は「自死者が増加し、脳死と臓器移植等の問題が種々論議されている今日、「生」と「死」を共にかけがえのない「仏の御いのち」と受け止めること（生也全機現・死也全機現）の大切さが強く問い直されていると言えよう」(48)と述べている。まことにそうだと思う。佐々木閑氏、平井正修師、吉田道興氏の説明を読むとサリンジャーの作品「テディ」のテディの死、「バナナフィッシュにうってつけの日」のシーモアの死、夏目漱石の作品『こころ』の先生の死、およびKの死も一歩理解に近づく。死者に対して悼む気持ちを抱き、私たちは今の命を精一杯生きて行くことが死者への供養になっていく。

　また辻榮子氏は「ニューメキシコ州のタオス・プエブロ・インディアンは、宇宙の流れのなかで、自分の位置を知っていて、死を少しも恐れずに堂々とした人生を送り、祝祭のような死を迎える。その日をA

『雨月物語』（上田秋成）と『ナイン・ストーリーズ』（サリンジャー）

Perfect Day for Death（今日は死ぬのにもってこいの日）として待ち受ける人生観をもっている」と述べている。(49) そう考えればこれらの作品は死というものに対して重要なメッセージを伝えようとしているのではないか。特に『ナイン・ストーリーズ』は白隠禅師の公案が提示されている。これを無視することはできない。それが作者、サリンジャーの強い思いであろう。金山秋男氏は「サリンジャーが聞いて欲しいのは、外側には響くことのない魂のふれ合いの音なのである」(50) と述べている。その通りである。

　最後の物語「テディ」の少女の悲鳴は最初の物語「バナナフィッシュにうってつけの日」の少女が海水浴で喜びの悲鳴を上げるに繋がっていく。その少女はコネティカット州に住んでいるという。コネティカット州は次の物語「コネティカットのひょこひょこおじさん」に繋がっていく。そこの物語で、4人の男がエスキモーの氷の家にこもって餓死することが挙げられる。これは次の物語「対エスキモー戦争の前夜」に繋がっていく。ここではひよこが死んだことを少女は思い出している。これは次の物語「笑い男」で犬、ネズミ、鷲、狼、蛇などと仲良しになった笑い男に繋がっていく。ここでは笑い男が小さい時に誘拐されたが、それは次の物語「小舟のほとりで」に登場する少年が家出を試みることに繋がっていく。テーブルの下にもぐりこもうとする少年は次の物語「エズミに捧ぐ—愛と汚辱のうちに—」のやはりテーブルの下にもぐる少年に繋がっていく。この緑色をした少年の目は次の物語「愛らしき口もと目は緑」に繋がっていく。ここで語られるニューヨークは、次の物語「ド・ドーミエ＝スミスの青の時代」でニューヨークに帰ってきた19歳の男性と繋がっていく。ここでアメリカに渡る船のことが語られる。このことは船上での最後の物語「テディ」に繋がっていく。そして少女の悲鳴は最初の物語「バナナフィッシュにうってつけの日」の海水浴で喜びの悲鳴を上げる少女に繋がっていく。このように、『ナイン・ストーリーズ』もそれぞれ独立した物語でありながら、循環していると考えら

れる。また『雨月物語』の「貧福論」も『ナイン・ストーリーズ』の「テディ」も未来を語っているところは共通している。『雨月物語』も九つの物語がそれぞれ独立していながら、全体としてつながり、統一体を形成していることを専門家の高田衛氏、西田汐里氏、板坂則子氏から学んだ。時代も国も違うのに偶然にも『雨月物語』も『ナイン・ストーリーズ』も九つの物語の物語から構成され、全く同じとは言わないが、全体が統一され、循環している構造をなしている。作家の思想は、時代、国境を越えていくのであろうか。

サリンジャーの作品を通して「公案」は西洋に親しまれていった。[51]アメリカの詩人、ゲイリー・スナイダー（1930−）も例外ではなかった。スナイダーは公案を学ぶために京都の禅寺で修行した。彼は次のような詩を書いている。

ルーのために / から

ある日あっという間であったがルー・ウェルチが現われた、
私と同じように彼も生きているかのように。
「どうした、ルー」と私は声をかけた、
「君は最後に銃で自殺をしたのではなかったかい。」
「そう、自殺したんだ」とルーは答えた、
しかしその時は背中がぞくぞくするのを覚えた。
「君は残念ながら自殺をしたんだ」と私は言った—
「そのことを今、体で感じるよ。」
「そうかい」と彼はしゃべった。
「君の世界と僕の世界の間には
ありふれた恐怖がある。そのわけは知らないけれど。
僕が言いに来たことは、
子供たちに循環のことを教えてほしいことだ。

　　生命の循環、その他あらゆる循環。

　　これが最大の問題なんだけれど、

　　全く忘れられているんだ。」(52)

　この詩でルーは循環の大切さを子供たちに伝えてほしいためにこの世
に現れて、スナイダーに懇願している。平井正修師は「仏教の言葉に
「成住壊空（じょうじゅうえくう）というものがあります。人が生まれ
て、生きて、死んで、土に還って、というのもピタリこの"法則"に則
っています。大なり小なり、その繰り返しです。かたちあるものだけで
はありません。かたちがないもの、目には見えないもの、触れることが
できないものも、同じです。たとえば、さまざまな思い、心の迷い、悩
み、苦しみ、憎しみ……. といったものも生じて、消えていきます」(53)
と語っている。この詩を作ったスナイダーもまた、平井師の述べる「成
住壊空」やサリンジャーの思う循環の重要性を引き継いでいる。現在プ
ラスティックごみ問題は世界的に深刻である。プラスティックも循環し
ていく。「東京から五百八十キロも南にある鳥島に住むアホウドリのお
なかにカップラーメンの器の破片やビニール袋のきれはしなどがたまっ
ていくという。くちばしから釣りのテグスをたらした若鳥もいたとい
う。」(54)
　今日このプラスティックの問題に世界中の人々が取り組んでいる。
『ナショナル　ジオグラフィック日本版』（2019年5月号）によると、
「英国のプリマス海洋研究所とプリマス大学の研究者たちが2017年に調
査のために採取した仔魚のうち、3％が微小なプラスティック製の繊維
を食べていた。米国海洋大気庁（NOAA）に勤務する海洋学者のジャミ
ソン・ゴーブと魚類生物学者のジョナサン・ホイトニーが胃の中からプ
ラスティックを見つけた仔魚のうち、最小のものは体長が6ミリほどし
かなかった。つまり、魚たちが食べるプラスティック繊維はさらに小さ
いというわけだ。「肉眼で見えるか見えないかの大きさです。1ミリも

ないですから」と、ホイットニーは話す。「それこそが恐ろしいのです。目に見えないような小さなかけら（欠片）が問題を引き起こしているのですから」たとえば、プラスティックを摂取した魚では、食欲低下や発育不全が見られるというのだ。こうした事態は、魚の繁殖に影響を及ぼし、最後には個体数の減少を招くおそれがある。」(55) 循環を忘れてはいけないことをこの『ナショナルジオグラフィック』の「小さなプラスティック、大きな問題」（文＝ローラ・パーカー、写真＝デビッド・リトシュワガー）の記事は語っている。上田秋成の『雨月物語』の循環、サリンジャーの『ナイン・ストーリーズ』の循環、スナイダーの詩「ルーのために／から」の循環、『朝日新聞』「天声人語」のプラスティックの循環問題提起、『ナショナルジオグラフィック』のプラスティック循環問題の記事は全部繋がっている。

注

（1） 高橋美穂子『J.D. サリンジャー論『ナイン・ストーリーズ』をめぐって』（桐原書店、1995）、251頁。

（2） ヒレル・レビン『千畝一万人の命を救った外交官　杉原千畝の謎』監修・訳者　諏訪澄／篠輝久（清水書院、1998）、Ⅲ頁。

（3） J. D. Salinger, *Raise High the Roof Beam, Carpenters and Seymour an Introduction* (Little, Brown and Company, 1991), p. 98.

（4） ジョアンナ・ラコフ著『サリンジャーと過ごした日々』井上里訳（柏書房）、365-366頁。

（5） *Carpenters*, 前掲、p. 99.

（6） 村田昇「近世文芸の仏教的研究」『秋成研究資料集成　第11巻小説論文集』近衛典子監修、（クレス出版、2003）、500頁。

（7） 鷲山樹心『上田秋成の文芸的境界』（和泉書院、1988）、64頁。因みに西福寺様を拝登した時、西福寺の名誉住職、高木正隆上人（第廿世）は「鷲山樹心氏はこの西福寺でしばしばゼミの学生たちや一般の方々に上田秋成についての講義をしておりました。また永観堂においても上田秋成展を開き、上田秋成を顕彰することに尽力された先生でした」と語りました。お寺のノートに記帳された方々のお名前を拝見して、厳かで不思議な霊気を

覚えた。（令和元年 8 月 24 日）

（8） 岡本かの子『岡本かの子全集 2』（筑摩書房、1994）、253 頁。因みに「（上田）秋成の住む庵の隣家に母を失った幼児がいた。秋成は膝の上にその子を乗せて可愛がっていた。しかし寛政 5 年 4 月、幼児は病におかされる。秋成は必死で救おうと投薬を試みるが効果なく死んでしまう。妻湖蓮尼が「花見れば秋の霜にもあふものをこのなでしこよ盛りまたずて」（美しい花を咲かせれば、秋の霜で枯れてしまうのも仕方ないが、この撫子は花の盛りをまたずに枯れてしまったよ）」と詠むと、秋成は耳を塞いだという」（飯倉洋一『上田秋成─絆としての文芸』大阪大学出版会、2012 年、35-36 頁）

（9） 板坂則子「解説」『わたしの古典 19 大庭みな子の雨月物語』（集英社、1987）、248 頁。

（10） 三村竹清他「秋成論講　諸道聴耳世間猿」『秋成研究資料集成　第 11 巻　小説論文集』近衞典子監修（クレス出版、2003）、397 頁。

（11） スーザン・B・ハンレー『江戸時代の遺産──庶民の生活文化』指昭博訳（中央公論社、1990）、111-113 頁。

（12） 同上、197-198 頁。

（13） 小倉玄照『修証義のことば』（誠信書房、2003）、106-107 頁。因みに芹川博通氏は「有情にも無情にも、ともに仏性が存在するという仏教の自然観は、仏教が人間中心的見解をとらず、両者を同等に考える見方に基づいていることを物語っています」と述べている。（『「ともにいきる」思想から「いかされている」思想へ──宗教断想三十話──［改訂版］』北樹出版、2013、84 頁）

（14） 『改訂雨月物語』現代語訳付き上田秋成鵜月洋＝訳注（KADOKAWA、2018）、173-174 頁。

（15） 同上、182 頁。

（16） 『和文仏教聖典』（仏教伝道協会、2013）、129-130 頁。

（17） 鵜月洋訳注、前掲、182-183 頁。

（18） 『新編日本古典文学全集 78』中村幸彦・高田衛・中村博保校注・訳（小学館、1995）、606 頁。

（19） 鵜月洋訳注、前掲、19 頁。

（20） 太田久紀、『仏教の深層心理　迷いより悟りへ・唯識への招待』（有斐閣、1983）、132 頁。

（21） 鵜月洋訳注、前掲、23 頁。

（22） 太田久紀、前掲、133-135 頁抜粋引用。

(23) 鵜月洋訳注、前掲、28-29頁。石黒吉次郎氏は『雨月物語』について「詩的で幻想的な雰囲気のもとに描いているもので、怪異文学の魅力を十分に発揮したものであった」と書いている。(志村有弘編『日本ミステリアス妖怪・怪奇・妖人事典』勉誠出版、2012、201頁) 高田衛氏は「上田秋成の初期妖怪小説について 老婆と猫の呪い」と題する論文で上田秋成の初期小説の2編の作品をとりあげて論じている。(小松和彦編『〈妖怪文化叢書〉妖怪文化の伝統と創造―絵巻・草紙からマンガ・ラノベまで』せりか書房、2010：136-149) 高田氏が上田秋成の日本の伝説と中国故事を背景にした初期作品を述べたことによって、9年後に生まれた名作『雨月物語』が一層身近なものに感じられる。荒俣宏氏は「妖怪を各国で比較することは、とてもおもしろい研究に結びつく」と述べている。(荒俣宏『アラマタヒロシの妖怪にされちゃったモノ事典』秀和システム、2019、117頁) また白幡洋三郎/劉建輝編著『異邦から/へのまなざし 見られる日本・見る日本』(思文閣出版、2017) では「お化けや幽霊、鬼などの妖怪と総称される怪異的な空想上の存在は、どの国の文化にも存在する。しかし、それらを具象化し、ユニークな形態を与えることにおいて、おそらく日本はもっとも進んでいると思われる」と述べられている (108頁)。興味深い視点である。

(24) 西田汐里「『雨月物語』の「連環」構想を中心として」『上越教育大学国語研究』No.28 (2014)：13-26、17頁。

(25) J. D. Salinger, *Nine Stories* (Little, Brown and Company, 2001), pp. 282-283. 田中啓介氏によると「サリンジャー文学における東洋思想の深化は、『ナイン・ストーリーズ』以降の短篇や、のちの中篇の出現を待たなければならない」(『「ライ麦畑のキャッチャー」の世界』) 開文社出版、1998、184頁) という。そういう点からすると、この『ナイン・ストーリーズ』も注視すべき作品といえる。

(26) 鈴木大拙『大乗仏教概論』佐々木閑訳、(岩波書店、2016)、75頁。

(27) 高橋美穂子、前掲、208-209頁。

(28) 吉村侑久代『イギリス生まれの日本文学研究者 R・H・ブライス (Reginald Horace Blyth) 研究―足跡と業績―』(林檎屋文庫、2017)、49頁。

(29) 同上、70頁。

(30) 安藤正瑛『アメリカ文学と禅―サリンジャーの世界』(英宝社、1970)、53頁。

(31) 向井俊二「J・D・サリンジャーと禅」『戦後の思想と社会 神奈川大学創立35周年記念論文集』(神奈川大学、1963)、102頁。因みに寺田守氏は次

のように書いている。「芭蕉は理論や説明の無力を、理屈や夫自身が未熟の
しるしである事を、充分知ってゐた。だが理論や説明は無価値ではない、
理論は理論として、説明は説明として夫々有力な役割を持ってゐるもので
ある。然し理論や説明は最後のものではない。最後のものこそ畢竟実践で
ある。芭蕉は沈黙の意味と沈黙の機会とを弁へてゐたのである。（寺田守
『芭蕉の「人間」と芸術』（黄蜂社、1978）、24 頁。寺田守氏は昭和 25 年
（1950）年 11 月 28 日没す。行年 38 歳。この論文は東京大学の学生時代に
書かれた一部という。） また吉岡由佳氏は「野口米次郎は俳句を "silence"
を表す最も適切な形式であるとみなしていた」と論じている。更に野口米
次郎の自然と自己の体験が一体となった "sounding silence" を紹介してい
る。」（吉岡由佳『博士論文 『Voice and Silence in Asian American Poetry』
（2011、原文は英文）p. 44. および p. 45. この見解も向井俊二氏の考えと共
通するものがある。

(32) *Nine Stories*、前掲、p. 298.

(33) 石田稔一『般若心経読解』（近代文藝社、1996）、79-80 頁。

(34) 同上、82 頁。

(35) 同上、89-90 頁。

(36) 鈴木大拙、前掲、377-378 頁。

(37) 『永平広録 4・永平語録 原文対照現代語訳・道元禅師全集⑬』訳註 鏡島
元隆（春秋社、2012）、32 頁。

(38) *Nine Stories*、前掲、p. 302.

(39) 野依昭子「J.D. サリンジャーの『九つの物語』の統一性について」『神戸薬
科大学研究論集：Libra』10 巻、（2010：1-36）、1 頁。

(40) 同上、31 頁。

(41) 同上、32 頁。

(42) 安藤正瑛、前掲、40 頁。

(43) 白隠慧鶴禅師『白隠禅師法語全集 第十二冊』（禅文化研究所、2001）、9
頁。三浦清宏氏は公案について興味深いことを述べている。彼はまずある
武士の息子のことを紹介している。その息子は父親とともに戦ったが父親
を見失ってしまった。しかし父親はどこかに生きていると思い、その若者
は父親を捜すため遍歴の旅に出る。月日が経ったある日、禅僧と出会っ
た。その僧侶は若者の話を聞くと、「父親はあなたと共にいるではないか。
どうして父親を探し求めるのか」と諭したという。それを聞いた若者はは
っと我に帰り、その僧侶の弟子になり、禅の修行に打ち込んだという。こ
の話について三浦清宏氏は次のように語る。「禅僧の言葉も立派である。彼

はただちに、少年の思いの本質を見抜いた。これは単に彼の失われた父親の問題ではない、彼が見失った父親に投影されている、父親像の問題だと察した。いや、このように現代風に分析するのは、問題をゆがめるおそれがある。禅僧の洞察は、もっと直覚的であり、全人格を含むものだったと思う。これはこう言ってもいいのだ。「まわりを見回しなさい。おまえの会う人間は、みんなおまえの父親ではないか」青年は、自分の思いの本質に眼を開かれたのだ。これは（そうは書いてなかったが）一つの悟りの物語である。青年は、父親とは何か、という問題を通じて、悟りを開いたのだ。「無」とは何か、「隻手の声」とは何か、というのと同じことである。禅では、一つの公案が与えられると、その公案に全身全霊を賭けて迫ってゆく。この青年にとって、彼の真剣さが、「父親」を一大公案たらしめたと言えるだろう。」（『幽霊にさわられて　禅・心霊・文学』南雲堂、1997、20-24頁抜粋引用）

(44) 中尾良信・瀧瀬尚純『日本人のこころの言葉　栄西』（創元社、2017）、58頁。

(45) 辻村英夫「サリンジャーと漱石における自殺」『大阪電気通信大学研究論集（人文・社会科学編）第28号、（1993：101-113）参照。中川剛氏は夏目漱石を次のように評している。「夏目漱石の文業の文人としての到達の高さにもかかわらず、いつでも安心して入って行っていけるのは、気取りや嫌味がないからである。」（中川剛『文学の中の法感覚』信山社、1997、258頁）

(46) 佐々木閑　講演「自死・自殺を仏教の視点から考える」（2017年12月25日講演録）（最終閲覧日：2019年6月30日）https://shimbun.kosei-shuppan.co.jp/kouenroku/12782/3/。
佐々木閑氏は「現代は人権のことをうるさく言いながら、最も根源的な「死者の人権」を無視する冷たい時代です。生者の先達として死者を尊ぶ気持ちが必要です」と書いておられる。（筆者宛ての書簡、2019年10月4日付け）誠に学ぶべき言葉です。
宇江敏勝氏の『流れ施餓鬼』（新宿書房、2016）は山水への畏敬、そしてそこで生死を繰り返していくあらゆる生き物（動物、植物、微生物、細菌）への深い思いが描かれている。「流れ施餓鬼」という行事は亡くなった人々への荘厳な供養である。送るものもまた送られるという循環の様子が伺われる。竹内史博編著『仏教と生活2　施餓鬼』（青山社、2013）によると「大正12年（1923）9月1日、関東一円を襲った関東大震災から間もない彼岸の入り（21日）は、被災により亡くなった人の三七日に当たり、この日、大施餓鬼会が催された」という（92頁）。原野昇氏はフランスで指導

を受けた先生方やそのご家族の方々のお墓をお参りした様子を語っておられる。「後ろの壁にも前の壁にも何百何千と隙間なく並んでいる死者たちの銘版に囲まれて立っていると、人は誰でも人生や寿命、人間の生と死について思いをめぐらさざるを得ない。たとえ無機質な石で覆われているとは言え、その石板の表面には一人の人間の一生を表象する文字、名前と生没年とが刻まれており、目の前にあるかくも多くの銘版のその後ろには死者たちの骨が壺に入って並んでいると思えば、一種異様な雰囲気を感じずにはいられない。死者との物理的な距離の近さと多量さとからくる重みは抗い難い」（原野昇『ルナールにのせられて』渓水社、2006、非売品、73 頁）。

(47) 平井正修『花のように、生きる　美しく咲き、香り、実るための禅の教え』（幻冬社、2014）、205 頁。

(48) 吉田道興『道元禅師の伝記と思想研究の軌跡』（あるむ、2018）、346-347 頁。

(49) 辻榮子「J.D. サリンジャーの A Perfect Day に想う」『英米文学手帖』第 48 号　関西英米文学研究会、代表者　野谷士、編集者　川野美智子（2010：60-62）、61 頁。

(50) 金山秋男「声なき声を聴く―J.D. サリンジャー：『ナイン・ストーリーズ』『明治大学教養論集』通巻 227 号　外国語・外国文学（1990：1-12）、6 頁。

(51) Bob Steuding, *Gary Snyder*, (Twayne Publishers, 1976), p. 52.

(52) Gary Snyder, *Axe Handles*（North Point Press, 1983）, p. 7. スナイダーと親しかった日本の詩人、山尾三省は屋久島での生活の体験から次のように書いている。「ぼく達が森から学ぶことはかず限りなくあるが、その中で最も重要なことのひとつは、間違いなく《ゆっくりと循環する》こと、そのことである。」（山尾三省『森羅万象の中へ』山と渓谷社、2001 年、32 頁）

(53) 平井正修、前掲、202 頁。

(54) 「天声人語」『朝日新聞』（1989 年 3 月 19 日）。

(55) 『ナショナル　ジオグラフィック　日本版』（2019 年 5 月号）、78-91 頁抜粋引用。

3章

ケルアック、スナイダー、
ディキンスンのメッセージ

　1990年9月27日のアメリカの新聞 "The California Aggie"（カリフォルニア大学デービス校とYolo郡に配布）に「ジャック・ケルアックが復活」"Jack Kerouac is back"（Jim Veit記者）という注目すべき記事が掲載されている。1950年代、ビート世代の作家・吟遊詩人であったジャック・ケルアック（Jack Kerouac, 1922-1969）による自身の散文・詩のリーディング・歌等を Rhino Records が30年以上にわたって収集して The Jack Kerouac Collection として世に出した。このコレクションはケルアックの散文・詩を目玉として売り込んでいると書かれている。

　ジャック・ケルアックは1958年に *The Dharma Bums* という小説を発表している。小原広忠氏はこの作品を『禅ヒッピー』（太陽社、1994）と題して訳している。氏によると「この作品はかなり自伝的な要素が濃く、一人称の語り手である主人公レイモンド・スミスには作者ケルーアックの姿が、そしてその心友ジャフィー・ライダーにはビートの詩人ゲーリー・スナイダーの姿が投影されている。むろんケルーアックとスナイダーは親しい間柄で、ともに1950年代のビート族（言わばヒッピーの、より文学的な前身で、そのメッカはサンフランシスコ）の代表的な文人であり、スポークスマンであった。」[1]

　この作品 *The Dharma Bums*（『禅ヒッピー』）では主人公レイモンド・スミスことケルアックの愛する母親がノースカロナイア州のロッキーマウントという町に住んでいる。この州はアメリカ南東部大西洋岸に位置する。クリスマスに母親に会うためカリフォルニアからヒッチハイクの

旅をする。途中ニューメキシコ州アラモゴードに達した時、レイモンド
は不思議な光景を語る。

　　**ここは初めて原爆実験が行われたところだ。アラモゴード山脈の上に
浮かぶ雲にこの原爆実験はあらゆる生きとし生ける者にとってあっては
ならないことであると刻まれた文字が見えた。**[2]（下線部と太字は筆者）

　この原爆実験をレイモンドは最大限の言葉を使って批判している。
1958 年は史上初めて原爆実験が行われた 1945 年 7 月 16 日から 10 年余
りしかたっていない。そんな時の言葉である。最初に取り上げたカリフ
ォルニア大学デービス校にも配布される新聞の「ジャック・ケルアック
が復活」という見出しからケルアックを評価しようとする若いアメリカ
人たちがいることがわかる。中野重治氏は次のように語っている。

　　戦争をしかけたものが罰せられねばならぬ以上、原爆投下を目論んでこれ
　　を実行したものは必ずともに罰せられねばならぬという声はアメリカから
　　も起こってきた。
　　　この声は、戦後の世界を世界平和確立の方向ですすめようとする民主的な
　　国々、人びとの、平和確立のための献身的活動の増大とともに大きくなっ
　　た。なぜかといえば、この国々、この人びとは、おれのところには原爆が
　　あるぞ、そのストックは大きいぞ、おれの言うことを聞かねばこれを見舞
　　うぞという勢力とたたかわねばならず、ここからも、新しい原爆投下を脅
　　迫として振りかざす勢力と、かつて長崎・広島に原爆投下をあえてした勢
　　力とが同じものであることが明らかになってきたからであった。（1952 年
　　5 月 28 日）[3]。

　中野重治氏が述べているように原爆投下はアメリカからも批判が起こ
っている。ケルアックは直接原爆投下には言及していないが、原爆実験

という角度から原爆そのものを批判している数少ないアメリカ人であった。鶴見俊輔氏は「（原爆投下は）アメリカとソ連の対立、左翼と右翼などという区分の中にとじこめることのできない事件である。私たちは、私たちにのこされた時間の中で、このことをどう考えてゆくか。原爆にうたれた峠三吉は、一つの手がかりをのこした」（1995年6月12日）と綴っている[4]。峠三吉は謳う「列、／列、／不思議な虹をくぐって続く／幽霊の行列、／巣をこわされた蟻のように」[5]。峠三吉の「不思議な虹」はケルアックの「アラモゴード山脈の上に浮かぶ雲」と重なってくる。それは奇妙ではあるが、偽りのない光景であった。

2017年7月7日ニューヨーク国連本部の会議において「核兵器禁止条約」が採択された。「被爆者の方々はこの国連の核兵器禁止条約を歓迎する」（"Hibakusha hail U.N. A–bomb ban", *the japan times On Sunday*, July 9, 2017）と報道された。広島で被爆して後、核兵器禁止条約締結のために献身された Setsuko Thurlow 氏は「70年間この日を待っていた。この核兵器禁止条約は核兵器廃絶への始まりです」と喜びを語っている[6]。

レイモンドことケルアックは母親の住む故郷に帰るが、森に行って坐禅をするのが日課であった。森に行った時の様子をレイモンドは語っている[7]。

小原広忠氏はその様子を次のように訳している。

森はいつもぼくを気持よく受け入れてくれた。ぼくは慰みにエミリイ・ディキンソン（アメリカの孤独な、思索的な女流詩人（1830-86））ばりの小詩を作ったりもした、例えば「明りをともすも、悪友（とも）を懲らすも、ともに変わらぬこの世の行為。」とか「西瓜の種（シード）が産み出す貧苦、嵩は大きく水気（ジューシー）はたっぷり、まったく何たる独裁（オートクラシー）ぶり。」とかそんな風な詩だった[8]。

同じ所を中井義幸氏は次のように訳している。

森は、いつ行っても私を暖かく迎え入れてくれた。私はエミリー・デッキンソン流の短詩を書いては、一人で面白がっていた。「火をともす　屁をかます　どこがどう違う　実存の上で」とか、「スイカのタネは　なやみのタネ　でっかくてよくうれた　どぶどぶのどくさいしゃ」とかいった調子だ(9)。

　エミリ・ディキンスン（Emily Dickinson, 1830-1886）が登場している。1955 年にハーバード大学出版から Thomas H. Johnson 編集によるエミリ・ディキンスン詩集が出ている。だからケルアックがエミリ・ディキンスンという名前を取り上げているのは画期的なことではないだろうか。2007 年 9 月 8 日（土曜）、私はトマス・ヒギンスンがかつて住んでいたアメリカ、ロードアイランド州ニューポートを訪れた際に、『海辺の歌』詩集 Thalatta: a book for the seaside 1853 をニューポート公立図書館のトマス・W・ヒギンスン作品集コーナーで閲覧出来た。この詩集の表題の下に手書きで "Edited by T. W. Higginson & S. Longfellow" と書いてあった。この『海辺の歌』は 1853 年にトーマス・ウェントワース・ヒギンスンとサミュエル・ロングフェローの編集で出版されている。この選詩集はギリシャのホメロス、ウイリアム・シェークスピア、ウィリアム・ワーズワス、ドイツのゲーテたち、欧米の詩人たちの海に関する 127 篇の詩が収められている(10)。
　トマス・ウェントワース・ヒギンスンはエミリ・ディキンスンの文学的指導者であったことはよく知られている。浜田美佐子氏は「ディキンソンがヒギンソンに、助けを求め続けたのは、自分の特異性を確認し続けたいが為である。（中略）ディキンソンには、一つの権威としてのヒギンソンが、自分の独自性を「欠けたもの」としてではなく、「全」を贖うものとして捉らえ直す為には、必要だったのである」と述べている(11)。トマス・ヒギンスンはエミリに会うため 1870 年と 1873 年に遠路はるばるアマストの町を訪ねている。直接エミリ家を訪れた数少ない一人であ

った。二人の文通は終生続いた。

　「エミリ・ディキンスンは『（スプリング・フィールド）リパブリカン』を「毎晩」（書簡 133 番）読んでいて、政治的なニュースや意見だけでなく、芸術、文学、宗教、科学、またその他多くの当時の興味深い事柄の動向についての記事を読んだ。」[12] そこでトマスたちの編集の『海辺の歌』が『スプリング・フィールド・リパブリカン（The Springfield Daily Republican）誌に紹介されていたかどうか調べてみた。幸いにも京都産業大学の図書館は 2009 年 10 月 10 日（土曜）に Springfield Daily Republican のマイクロフィルムの閲覧を許可してくださった。閲覧していると 1853 年 5 月 16 日発行されたこの新聞の次の記事が目に入った。

> 「New Books: Thalatta: a book for the sea-side（新刊書：『タラッタ〈海〉海辺の本』1853 年 5 月 16 日 （16 May, 1853）（Whole No. 2802）」

　エミリ・ディキンスンはこの新刊書のことを知った可能性が高いことがわかった。また『エミリ・ディキンスン事典』によるとエミリ・ディキンスン家には『ハーパーズ・ニュー・　マンスリー（Harper's New Monthly Magazine)』が 1851 年 1 月から届けられていた[13]。そこでこの『ハーパーズ・ニュー・マンスリー』も調べてみた。幸いにも、私は 2009 年 9 月 19 日（土）南山大学瀬戸キャンパスで Harper's New Monthly Magazine を閲覧することが出来た。この雑誌の 1853 年 7 月号に次のような記事が掲載されていた。

> "*Thalatta, a Book for the Sea Side*, is the title of an admirable collection of poetry, relating to the ocean（『タラッタ〈海〉海辺の本』は海に関する賞賛に値する詩集である), published by Ticknor, Reed, and Fields."（Harper's New Monthly magazine No. XXXVIII.–July, 1853. Vol. VII., p. 282.)

　つまりエミリ・ディキンスンはトマス・ウェントワース・ヒギンスンとサムエル・ロングフェローの編集した欧米名詩選集『海辺の歌』を1853年の新聞と雑誌で知っていた可能性がある。エミリが海についてうたわれた『海辺の歌』を読んだかどうかは定かでない。古川隆夫氏が述べるように「エミリは海の詩人といわれてもいいほど、多くの海の詩を書き、また船の詩も書いている。つまり彼女は、それが大詩人の資質なのだが、彼女の想像によって〈海〉を描いている場合が多い。」(14) エミリはその詩集『海辺の歌』を読んでいても、いなくても新刊書紹介の題名にある「海」からも触発されていくつかの海の詩が生れていったとも考えられる。もちろんそれだけではないであろうが。

　岩田典子氏はエミリ・ディキンスンの海の詩を訳している。

　　荒れ狂う　荒れ狂う夜！
　　もしあなたと一緒なら
　　嵐の夜も
　　二人の華麗な宴となる

　　港に抱かれたこころには
　　風もとるにたりない
　　羅針盤も捨て
　　海図も捨て

　　楽園に漕ぎだしていく
　　ああ　海よ！
　　今宵　あなたのなかに　もし
　　錨をおろすことができるなら！ (15)

　岩田氏はこの詩について「愛の歓喜はこの世の楽園となり、さらに強

い願望として、大胆な性のイメージが最終行にむかってもりあがってい
く。1891年、彼女の詩集を編むとき、批評家のヒギンソンは素晴らし
い作品だが、処女の世捨て人がいつもこんな夢を抱いていたと読者にと
られたら困ると心配した。しかし「これを詩集からはずすことは、大変
な損失！」と考えて入れることにした。人々の関心が神にあった時代
に、彼女は自我を主張し、タブーとされていた性を書いた。20世紀を
先取りするかのように、「情欲の魔力に捉えられ」、情欲をうたいあげ
た」と解説している(16)。これは核心をついた説明ではないだろうか。
ケルアックの作品 The Dharma Bums でジャフィーことゲイリー・スナ
イダーは次のように語る。「どんな宗派の仏教であれ、どんな思想であ
れ、どんな社会システムであれ、性を卑しめるんだったら信用しない
よ。」(17) ジャフィーの発言を補足すべく仏教学者の金岡秀友氏が「愛欲」
について詳しく述べておられるので少し紹介したい。氏はこう言う。
「日本人は性に対してつねにはじらいとつつしみをもっていたという点
である。（中略）ヨーロッパの文学や絵画が追及する性の世界は、東洋
人の追うことをこばむ強烈な肉のにおいがある。（中略）このような、
ヨーロッパ人の「人間追及」は、キリスト教のもつ原罪観を克服しよう
とする志向の上に立つものであり、したがって、それはいかに極端な人
間肯定の書のように見えようとも、けっして単純・素朴なものではな
く、一度は人間否定の教えを知った上での屈折した肯定の書であったこ
とを忘れてはならない。（中略）それに反して、東洋、ことに日本で
は、宗教の圧力も、それに立ち向かう性も、ともにそのように決定的で
はない。宗教はおだやかにその道をとき、性はかるく人生の楽をうた
う、ふたつの人性の目的が火花を散らしてぶつかりあうことは稀であっ
た。」(18)

　氏はさらにこう述べる。「（仏教では）本質的には、性の欲望も、他の
欲望も同質に見る観念のうちから、性の絶対的罪悪観は生れにくい。性
を不浄とみる仏教徒の観念は、性の本質的罪悪視というよりは、性的対

象をことさらに醜化することによって性の欲望を抑止・抛棄せしめんとする実際的考慮に基づいていたように思われる。このため、仏教徒の性に対する意識的な禁忌は、かえってはなはだ反感覚的・反自然的であり、したがって極度に観念的にさえなったことがある。」[19]

ケルアックの *The Dharma Bums* でジャフィー・ライダー（ゲイリー・スナイダー）は「僕は『終わりなき山河』という題名の新しい長詩を完成するつもりだ」[20] と語っている。ジャフィーは『終わりなき山河』を書く予定だという。それが小説の中の話に終らず、スナイダーは1970年、7篇から構成された詩集『終わりなき山河』を出版した。さらに書き続け、その集大成としてスナイダーは *Mountains and Rivers Without End*（Counterpoint, 1996）を出版している。その日本語訳『終わりなき山河』山里勝己・原成吉訳（思潮社、2002）が出版されている。

The Dharma Bums でケルアックはアメリカの原爆の実験を批判しているが、59年後の2017年7月ニューヨークの国連で122カ国の賛成で核兵器禁止条約が採択された。ケルアックは当時それほど知られていなかった詩人のエミリ・ディキンスンを取り上げているが、今やエミリ・ディキンスンは世界的な詩人になっている。2017年には彼女の半生を描いた映画が日本でも上映されている。そしてジャフィーことゲイリー・スナイダーは本当に詩集『終わりなき山河』を書いたのである。塩田弘氏は「2002年7月5日に東京で行われたスナイダーのポエトリー・パフォーマンス『終わりなき山河』で最初に朗読されたのは鎌倉時代の禅僧、道元の『正法眼蔵』であった」[21] と述べている。スナイダーの実に畢生の作品『終わりなき山河』の発表でスナイダーが道元禅師の『正法眼蔵』を朗読したことは如何に『正法眼蔵』が重要であるかを物語っている。

この詩集はミラレパの言葉（1行）と道元禅師の『正法眼蔵の「画餅」（13行）の引用から始まっている。[22] つまりこの詩集では道元禅師の言葉が大きな意味合いを持っていることが推察される。スナイダーが引用

した『正法眼蔵』「画餅」の後半部分を取り上げる。それに相当すると
思われる個所の日本語は道元禅師の研究者、水野弥穂子氏が『正法眼
蔵』を現代語訳したものである

> もし画は真実でないと言うなら、万法はみな真実でない。万法がみな真実
> でなければ、仏法も真実でない。仏法がもし真実であるときは、画餅もそ
> のまま真実であるにちがいない。

> 尽界（世界全体）尽法（あらゆる諸法）は（修行力の中の）画図であるか
> ら、人法（人間の諸法）は（修行力の）画から現（成）するのであり、仏
> 祖は（修行力の）画から（現）成するのである。

> そういうことであるからして、（修行力で描いた）画餅でなければ（自己
> の真実の）飢を充たす薬はなく、画飢（修行力で画いた飢）でなければ
> （真実の）人に相逢うことはない。画充（修行力で画いた充）でなければ
> （修行の）力量はないのである。(23)

　では道元禅師はこの『正法眼蔵』「画餅」の巻で何を述べているのであ
あろうか。道元禅師は仏道を修行する人たちに古仏の言っている「画餅
不充飢」を参究するように投げかけている。「画餅不充飢」を役に立た
ない例えとして画にかいた餅は飢えを充たさないと解するなら一面的な
見かたであると批判する。「正伝の仏法の中では、自己も万法も、すべ
てが真実であるから、画餅と本当に口に入れる餅との対立を認めない。
もし、画餅が仏法の中で、飢えを充たさないものとして捨てられるな
ら、仏法自らの力が減殺される。尽十方界、尽界を仏法として見る仏道
修行者の受けとり方を説く」と水野弥穂子氏は解説している(24)。
　「道元禅師は画にかいた餅が飢を充たすことができない事態を充分に
認識した上で、今度は具体的な個個の事物が、画にかいた餅すなわち抽

象的な表象を通して把握され、実在としての意味を持って来ることを、古仏たち（名前略）の言葉を引用しながら、明解に説いておられる」と西嶋和夫氏は説明している[25]。その画餅とは両親のおかげによってこの世に生まれた姿であり、両親の生れる以前の世界の姿でもある。山水を画くには絵の具を用い、画餅を画くにはお米を用いる。だから「その（山水を画くにも画餅を画くにも）用いる所は同じであり、（自己の生きている真実の）工夫（しゅぎょう）（としては）等しいのである。」[26]「そのように工夫（しゅぎょう）するとき、生死去来は、すべて（生きている全体で描き出す）画図（えず）である。無上菩提もそのまま（生きている全体で描き出す）画図（えず）である。」[27]

「つまるところ、この世界もこの存在もことごとく画図であるのだから、人も存在も画によってあらわとなるのであり、仏祖もまた画によって成るのである」と増谷文雄氏は表現している[28]。そして玉城康四郎氏も「まさしく全世界・全存在は、ことごとく描かれた絵であるから、人も事象も、すべて絵より現れ、仏祖も絵より成就するのである。そういうわけであるから、「描かれた餅」でなければ、飢えを充たす薬はない。また「描かれた飢え」でなければ、人に出会うことはなく、また、「描かれた充」でなければ、力量は出てこないのである。（中略）この大切な主旨を参学するとき、「物を転じ、物が転ずる」という働きを、身心に究めつくしていくことができる」と訳している[29]。

「戒法を受け、大自然の摂理の霊妙さに目覚め、坐禅を中心とした生活を始めるとき、十方世界の土地も草木も、あるいは石垣や土塀、さらにはかわらけや石ころ、ありとあらゆるものがことごとく仏のありようを示し始めて、それらが発するある種の霊気があちこちに及び、それにふれると、摩訶不思議な仏の恩恵としか言い得ないようなおかげを知らずしらずのうちに受け、親密な（天地いっぱい渾然一体となった）さとりのすがたを示すのである」と道元禅師は示しておられる[30]。

道元について長年にわたって研究している辻口雄一郎氏は次のように論じている。

今日私たちは、「もの」を、もっぱら機能的側面からのみ捉えている。しかし機能を引き出すことを目指す「もの」との関係の追及は、一層巨大で深刻な「事故」の危険をも増大させてきた。私たちは、このことをどう考えたらよいのだろうか。たとえば2011年には三陸沖で巨大地震が発生し、巨大な津波が東日本の太平洋岸をおそった。この津波の影響で、福島県で発生した原子力発電所の炉心溶融事故は、当初「想定外の事故」と呼ばれた。しかしそれに対して世の人々は、それを「いいわけ」であるとし「想定外」などとはいわせないと非難した。それならば、今後、より厳格な想定をすれば、もはや原発事故は発生しなくなるのだろうか。私たちはテクノロジーの巨大化と並行するかのように巨大化する事故を目の当たりにして、今や「もの」との関わりについて、あらためて考え直す時に来ているのではないだろうか[31]。

辻口氏は過度な機能主義的な「もの」観を乗り越えるためには道元の『正法眼蔵』、この場合は「画餅」の巻が手がかりになるのではないかと言う。つまり「物を転じ、物が転ずる」力を参究していくとき、自分にとってのみの有益な視点ではいかがであろうかということになってくる。辻口氏はさらに次のように述べている。

我々が「想定外の事故」と呼ぶものは「もの」の無限の働きが、人間の価値的世界の網をやぶって発現してくることであって、我々の包囲網がどれほど多面的になったとしても、それによって、ものの存在を包囲し尽くすことは原理的に不可能なのである。だから私たちにとって必要なことは、決して事故を起こさないことを目的とする安全対策ではなく、事故は必ず起こることを前提とした、安全対策ではないだろうか。通常経済的な観点から資源、エネルギーとして捉えられる自然界と、そこに存在する「もの」をこうした観点から捉え直すことは、資源開発や、自然災害、環境問題等に対する一つの原理的な立脚点として、ガイア仮説等に見られる全体

主義的視点とは異なる可能性を秘めているということができるのではないだろうか(32)。

　辻口氏は完璧に事故を防ぐことを目標とする安全防止策ではなくて、事故は必ず起こりうることを前提とした安全対策が必要であると語っている。それは固定観念に縛られやすい私たちに驕りや傲慢さが高まる危険性を示唆している。スナイダーの著書「終わりなき山河」の題名が示しているように世界は循環していく。その循環していく世界を謙虚な姿勢で見つめていくことが出発点になっていく。それをスナイダーは『正法眼蔵』「画餅」に見ていると思う。

　スナイダーは『終わりなき山河』の中に点在する排泄物（大少便）を取り上げている。スナイダーは日本に来る前から仏教に関心を持ち、日本で 10 年にわたり禅の修行をして後アメリカに帰国してから今日までおよそ 70 年余の間仏教、特に禅の研鑽を続けている。そのことと、この『終わりなき山河』の詩集の中に書かれている排泄物（大小便）とは大いに関係があると思われる。排泄物は循環する最も身近な動きである。スナイダーは詩集『終わりなき山河』で排泄物（大便）を表現している。(33)

　　近くに、ごつごつした岩場。
　　それを登る
　　動物の糞がきれいに並んだ岩棚をすぎ
　　先端にあるくすんだ赤い砂岩がむきだしになった地層に立つ。(下線部筆
　　者　以下同じ)(34)

　ここでは排泄物（大便）は "scat" という表現が使われている。これは「山の精 (*The Mountain Spirit*)」という詩の中に登場する。この詩の最初に「絶えることなき生命の車輪 (Ceaseless wheel of lives)」が 2 回繰

り返されている。川、山、雲、氷河、全てが循環し、変化を続ける。「仏陀のような頂きは / 水を循環する世界の深い中心へ / 流し込んでいく」(Peaks like Buddhas at the heights / send waters streaming down / to the deep center of the turning world)[35] この循環を歌う詩において「排泄物、大小便」は詩のなかで大切な役目を果たしている。

　道元禅師は『正法眼蔵』「洗浄」の巻で次のように語っている。「釈尊の弟子の一人、ラゴラがお便所に宿をとったことがあった。そのことを知った釈尊はラゴラの頭をなでて、あなたがお便所に宿をとったのは貧しいからではない。また富貴を失ったからでもない。ただ仏道を求めるが故である。出家者は苦を忍ばなければならない。」[36] 仏教において、また禅においてもお便所は修行をする大切な所であり、清掃して、気持ちよく使用できるように工夫する。それをとりまく排泄物を含めた全てはまた修行の対象になる。お便所は循環を体得していく大切な場所である。スナイダーの詩にまた排泄物が登場する。[37]

　　　「光り輝く天」、太陽の女神は
　　　　　　無鉄砲な弟が
　　　　　　　泥や糞、それに皮を半分剥ぎとった馬を
　　　　　　祭壇にあたりかまわず投げつけたので
　　　怒って岩屋にこもり——入口を岩で塞ぎ——
　　　　　　世界を闇につつんだ。[38]

　上の一節は「ダンス（The Dance）」の中にある。さきほどの詩では排泄物は "scat" と表現されていたが、今度は "shit" という言葉が使われている。この詩では川の流れをダンスに例えており、日本語の「舞い」をそのままローマ字表記している。源流（headwaters）は川（creeks）になり曲がりくねって進む（meander）。そして「塩と黄金を海へもたらす」(putting salt and gold dust in the sea)。ここも循環が示唆されている。ち

なみに松生恒夫氏（医学博士）は次のような報告をしておられる。「2011年の調査に引き続いておこなわれた、2013年3月（対象者の小学生5441名、母親4309人に拡大）の結果をみてみますと（ニュートラシューティカルズ事業部製品部調査）、毎日排便がない子が52.6パーセントと半数以上、つまりは前回調査よりも増加しました。さらには、全体では2割強の母親が便秘気味だと感じていました。では食材に関しての意識をみてみますと、子どもの食物繊維が足りていないと思っている母親は48パーセントであり、52パーセントは不足を認識していました。また、子どもに意識的に食物繊維を摂らせている母親は51パーセントで、残りの49パーセントは意識していないという答えを示しています。」[39]この調査結果は私たちが食事を頂き、順調な排泄により、健康な生活を保っていくという体の循環に対して大切な情報を提供している。スナイダーはさらに排泄物を詩に書いている。[40]

　　　以下のすべては、5086個のコヨーテの糞より検出。

　　　（中略）

　　　一万年の営み

　　　　—ラヴロック洞窟には

　　　　　　　数千個の旧人の排泄物—

　　モリネズミのものすごい堆積物。泥板岩の薄片、数珠、ヒツジの糞

　　鹿の角の薄片、刺が

　　何世紀にもわたって積み上げられ

　　それが張り出したものの下に——崖の洞窟——

　　その底には、古い時代の排泄物。

　　オレンジがかった黄色　尿のような琥珀色。

　　八千年の茂みの営み、そのすべての名残がここにある。

　　　　　　雨が降って、新たな名前。[41]

　上の詩行は「古いモリネズミの悪臭を放つ家（Old Woodrat's Stinky House）」で書かれている。ここでは排泄物（大便）は "scats"、"droppings"、"fecal pellets" と表現されている。

　「尿」（urine）も見える。上の詩行では省略したが、この詩ではサバクモリネズミが小枝を集めた巣に尿を塗ることによって完成することも書かれている。40年ほど前にインドの仏跡参拝旅行に参加したことがある。インドで牛の糞を乾かして燃料として使用していることを知った。循環する生活を実践している。スナイダーは排泄物を表現して循環を謡う。(42)

　　　　苔のなかにはあちこちに糞の山
　　　　草のなかには螺旋形の角
　　　　ツンドラの長い広がり、斜面は
　　　　ドゥーナラック山の頂へと続いている
　　　　はるかな緑に、白いヒツジの点てんが見える
　　　　（中略）
　　　　かれらドール・シープの角のように
　　　　カールしながら
　　　　上昇、下降をくりかえし
　　　　暖めたり、冷やしたりする気団の渦巻きと一緒に
　　　　ヒツジたちは雲の群れを切り開く。頭蓋骨と糞の
　　　　前進する「足」――
　　　　雲は昇華して混じりけのない大気にかわり
　　　　南風となって峠をぬけて
　　　　白い点、ドール・シープを養う――露となって。(43)

　この一節では北極地方の涼しい北風　雲低くかかる　緑の山の斜面に白い山ヒツジの糞が苔のあちこちに点在している。これらの点在する糞

は植物の栄養になっていく。循環する様子が表現されている。ここでは排泄物は "Pellet" また "pellets" になっている。雲は昇り、露になって動物や植物を助ける。ここでもゆっくりとした循環のなかでヒツジは生活している様子が書かれている。スナイダーはインドの排泄物を表現している。⁽⁴⁴⁾

ヴァラナシ

彼らは糞を食べている
　　暗がりの中で
　　石の床の上で
片足の猿たち、片足で跳びまわる乳牛たち⁽⁴⁵⁾

　上の詩行は「マーケット（The market）」の一節である。ここでは排泄物は "feces" である。この一節の最初の行に「彼らは糞を食べている」という表現がある。有田正光・石村多門氏は「生きるとはウンコを食べることである」と題して興味深く説明している。その一節だけを引用させていただく。「もっともっと大きい生態学的循環の中で、われわれは小便を飲みウンコを食べているのではないか。だとすれば、再検討さるべき重要な問題は、現在の大規模技術による水循環よりもむしろ、旧来の農業のほうが壮大な水循環を実現していた、という点にある。つまり、江戸時代よりも今日のほうが、ウンコをすぐ口に運んでしまうシステムになってしまっているのである。」⁽⁴⁶⁾

　「ヴァラナシ」という都市が表示されている。この町は仏教でも釈尊がこの郊外「鹿野苑」で初めて説法したことで有名で、仏教の四大聖地の一つである。13 世紀に中国で『無門関』という書物が刊行されている。優れた禅の体験が収められたもので、禅の指導者は修行僧のために用いる書物の一つである。その中の第 21 則「雲門屎橛（うんもんしけつ）」

という公案がある。雲門禅師に一人の僧が「仏とは何ですか」と問うた。すると禅師は「乾屎橛（かんしけつ」と答えた。さきほど述べたように禅仏教もお便所を修行の大切な場所としてみなしている。従ってこの問答はお便所の中でなされたに違いない。それはお便所を掃除していた時か、わざわざお便所に連れて行ったのかその辺のところはわからない。ともかくお便所全てが禅の修行の場である。おろそかにできない。お便所の時、現在では私たちはトイレットペーパーを使用する。当時は「乾屎橛」等が使用されていたようだ。だからとても大切なものである。現代の場面に置きかえればこうなる。「仏とは何ですか」「ほらこのトイレットにあるこのトイレットペーパーだよ」ということになろうか。

　この『終わりなき山河』の詩集には今回取り上げた以外の詩行にも排泄物（大小便）の表現が見られる。スナイダーの画く終わりなき山河は宇宙の銀河系、太陽系、地球という広大な山水画である。それは道元禅師のいう画餅であり、一切の諸仏の現れである。それは何十億年という悠久において循環している終わりなき山河である。真実である。その循環の画図を象徴している一つが排泄物である。だから道元禅師は語りかける。「大小便を行ずる時は、まさに願うべきである。衆生の汚れを除き去って、貪（むさぼり）、瞋（いかり）、痴（おろか）なる三毒をして滅尽せしめんことを。」[47]

注

（1）ジャック・ケルアック（Jack Kerouac）『禅ヒッピー』（*The Dharma Bums*）小原広忠訳（太陽社、1994、初版は 1975 年）、369 頁。

（2）Jack Kerouac, *The Dharma Bums* (Penguin Books, 1977), p. 130.

（3）中野重治「解説として」峠三吉『新編　原爆詩集』解説　中野重治・鶴見俊輔（青木書店、2004）、148-149 頁。

（4）鶴見俊輔「1995 年の解説」峠三吉『新編　原爆詩集』、同上、160 頁。

（5）峠三吉『新編　原爆詩集』、同上、56 頁。カレン・L・ソーンバー（Karen L. Thornber）氏は「戦後、峠三吉や原民喜などが、原爆の惨禍を訴えた作品を出版したとき、当時の文壇からは「これは文学ではない」「被爆体験は

文学のテーマにはなりえない」と激しく批判されました。何が文学で、何が文学でないのかについては様々な議論があります。その範囲を狭くとらえる人もいれば、広くとらえる人もいます。私は後者で、社会問題をテーマとした作品も文学であると考えています。私が峠三吉の『原爆詩集』を英訳したのもそのためです」と語っている。(「村上春樹と東野圭吾はなぜ世界で愛されるのか」『中央公論』③ 2019、32 頁) ソーンバー氏は「小説が必ずしも社会問題の抑止力になるとはかぎりませんし、病気で苦しむ患者や家族の癒しになるとも思いません。でも文学にはこうした問題を世界に強く問いかける力があると信じています」と結んでいる。

(6) *the japan times On Sunday*, July 9, 2017. New York KYODO.

(7) *The Dharma Bums*, 前掲、p. 136.

(8)『禅ヒッピー』小原広忠訳、前掲、207 頁。

(9) ジャック・ケルアック (Jack Kerouac)『ジェフィ・ライダー物語』(*The Dharma Bums*) 中井義幸訳 (講談社、1982、初版は 1977 年)、223 頁。

(10) 田中泰賢「欧米名詩選集『海辺の歌』*Thalatta* 1853」『ジャパン ポエトリー・レヴュー』第 16 号 (2011):5-13 参照。

(11) 浜田美佐子「エミリー・ディキンソンの Measurement──"I'm Nobody"──」(『東海女子大学紀要』13:41-62、1993)、51 頁。
因みにディキンソンとヒギンソンについて諸氏の論文を参照 (論文は年代順):樋口日出雄「ディキンソンとヒギンソン」(『梅光女学院大学英文学研究』4:145-157、1968)、松田香美「Higginson と Dickinson-Higginson に送った Emily Dickinson の四つの詩をめぐって─」(『作陽音楽大学・作陽短期大学研究紀要』16 (2):21-36、1983)、朝比奈緑「エミリー・ディキンスンと「若い投稿者への手紙」」(『英語青年』137 (12):2-6、1992)、朝比奈緑「エミリー・ディキンスンと『アウトドア・ペーパーズ』」(『MINERVA 英米文学ライブラリー② アメリカ文学の〈自然〉を読む─ネイチャーライティングの世界へ─』:217-236、ミネルヴァ書房、1996)、原口遼「評釈ディキンスンの手紙 (1)─批評家ヒギンソンへの手紙」(『文学研究 (九州大学文学部)』96:15-53、1999)。

(12)『エミリ・ディキンスン事典』ジェイン・D. エバウェイン編、鵜野ひろ子訳 (雄松堂出版、2007)、306 頁。

(13) 同上、156 頁。

(14) 古川隆夫『エミリ・ディキンスンの技法』(桐原書店、1981)、100 頁。

(15) 岩田典子『エミリ・ディキンスン─愛と詩の殉教者』(創元社、1982)、131-132 頁。因みにディキンスンと海についての諸氏の論文を参照 (論文

は年代順）：萱嶋八郎「Emily Dickinson の海のイメジャリー」（『四国学院大学論集』21：97-113、1971）、大本剛士「エミリ・ディキンソンと海」（『専修人文論集』13：1-44、1974）、加藤菊雄「ディキンスンの初期における「海」の心象」（『OTSUMA REVIEW（大妻女子大）』6：6-17、1974）、釣伸子「エミリー・ディキンスンの海」（『文学と評論』9：22-26、1977）、風呂本惇子「海への想い―― Emily Dickinson の詩への一つのアプローチ」（『神戸女子大学紀要』8：27-46、1979）、千葉剛「Emily Dickinson にとっての『海』」（『ふじみ（富士見同人会）』1：17-31、1979）、澤田多佳子「「海」に託した愛――エミリ・ディキンスンの7つの詩」（『英米文学（光華女子大）』9：28-42、1992）、菅原みゆき「エミリ・ディキンスンと「海」」（『文学と評論』2（10）：96-105、1993）、武田雅子「対訳：エミリ・ディキンスンの海の詩（上）」（『大阪樟蔭女子大学論集』33：11-37、1996）、武田雅子「対訳：エミリ・ディキンスンの海の詩（下）」（『大阪樟蔭女子大学論集』34：13-46、1997）、渡辺信二「分節化する「海」：ディキンスンの秘密」（『立教大学文学部英米文学科「英米文学」』64：95-116、2004）。

(16) 岩田典子、同上、132頁。

(17) *The Dharma Bums*、前掲、p. 30.

(18) 金岡秀友『さとりの秘密　理趣経入門』（筑摩書房、1986）、189-193頁抜粋引用。

(19) 同上、232頁。

(20) *The Dharma Bums*、前掲、p. 200.

(21) 塩田弘『ゲーリー・スナイダーのバイオリージョナリズム――『ノー・ネイチャー』と『終わりなき山河』』（雄松堂、2003）、62頁。

(22) Gary Snyder, *Mountains and Rivers Without End* (Counterpoint, 1997), p. ix.

(23) 水野弥穂子訳註『正法眼蔵　3　原文対照現代語訳・道元禅師全集③』（春秋社、2006）、121-125頁抜粋引用。

(24) 同上、114頁。

(25) 西嶋和夫『現代語訳正法眼蔵』第六巻（仏教社、1983）、209頁。

(26) 水野弥穂子訳註『正法眼蔵　3』、前掲、118頁。

(27) 同上、120頁。

(28) 増谷文雄『現代語訳　正法眼蔵』第四巻（角川書店、1973）、207-208頁。

(29) 玉城康四郎『現代語訳　正法眼蔵　（三）』（大蔵出版、1995）、396頁。

(30) 小倉玄照『修証義のことば』（誠信書房、2003）、106-107頁。

(31) 辻口雄一郎『正法眼蔵の思想的研究』（北樹出版、2012）、289頁。

(32) 同上、299 頁。

(33) *Mountains and Rivers Without End*, 前掲、p. 141.　ロジャー・ギルバート（Roger Gilbert）は研究書 *Walks in the World Representation and Experience in Modern American Poetry*（Princeton University Press, 1991）でゲイリー・スナイダーの詩集『六つの詩から成る終わりなき山河』（1979 年版）が喚起しようとしているのは〈空間（sapce）の旅の認識〉がこの詩集の六つの詩に於いて深く伝えられている。これらの詩はスナイダーの〈動き（movement）〉に焦点が当てられているという主旨のことを述べている。ギルバート氏はスナイダーが山など様々な場所（空間）を旅する（journey）物理的な動き（movement）について述べている。面白いことに本文で取り上げているようにいくつかの詩において糞便の語彙が見られる。このことは「動き（movement）」が持つもう一つの意味「便通」を連想させる。スナイダーは1996 年に更に多くの詩を集めて『終わりなき山河』を出版している。この詩集においても先ほど述べた詩以外に更にいくつかの詩において糞便の語彙を用いている。そうすると地上の場所を歩いて旅するだけでなく、体内空間を旅して動いていくことも表していくことが分かってくる。「空間（space）」はスナイダーの著書『惑星の未来を想像する者たちへ』（*A Place in Space*, 1995）へと発展している。宇宙空間への動きである。さらにこの空間の旅の動きは心の中の旅へと深化しており、道元たちの言葉が散見される。そうするとギルバート氏の「動き（movement）」は予言的な意味合いを持っていたと考えることができる。そういうことを想像する機会を与えてくれたギルバート氏に感謝したい。

(34) ゲーリー・スナイダー『終わりなき山河』山里勝己・原成吉訳、（思潮社、2006）, 232 頁。

(35) *Mountains and Rivers Without End*, 前掲、p. 145.

(36) 水野弥穂子訳注『正法眼蔵　6　原文対照現代語訳・道元禅師全集⑥』（春秋社、2009）、24 頁参照。

(37) *Mountains and Rivers Without End*, 前掲、p. 133.

(38) 山里勝己・原成吉訳、前掲、220 頁。

(39) 松生恒夫（まついけ　つねお）『老いない腸をつくる』（平凡社、2013）、13 頁。

(40) *Mountains and Rivers Without End*, 前掲、pp. 120–121.

(41) 山里勝己・原成吉訳、前掲、200–201 頁。

(42) *Mountains and Rivers Without End*, 前掲、pp. 92–94.

(43) 山里勝己・原成吉訳、前掲、159–162 頁。

（44）*Mountains and Rivers Without End*, 前掲、p.51.

（45）山里勝己・原成吉訳、前掲、91 頁。

（46）有田正光（ありた・まさみつ）・石村多門（いしむら・たもん）『ウンコに学べ！』（筑摩書房、2006）、069 頁。

（47）中村宗一他訳『全訳　正法眼蔵』巻三（誠信書房、1975）、38 頁。

4章

フィリップ・ホエーランと
ロアルド・ホフマンの詩

ロアルド・ホフマン（Roald Hoffmann, 1937-）はアメリカの大学で教育・研究をしている科学者で、1981 年度のノーベル化学賞を福井謙一氏（1918-1998）とともに受賞している。彼はまた、詩集や戯曲も出版しているので文学者でもある。2016 年 11 月 3 日、彼の戯曲『これはあなたのもの』（*Something That Belongs to You*）が名古屋工業大学で上演された。翻訳者は川島慶子氏（名古屋工業大学教授）である。この戯曲はホフマンが幼いころ第 2 次大戦中に強制収容所に入れられ、その後、知人の屋根裏に隠れ住んだ辛い経験から生まれた作品である。

ホフマンはニューヨークのコロンビア大学の学生時代、ドナルド・キーン（1922-2019）の授業を受けた様子を次のように語っている。「コロンビア大学の図書館の地下室の小さな教室で、キーン先生が能の演目のひとくだりを謡ってくれたことを今でも覚えています。自分（キーン先生）が訳した清少納言や松尾芭蕉を朗読してくれたことも。」[1] 日本文学及び日本文化に造詣の深いドナルド・キーンから日本文学の講義を受けたのみならず実演や朗読の教えを受けたことはホフマンにとって幸いであった。今回取りあげたホフマンの詩「文楽」はキーンからの影響も大きいと思う。

フィリップ・ホエーラン（Philip Whalen, 1923-2002）はアメリカの詩人で、禅僧でもあった。原成吉氏は著書『アメリカ現代詩入門　エズラ・パウンドからボブ・ディランまで』（勉誠出版、2020）において〈ベストアメリカンポエトリー 100 冊〉を選び掲載している。その中に

フィリップ・ホエーランの『全詩集』（*The Collected Poems*）も入っている。ホフマンとホエーランの2人の間に直接の関係は無かったけれど、2人とも第2次世界大戦を経験して、戦争の詩を書いている。彼らは日本文化にも関心を持っていることが彼らの詩集から伺える。そういった観点から彼らの詩の一端を紹介した。

　ホフマンは詩人でもある。氏は数冊の詩集を出版している。その1冊に『メタミクト状態』（*The Metamict State*）という題名の詩集がある。この詩集の題名がいかにも科学者らしい性質を醸し出している。この詩集の中に「文楽」という詩が書かれている。

文楽

3人の黒い頭巾をかぶった人形を操る人たち、

1体の繊細で多色な人形浄瑠璃。

1人は左手を動かす

1人は着物を動かす、隠れた足があるように見せかけながら

1人は残り全部を動かす

傍らの床（ゆか）で

浄瑠璃（義太夫節）を語る人は死を受け入れ、復讐をたくらむ、

戦の物語に声を張り上げ、唸る。

三味線を弾く人の左側に（太夫は）座る。

3人の黒い頭巾をかぶった人たち、人形浄瑠璃。

3人の動き、人形浄瑠璃の自由。

　　　バリ島の影絵芝居とも違う、指人形でもなく、あるいは

　　　マリオネットでもない。

（人形遣いの）動作が上手になされ、（人形は際立ち、人形遣いの）姿が消える。

　夢に現れた避難所という劇場で

　親愛なる淑女、あなたもまた人形浄瑠璃。

　あなたの父のうねった皺の顔と

　　　　　彼の苦悩にあなたも苦しむ。

　夫の性の悩みに動じない態度にあなたは力づけられ、

　師匠の激励によってあなたの覆面がふさわしいものになってくる。

　あなたを贔屓にする人たちにはあなたは本当に信じられる人。

　彼らは美、優雅さ、洒落を理解し

　つかの間の情熱を込めた瞬間

　魅了されてしまう

　黒い頭巾をかぶった人形遣いたちをほとんど忘れるほどに。[2]

　1連目の「戦」という言葉、2連目の「自由」という言葉、3連目の「避難所」という言葉はホフマン自身が第2次世界大戦の時、迫害から逃れるために屋根裏部屋で誰にも見つからないようにひっそりと暮らした幼少の時の思いが重ね合わさっているように思われる。そして「自由」をどれほど待ち望んでいたのかという気持ちがこの「文楽」の詩に込められている。

　森谷裕美子氏は文楽について次のように述べておられる。

　　文楽とは、人形浄瑠璃のことである。義太夫節（浄瑠璃）に合わせて人形を操る芝居である。江戸時代、大阪（近世の表記では大坂）で生まれた芸能であり、現在でも大阪や東京を中心に公演が行われている。
　　文楽は、義太夫節を語る太夫、三味線弾き、人形を操る人形遣いで主に成り立っている。舞台に登場するのは、太夫、三味線弾き、人形遣いである。その他、観客は直接目にすることはないが、陰で笛や太鼓などを演奏する囃子、人形の首や手足を作る人、人形の髪を結い上げる床山と言われる

人、人形の衣装を調達する人がいる。また舞台上で使う小道具や、舞台装置などの大道具、照明、音響等の担当者も必要である。これらの人々の協力のもと、一つの舞台が作り上げられる。(3)

　森谷裕美子氏はわかりやすく文楽について説明しているので、私たちも文楽の概略について理解することが出来る。
　上の詩の最初の行は「3人の黒い頭巾をかぶった、人形を操る人たち」と表現されている。「文楽の人形は、頭・顔にあたるかしらと右手を操作する「主遣い」、左手を操作する「左遣い」、足を動かす「足遣い」の3人で1体の人形を操る」(4) という。上から4行目の「1人は着物を動かす、隠れた足があるように見せかけながら」という表現は足遣いが、着物に隠れている足を動かしていると解釈することも出来る。上から6行目は「傍らの床で」と表現されている。「床とは太夫と三味線が義太夫節を演奏するところ。客席に向かって張り出した、小さな廻り舞台のようになっており、クルリと廻ることで演奏者が交替する」(5) という。1連目の最終行は「三味線を弾く人の左側に（太夫は）座る」とある。客席から見ると太夫は三味線を弾く人の左側に座って浄瑠璃を語る。しかし演者側から見れば逆になる。2連目の最終行は「（人形遣いの）動作が上手になされ、（人形は際立ち、人形遣いの）姿が消える」と表現されている。「人形遣いの修業は、どうしても12、3才頃からでないと、旨くいかない。まず劇場内外の習慣や舞台の寸法を呑み込んで、小道具の出し入れから、浄瑠璃の文句を覚えて、次に足を持って主遣いにつれて匍い廻るのだが、この小道具の出し入れ、後見の間が3年、足遣いが3年、左手が3年、合せて一人前の人形遣いになるのがざっと10年ということになる。」(6) 文楽の人形を、あたかも人間であるかのように自由に操作できるようになるには長い期間の修業があって初めて一人前の人形遣いになることがわかる。
　「人形遣いは黒い着付を着ている。自分の顔さえ黒い頭巾で覆ってい

るのが本当である。黒は無を意味して人形のみを活かすように出来ている。主遣いが高い下駄をはくのは人形を一定の高さに差上げているためと、足遣いの操作を自由にするためである。吉田玉五郎」[7]

「人形は眉が大きく上下させられるし、目は大きいし、百日鬘でも自由に大ゆすり出来るし手足は自由な形にきまれるのでさわやかな見得が出来る所以である」[8] という。また浜村米蔵氏は「一体人間が自分自身で表現しないで、人形劇のような人形を操る演劇を造りだしたのには、凡そ二つの理由があると思う。一つはくどいようだが古代のカタシロとかヒトガタのような人形に寄せる信仰である。他の一つは簡単に動かしたり持ち運びができるからである」[9] と語っている。上のホフマンの詩「文楽」の2連目の2行に「人間浄瑠璃の自由」（the puppet's free）と表現されているのは人形によってより自由な動作や感情を表すことができることを仄めかしている。しかしそれだけでなくホフマン氏自身が幼いころ強制収容所という場所で不自由な時代を過ごしたことと無縁ではない言葉がこの「自由」という響きではないだろうか。

昭和52年3月に「人間国宝」の指定を受けた初代玉男氏は、「文楽の人形は、物語を演じたり音楽に合わせて踊ったりするだけではない。人形遣い、太夫、三味線弾きが一緒になって劇的、美的経験を創造し、人間の感情の深い奥のほうを観客と一緒にうかがうものだ」[10] と言う。人形遣いが黒衣をきることによって人形を浮かび上がらせる。そして演じる側と観客が一体になって浄瑠璃の世界に入って行く。この詩行はそういう状況を意味していると思われる。

文楽から離れて、「浄瑠璃」という言葉の側面について紹介してみたい。それも筆者が住んでいる愛知県という限られた空間からの視点である。高橋秀雄・蒲生郷昭氏は浄瑠璃について次のように述べている。

浄瑠璃の起源は明らかではないが、『平家物語』を語って演奏する「平曲」に続く新語り物音楽が、「浄瑠璃」という名で総称されている。おそらく

は新しい時代にふさわしい語り物の音楽の曲目の中で、もっとも人気を呼んでもてはやされたのが「十二段草子」とも呼ばれる『浄瑠璃姫物語』であったところから、浄瑠璃という名称が新語り物音楽の総称となったのであろう[11]。

『釈迦・薬師信仰便覧』によれば、「古典音曲の浄瑠璃は、本作の流行によってつけられた名前である。その内容は、「諸本によって内容は異なるが、もっとも古い形の山崎美成旧蔵写本によってみると、三河鳳来寺側で作られた薬師如来の申し子浄瑠璃姫の本地譚で、姫の恋の苦難と成仏（五輪砕〈ごりんくだき〉）が描かれ、薬師の利生を宣唱する御曹司蘇生の場（吹上）も重要な要素である。東海道筋に多く残る遊女と貴公子の悲恋という話の型にのった矢作（やはぎ）の遊女浄瑠璃と御曹司の悲恋の伝説が、その下敷きになっていると考えられる（『日本古典文学大辞典』〈信多純一〉）」という。[12]

浄瑠璃姫物語には三河の鳳来寺が重要な要素であることがわかる。日本の薬師如来信仰は観音菩薩信仰とともに広く全国に浸透している。山田知子氏は、「鳳来寺と三河・尾張の薬師信仰」と題して論じている。三河・尾張とは現在の愛知県である。

三河・尾張地方には薬師をまつっている寺院やお堂が多い。ことに鳳来寺をはじめとする山岳寺院や臨海地の寺院には、古代に創建されたと伝えられるものが多くみられる。（中略）薬師が山の神霊や海の神霊、あるいは死霊の鎮まりいます霊地霊場にまつられたということは、すなわち薬師がこれらの霊の象徴であったからである。したがって薬師は山神や海の神のもつ祟り易い性格と同時に、まつられることによって大きな恩寵をもたらすという二面的性格を有するものであり、こうした薬師を対象として悔過修行が行われ衆病消除や天下安全が祈願されてきたのである[13]

　山田氏によると、愛知県は山側に位置する鳳来寺等のみならず海側の寺院にも薬師信仰が広がって今日にいたっている。薬師如来は慈悲深い仏であるけれどそれ以上に怠けやすい生活を励ましてくれる厳しい仏でもあった。山田氏はさらに次のように述べている。

　　『浄瑠璃姫物語』は、『浄瑠璃御前物語』ともいわれ、室町時代の末頃より座頭などによって語られている「語り物」の一つで、庶民の間で最も愛好されたところから語り物のことを「浄瑠璃」と称するようになったと伝えられている。その内容は、三河（愛知）の国司兼高と矢作の長者（遊女）夫婦が、鳳来寺峯の薬師に百日間参籠して祈願し授かった美しい娘「浄瑠璃」と、金売吉次に伴われて東国に下る途中矢作に宿した「牛若丸」との恋物語で、のちに十二段に分けられて『十二段草子』と呼ばれるようになった。これが大衆化して絵巻形式の読本もつくられ、さらに近松門左衛門作，竹本義太夫の『十二段』に発展したとみられている。」[14]

　浄瑠璃と薬師如来の関係であるが、「薬師如来の詳しい名号は、「東方浄瑠璃浄土教主薬師如来」といい、東の方、十恒河沙（ガンジス河の砂の数の十倍）の仏の国を過ぎた所に、浄瑠璃という世界があり、そこの教主である。薬師さまは修行中の菩薩の時、十二の願を立てている」[15]という。薬師如来は別名、浄瑠璃のことであることがわかる。『浄瑠璃姫物語』は『十二段草子』とも呼ばれるが、この十二という数字は浄瑠璃薬師如来の大願の十二と偶然同じとは言い切れないと思う。作者は薬師瑠璃光如来の十二の大願或いは次に述べる十二神将を知っていた可能性が高い。

　『浄瑠璃十二段草子』に「なむやくし十二しん、ねかはくは、身つからに、なんしにても、をなこにても、こたねを一人、さつけ給へ」[16]とある。兼高夫妻が浄瑠璃薬師如来に男子であれ、女子であれ、子供を授けてくださるようお願いしている。上で述べられている「なむやくし

十二しん」は、南無薬師十二神将のことである。十二神将は薬師如来の
眷属で、薬師如来の尊称を忘れない人々の護法神である。「なむやくし
十二しん」とは浄瑠璃薬師如来と十二神将に帰依しますという意味にな
る。ちなみに飯塚幸謙老師は「薬師瑠璃光如来本願功徳経」（大唐三蔵
法師玄奘詔により訳し奉る）の十二の大願を簡潔にまとめておられるの
で引用させていただく。

「薬師瑠璃光如来本願功徳経」（大唐三蔵法師玄奘詔により訳し奉る）

第一願　悟れる者の智徳を得させたい。

第二願　身体清浄、心情潔白にさせたい。

第三願　貧しさ故、欲しい欲しいと貪せぬ環境にさせたい。

第四願　偏見により、常に誤解する（邪道）ことのないようにさせたい。

第五願　遵法の心（法律のみならず、天地の理）を持たせたい。

第六願　物心身体貧困のため、人格不正常のないよう、正したい。

第七願　病気になり、看護も、医療も、ベッドも、薬も欠けぬよう、治し
てやりたい。

第八願　煩悩に邪魔されず、まっすぐに修行が出来、男女の区別なく悟ら
せたい。

第九願　不正の仲間から立ち直らせたい。

第十願　受刑中の悪人も立ち直らせたい。

第十一願　身辺の逆境に遇って、むさぼりの悪に走ることのないようにさ
せたい。

第十二願　衣住に不足し、寒熱やむさぼりの悪に悩まされぬようにさせた
い。[17]

　上の十二願全てが現代社会の課題であることがわかる。浄瑠璃が人々
の娯楽であったろうし、今もそうである。しかし、浄瑠璃が恋愛の問題
を扱う物語であれ、戦争の問題を扱う物語であれ、あるいは日常茶飯事

の事件の問題を扱う物語等であれ、単に娯楽にとどまることなく上の
十二願から見ても浄瑠璃の物語を人生の問題提起と受け止めていた人た
ちもいたのではないだろうか。

　愛知県岡崎市の浄瑠璃姫の遺跡を拝登した。誓願寺（岡崎市矢作町馬
場4）は名古屋鉄道（名鉄）の矢作橋駅で下車し、新国道を渡り、旧国
道を右に折れると山門がある。山門の横に十王堂がある。境内に入ると
右手に浄瑠璃姫のお墓と兼高長者のお墓等が安置されている。その前に
設置されている掲示板には次のように記されている。

　　　浄瑠璃姫の墓　中央宝篋（ほうきょう）印塔
　　　兼高（かねたか）長者の墓　左端五輪塔
　　　　　　　　　浄瑠璃姫縁起

浄瑠璃姫は年老いて子どものなかった矢作の里の長者兼高夫婦が日頃から
信仰していた鳳来寺の薬師瑠璃光如来にお願いして授かったといわれる。
そのため、浄瑠璃姫と名づけられたいそう美しく育った。1174年3月、
牛若丸（源義経）は東北地方の藤原秀衡（ひでひら）をたよって旅を続け
る途中、矢作の里を訪れ、兼高長者の家に宿をとった。長者の家に11日
ほど世話になっていたが、ある日ふと一室から静かに聞こえてきた美しい
琴の音にひかれ、持っていた笛で吹き合わせたことからいつしか二人の間
に愛がめばえていた。しかし、義経は東北へ旅立たねばならず、形見とし
て名笛「薄墨」を姫に授け、矢作の里を去った。姫は、笛を大切にしてい
たが、義経を想う心は日ごとに募るばかりで、ついに後を追いかけた。し
かし、女の足ではとうてい追いつけず、添うに添われぬ恋に悲しみのあま
り、管生川に身を投げて短い人生を終えた。時に、姫は17歳であったと
いう。兼高長者はその遺体を当誓願寺に埋葬した。十王堂を建て、義経と
浄瑠璃姫の木像を造り、「名笛・薄墨」と姫の鏡を安置し、冥福を祈っ
た。浄瑠璃姫の墓や供養塔は岡崎公園の北口や成就院にもあり、人々にそ

の悲しい恋をしのばせてくれる。

（寄贈・文責　ボーイスカウト岡崎第五団）

　やはりこの掲示板にも夫婦が子どもを授かるように鳳来寺の薬師瑠璃
光如来に願をかけていたことが書かれている。東方浄瑠璃薬師如来の信
仰が当時盛んであったことがうかがわれる。

　名鉄の東岡崎駅を下車して乙川というきれいな河の近くのお寺、成就
院（岡崎市吹矢町 96）を拝登した。お寺の中の墓地の一角に「浄瑠璃
姫之墓」と書かれた黒石が石に嵌め込まれているお墓が安置されてい
る。「浄瑠璃姫の墓」とある石版は、ここが姫の墓所ですという看板で
ある。その後ろにある石塔の真ん中にある供養塔が姫のお墓として守ら
れてきている。

　中野政樹氏によると、「釈迦が生涯を終え、弟子たちはインドの風習
の一つである火葬によって荼毘に附した。経説によると、荼毘のあと、
舎利を八に等分し、各国に塔をたてたという。このような仏舎利を釈
迦の身舎利として尊崇するばかりでなく、また釈迦が在世中に所用した
衣・鉢・杖なども舎利に準ずるとして尊崇した」[18] という。また「仏
塔は釈迦の遺骨などを納めた墳墓をいうが、その後、仏伝・説話に基づ
き、その故事にちなんだ場所に記念碑としても建てられた。」[19] そして
「死体遺棄の風習を持つわが国（日本）に、仏教が意味づけを与えるこ
とによって生まれたお墓は、故人の浄土における成仏を願って追善供養
のために建立された。奈良時代に墓上に仏塔や層塔を建てることが行な
われ、平安時代に入ると多宝塔・板塔婆、鎌倉時代から五輪塔・宝篋印
塔・板碑が建立されていく。」[20] お釈迦様の分骨、お釈迦様の故事にち
なんだ物、場所にも塔が建てられたということが一般の人々のお墓にも
及んでいる。従って供養塔は複数あってもおかしくない。種々の因縁で
お墓や供養塔が複数祀られていることはその地域の人々の信仰心が篤い
ということを物語っている。九百年あまりたった今日、浄瑠璃が生きて

いる。浄瑠璃信仰が生きている。アメリカの大学で化学を教えておられるホフマンの詩「文楽」でそのことを教えられた。

　次の詩もロアルド・ホフマンの作品「1943 年 6 月」という詩の第 1 連である。

1943 年 6 月

ほかの人たちは久しぶりに戻って来た
戦争が終わって、だからお父さん
あなたも死んではいないと思いたかった。
彼らが町の中であなたを連行した時、
多分あなたは抜け出て、走って逃げた。
彼らは誰かを撃った
ある日
あなたは帰って来たような気がする、
やせ衰えて、破れた服を着て、あなたが隠れた
沼地の話しをしてくれた。
ある日あなたは帰って来たような気がする、
ロシアから長い道のりを歩いて。(21)

　ここに取り上げたのは彼の詩集『記憶の印象』(*Memory Effects*, 1999)からである。この詩は 4 連から成っている。彼の詩集『触媒』(*Catalista*, 2002) にも収められている。彼はこの詩で戦争について書いている。第 1 連では語り手はお父さんの帰りを待ち望んでいる様子を描写している。しかし　結局お父さんは帰ってこないことが次の第 2 連ではっきりする。お母さんに何が起きたのか尋ねたのだ。第 3 連で語り手はお父さんの夢を見たことが綴られる。語り手は不思議な力が湧いてお父さんを助けようとした夢であった。最終連ではその夢もかなわなかったことが

語られる。

最終連に "I closed the shutters" という表現がある。"shutters" は複数形になっている。雨戸を閉めた或いはシャッターを下ろすと解するが、まぶたを閉じたとも読める。お父さんが倒れるのを広場で人々に見させないように、お父さんがお母さんの名前を二度叫ぶのを人々に聞かせないように雨戸を閉め、まぶたを閉じた。浮かんでくる人々の顔から目をそむけた。

この「1943年6月」という詩は2つの詩集で一部分異なる。1999年に出版された詩集『記憶の印象』では1連の上から6～7行目で "They'd shot somebody else / One day" [22] と表現されているが、2002年の詩集『触媒』(*Catalista*) では "They'd shot another / in your place. One day" [23] となっている。また『記憶の印象』では1連の下から4行目で "gaunt, in torn clothes, to tell stories" [24] となっているが、『触媒』では "gaunt, threadbare, to tell stories" [25] となっている。

戦争の悲しさをホフマンは詩で謳っている。ホフマンが幼い時、彼の家族はナチスからの迫害から逃れるために屋根裏部屋でひっそりと暮らしていた。彼の詩集『孤立波』(*Soliton*, 2002) の中の詩「野原の光景」(Fields of Vision) で「屋根裏部屋から少年は / 子供たちが遊ぶのをじっと見る」[26] と書かれている。じっと見るは原文では "watched" である。第2次大戦中、ナチスの迫害から身を守るために少年時代、屋根裏部屋で過ごしたホフマンは外で遊んでいる少年たちのように自分も思う存分遊びたい気持ちがここに表れている。彼の戯曲『これはあなたのもの』(*Something That Belongs to You*, 2015) でも「屋根裏部屋で、私は子どもたちが遊ぶのをじっと見た」[27] と書かれている。子供心にどんなにか外で思いっきり遊びたかったのか。しかし、それが戦争によって断ち切られている。口惜しかったことであろう。

この『これはあなたのもの』で「屋根裏部屋ではあまり明るくなかったので、窓の近くで本を読んだ。昼間だけ」[28] とある。読書をするの

に窓からの光だけが頼りとなった様子が描かれている。彼の詩集『割れ目と杖』（*Gaps and Verges*）の詩「伸縮する印」（Stretch Marks）[29] に "Dachau" という言葉がある。ダッハウ（Dachau）はナチスが南ドイツのミュンヘン近くに作った強制収容所であった。劣悪な衛生状態、乏しい食事などの非人道的な扱いにより多くの人々が収容所で亡くなっている。同詩集に「二人の父」（Two fathers）という詩がある。ホフマンの父は戦争のもと、「強制収容所から集団脱走を主導したかどで殺された。」[30]「彼の母親が再婚した相手もまた戦争で妻を亡くしていた。ホフマンが 8 歳の時であった。」[31]

　フィリップ・ホエーランも「ダイアン・ディ・プリマに捧げる戦争の詩」と題する戦争についての詩を書いている。その中で次のような一節がある。

　　　私が読みたかったのは R・H・ブライスによって翻訳された大切なことだけ、
　　　一万八千ポンドのナパーム弾とヘリコプター、
　　　私は何故戦争に負け続けるのか。戦争をうっかり信用しているのか。[32]

　この詩が書かれた 1966 年はベトナム戦争が激化している。上の詩の2 行目にあるように大量のナパーム弾によって無差別攻撃が行なわれ、多くのベトナムの市民が犠牲になっている。1963 年 6 月にはベトナムの仏教僧、ティック・クアン・デュック師は植民地政策を推し進めるフランスとそれを後押しするアメリカを背後にした南ベトナム政府、ゴ・ジン・ジェム政権の仏教への抑圧に抗議して、焼身自殺をしている。松岡完氏は次のように述べている。

　　　1963 年 5 月 8 日。釈迦生誕の記念日に、ベトナム仏教の中心地である古都フエで、仏教徒が仏教旗を掲げ、宗教弾圧に抗議するデモを行った。政府軍の発砲で少なくとも 9 人が死亡、14 人が負傷する。（中略）仏教徒は

国民のほぼ 8 〜 9 割を占めていた。僧侶は民衆の利益の代弁者、ジェムに
いわせれば反政府分子の先鋒だった。共産主義体制の北ベトナムは、国民
の団結を優先する必要から宗教弾圧を自制するだけの賢明さ、ないし巧妙
さを備えていた。しかしジェムは、国教扱いのカトリック教会には旗の掲
揚を認めても、仏教寺院には許そうとしなかった。政府は発砲事件をベト
コンの仕業だとうそぶいた。ティック・クアン・デュックら 7 人の僧侶が
あいついで抗議の焼身自殺を行い、世界に衝撃を与えた。[33]

　2012 年 8 月 30 日の *the japan times* に「サイゴンの僧侶焼身自殺報告
者ブラウン氏亡くなる」（"Saigon burning monk reporter Brown dies"）[34] と
いう記事が掲載されている。当時 AP 通信記者であったマルコム・ブラ
ウン氏（Malcolm Browne, 1931-2012）は 1963 年 6 月にこの仏教僧、テ
ィック・クアン・デュック師の焼身自殺の写真を世界に発信して世界の
人々にベトナム戦争で何が行なわれているかという問題提起をしたので
ある。同紙はこの記事の中で、「マルコム・ブラウン氏が 1998 年のイン
タビューで当時を思い起こし、この焼身自殺の直後、大きなデモが仏教
僧だけにとどまることなく、サイゴンの多くの一般市民の支持を得るよ
うになった」[35] と伝えている。「1958 年から 1971 年まで農業指導員な
どとして南ベトナムに住み、ベトナムの詩の英訳まで手掛けたあるアメ
リカ人は帰国直前にベトナムの知人に向かって、アメリカの友人に何か
伝えたいことはないかと質問したところ、そのベトナム人はアメリカ人
ご愛用の侮蔑的スラングの類を並べあげ、われわれは slants（東洋人）
でも、slopes（東洋人）でも、gooks（東洋人）でも、dinks（東洋人）
でもなく、「人間なのだ！」と言い放ったという。」[36] このエピソード
は当時のベトナムの人たちが如何にアメリカ人を嫌っていたかを物語っ
ているし、戦争によってお互いが強い不信感に陥るかを私たちは知るこ
とが出来る。
　アメリカ合衆国首都ワシントン D.C. にベトナム戦争戦没者慰霊碑が

1982 年に建立されている。「（これは）ベトナム帰還兵の組織の尽力によるものであった。（中略）壁面には、ベトナム戦争で命を落とした 5 万 8 千 132 人の男女の名前が、死亡した日時の順に刻み込まれ、その最初と最後には碑文が彫られている。」[37] この戦没者慰霊碑からベトナム戦争によって多くのアメリカ人も尊い命を落としていることがわかる。「帰還兵たちは、しばしば夜、群衆の足が遠のいた時間帯になって、記念碑のまわりに現れるのである。ここは、帰還兵たちがかれらの亡くなった友人たちに話しかけることのできる場所、瞑想の場所、彼らのアイデンティティに特別な意味を与える場所である。二人の帰還兵は、この場所でピストル自殺をしている。」[38]

　三百万人余りの亡くなったベトナムの人々、六万人近くの亡くなったアメリカ人、枯れ葉剤によって今なお苦しむベトナムの人々、戦争によって心身が傷つけられたアメリカの人々を見ると戦争の悲惨さを痛感する。それをホエーランは上の詩で表現しようとしている。ホエーランは、主語が複数形の「私たちは何故戦争に負け続けるのか」と文章にせず、「私は何故戦争に負け続けるのか」というように主語を「私」という単数形にしているのは注目するところである。単数形にすることによって、私という存在が戦争という狂気に負けてしまうもどかしさ、苦しさ、無力感を表している。

　今、引用したこの詩の一節の 1 行目に R・H・ブライスという名前がある。R・H・ブライス（1898-1964）の研究で有名な吉村侑久代氏によると、「ブライスは 66 歳の時、1964（昭和 39）年 10 月 28 日、脳腫瘍で逝去。11 月 1 日、学習院旧図書館で葬儀。鎌倉　東慶寺山内、鈴木大拙・夫人ベアトリス女史の近くに埋葬。法名、不来子古道照心居士」[39] とある。吉村侑久代氏は同書で次のように述べておられる。

　　第四高等学校の英語教師として金沢にいたブライスは、1941 年 12 月 8 日、開戦と同時に石川県警察に保護され、広坂（現在の中警察署）の建物

内に抑留される。3月、係官に付き添われて神戸に赴き、「交戦国民間人抑留所」となった神戸市北野町のイースタン・ロッジ・ホテルに収容された。富子夫人は1ヶ月前に生まれたばかりの長女・春海とともに神戸に移り、元町に家を借りた。抑留所の週一回の面会には、ブライスの好物の干瓢の海苔巻きずしを作り、必要な書物や文房具をせっせと運んだ。何年続くか判らぬ戦争である。この状況をよく堪え忍び、ブライスに著述を続けさせた富子夫人の内助の功は計りしれぬほど大きい。ブライスはこの抑留所で彼の代表的な著書である『俳句』4巻の原稿を書き上げている。さらにロバート・エトケンによると、*Senryu*、*Buddhist Sermons on Christian* もこの時期であったようだ。[(40)]

　戦争によって収容所生活を余儀なくさせられてしまう。そして家族が離れ離れになって暮らしていく状態は精神的にも辛いものであったろう。それにも拘わらず俳句、川柳の執筆を続けていったという。「後にブライスを師と仰ぐようになるロバート・エトケンはグアム島から連行されて、日本での抑留生活を経験していた。神戸の収容所で、エトケンは出版されたばかりの『禅と英文学』に出会い、むさぼるように読んだという。」[(41)] 捕虜となってグアム島から日本の収容所で過ごしたロバート・エトケンは戦争中に北星堂から出版されたブライスの著書『禅と英文学』（1942年12月）を読み、その後本格的に禅を修行していった。「神戸の抑留所で、人々を虫けら同然に扱う監視人を見て、ブライスは「ここにいる監視人のような人間によるアメリカ領土の占領を君は想像できるかね」とエトケンに言ったという。」[(42)] ホフマンもブライスも収容所の生活を送っている。

　上の詩の1行目「私が読みたかったのはR・H・ブライスによって翻訳された大切なことだけ」からホエーランもまたR・H・ブライスの著書を愛読していたことがわかる。「ブライスは、自分の「内なる運命」として、ワーズワースの持つアニミズムを自己の文学的アイデンティテ

ィとし、菜食主義に至り、俳句の道に入る。そして、大拙の禅書を通して禅に出会い、川柳に行きついた」[43] と吉村氏は述べる。そして吉村氏が直接対談したブライスの長女である春海ブライス氏は「父（R・H・ブライス）は川柳が本当に好きだった。川柳のことを健康を保つための栄養と言っていた」[44] と語っている。この対談はR・H・ブライスのことを知る貴重な資料である。ホエーランは愛読したR・H・ブライスの著書からブライスの温かい人柄を学び、ベトナム戦争で苦しんだ様子を表したのが上の詩である。

　ホエーランは、この詩をダイアン・ディ・プリマ（Diane di Prima, 1934–に）捧げている。彼女はビート世代の詩人である。彼女は「アレン・ギンズバーグの詩集『吠える』を愛読し、アレン・ギンズバーグは彼女たちに新境地を開かせてくれた」[45] と語っている。彼女の家族はイタリア系アメリカ人でニューヨーク市ブルックリンに住んでいて、彼女はそこで生まれた。「ダイアン・ディ・プリマの 11 歳の誕生日。1945年 8 月 6 日、家族は父が仕事から帰るのを待っていた。ケーキと溶けかかっているアイスクリーム。父は遅くまで仕事をしていた。父は手に新聞を握りしめて帰って来た。その新聞の見出しは大きくて、半頁より大きかった。父は顔をしかめ、憂うつな様子であった。家に入っても帽子をかぶったままであった。部屋はシーンとなった。誕生ケーキが食卓の上にあったが、ろうそくは火が点されていなかった。父は新聞をコーヒー・テーブルに投げつけて「我々は負けた」と語った。突然大変な事態になった。「どうして私たちは負けたの」「何が起きたの」「戦争は終わったの」皆がいっせいに口を開いた。それは爆弾であった。私たちの誰もそれが何であるか知らなかった。それは広島。広島が何処にあるか私たちの誰も知らなかった。父は言った「私たちが今何をなそうとも、私たちは負けた」[46] 彼女は後にカリフォルニアに移住してアラン・マルローと結婚する。1962 年 11 月 30 日、仏教寺院、ソーコージ（桑港寺）で鈴木俊隆老師の導師のもとで結婚式が行われた。鈴木俊隆老師は二人

の結婚式の導師をする前に2人に会って、導師を務めることは2人に対して、2人が精神的に幸せであることの責任があることを語っている。数日後、鈴木俊隆老師は弟子のリチャード・ベイカーに導師を引き受ける旨を伝えている[47] ホエーランはリチャード・ベイカー師の弟子になっている。

　ホエーランは、「接心　エピグラム」（The Sesshin Epigram）と題する2行の短い詩を書いている。

　　攝心　エピグラム

　　目が予言できない事を
　　手は予見する[48]

　攝心は摂心とも書く。攝はおさめること、整うこと、安んじ、静謐の姿、かたちを持つことである。だから攝心とは心を散ぜしめざることという。禅寺では一定期間、他の行事をやめてひたすら坐禅修行することを攝心という。または摂心と表現する。ホエーランは原文も "Sesshin" と書いている。ホエーラン自身が禅僧であったので攝心の意味を理解していたけれど、一般の読者には意味が分りかねるであろう。にもかかわらず "Sesshin" と書くところに風刺的な態度が見える。エピグラムとは短い風刺詩、寸鉄語、警句といった意味がある。「目が予言できないことを」は原文では "what the eye / Cannot foretell" と表現しており、「手は予見する」は、原文では "The hand foresees" と表現している。主語 "the eye"（目）に対して動詞 "foretell"（予言する）が使われ、主語 "the hand"（手）に対して動詞 "foresee"（予見する）が使われているのは面白く、ユーモアを感じる。

　ホエーランはまた，「エピグラム、自身を」（Epigram, upon Himself）と題する2行の短い詩を書いている。

フィリップ・ホエーランとロアルド・ホフマンの詩

エピグラム、自身を

人々は私の全ての短所を許してくれる
しかし私が太っていることをひどく嫌う。[49]

　詩人のホエーランは太っているために嫌われた。太っていることで嫌われたホエーランは内心辛かったことであろう。太っていることを落ち度として笑ってはいけないであろう。『デブの帝国─いかにしてアメリカは肥満大国となったか』の著者、グレッグ・クライツァー氏も肥満のため「デブ」という暴言を受けた事を著書の中で語っている。氏は肥満を擁護する研究者の論や、それとは異なる研究者の論、様々な角度からの論を取り上げて、詳細に検討している。そしてクライツァー氏は次のように述べている。

　　5年ほど前、アメリカで最も急速な発展を遂げている町、テキサス州サンアントニオ学校は、厄介な問題に直面していた。健康に関する地元の非営利団体の新たな調査によって、学校関係者が実のある改革をしないかぎり、この地区の50の小学校に在籍する児童のうち3千人が、じきに生活習慣による2型糖尿病になるとわかったのだ。主たる原因は太りすぎ「デブ」であるという。[50]

　クライツァー氏はこの学校区が従来のアメリカの慢性的な病気に対する態度から脱して積極的に問題を解決しようとした[51]　と述べている。氏は太りすぎ「肥満」と貧困と運動不足を結びつけている。そしてそれは生活習慣病につながりやすいと語っている。ディードリ・バレット氏は「アメリカは世界でもっとも「肥満」が蔓延している国であり、他の国々もその後を追いはじめている」[52]　と警鐘を鳴らしている。そして氏は、「人間が看板に気づいて動物に餌をやらなくなれば、動物園の動

物たちはマシュマロやポテトチップスのことを考えることはなくなり、喜んで草を食べるようになるだろう。私たち人間だってそうなのだ」[53]と結んでいる。現代の医学研究は肥満の諸原因、肥満と糖尿病の関係、肥満を防ぐ方法の研究等がますます進み、私たちに朗報をもたらすであろう。肥満が個人だけの責任とは言い切れないことになるかもしれない。詩人のホエーランは自らが太っていることを短い詩に書いて問題提起をしている。ホフマンもまた、戦争の詩を書いて問題提起をしている。そういった意味で二人の書いた詩も又貴重な作品だと思う。

注

（1）ロアルド・ホフマン「ズウォーチュフから東京へ──「許し」への道」訳・左近充ひとみ訳　ロアルド・ホフマン　ほか『これはあなたのもの1943──ウクライナ』川島慶子ほか訳、（アートデイズ、2017）、24頁。

（2）Roald Hoffmann, *The Metamict State*, Cover illustration by A.R. Ammons (University of Central Florida Press, 1987), p. 22.

（3）森谷裕美子氏から筆者あての書簡（2018年11月23日付け）。

（4）『文楽入門─鑑賞のしおり─』国立文楽劇場営業課編集（独立行政法人日本芸術文化振興会、2018）、6頁。

（5）同上、8頁。

（6）浜村米蔵・木下順二編『歌舞伎・能・文楽　その新しい見方』（平凡社、1954）、205頁。

（7）『文楽』（文楽座出版部、1956）、24頁。

（8）同上、30頁。

（9）浜村米蔵・木下順二編『歌舞伎・能・文楽　その新しい見方』、前掲、208頁。

（10）バーバラ　C.　足立『文楽の人びと』ジェイソン G. チョウイ訳（講談社インターナショナル、1978）、33頁。

（11）岸辺成雄・平野健次・増田正造・高橋秀雄・服部幸雄・蒲生郷昭監修『音と映像による日本古典芸能大系　総論編』（平凡社編集・制作、日本ビクター株式会社、1992）、76頁。

（12）『釈迦・薬師信仰便覧』（斎々坊、2000）、189頁。

（13）山田知子「鳳来寺と三河・尾張の薬師信仰」『民衆宗教史叢書　第一二巻　薬師信仰』五来重編（雄山閣出版、1986）、117-118頁。

(14) 同上、87–88 頁。

(15) 飯塚幸謙『薬師如来』（集英社、1989）、18–19 頁。

(16) 横山重・松本隆信編『室町時代物語大成　第七（全十六巻）』（角川書店、1987）、378 頁。

(17) 飯塚幸謙『薬師如来』、前掲、67 頁。

(18) 中野政樹「舎利とその容器」『新版仏教考古学講座　第三巻　塔・塔婆』監修　石田茂作（雄山閣、1976）、245 頁。

(19) 監修　古田紹欽 / 金岡秀友 / 鎌田茂雄 / 藤井正雄『佛教大事典』（小学館、1988）、864 頁。

(20) 同上、786 頁。

(21) Roald Hoffmann, *Memory Effects* (Calhoun Press, 1999), p. 12.

(22) 同上、p. 12

(23) Roald Hoffmann, *Catalista* (Huerga & Fierro editores, 2002), p. 50.

(24) *Memory Effects*, 前掲、p. 12

(25) *Catalista*, 前掲、p. 50.

(26) Roald Hoffmann, *Soliton* (Truman State University Press, 2002), p. 79.

(27) Roald Hoffmann, *Something That Belongs To You* (Dos Madres Press, 2015), p. 12. & p. 55.

(28) 同上、p. 16.

(29) Roald Hoffmann, *Gaps and Verges* (University of Central Florida Press, 1990), pp. 31-32.「ダッハウ収容所にも終戦の直前、30 か国以上の出身者が抑留されていた。不思議なことに、ダッハウ収容所の囚人に日本国籍の者が一人含まれているが、これがだれであったのかはわかっていない。」（長谷川公昭『ナチ強制収容所』草思社、1997、116 頁）同書には「ダッハウ収容所の囚人生存者たちの哀れな姿」と書かれた写真が掲載されている。（290 頁）長谷川公昭氏は「あとがき」で「ナチ強制収容所のなかで、いわれなく殺されていったユダヤ人をはじめとする多くの人々の霊に、心から哀悼の意を表して、筆を擱くこととする」と結んでおられる。

(30) 同上、p. 22.

(31) 同上引用文中。

(32) Philip Whalen, *On Bear's Head* (Harcourt, Brace & World, Inc. and Coyote, 1969), p. 369.

(33) 松岡完（まつおか・ひろし）『ベトナム戦争　誤算と誤解の戦場』（中央公論社、2001）、171–172 頁。

(34) *the japan times*, Thursday , August 30, 2012. New York AP.

(35) 同上引用文中。

(36) 吉沢南「ベトナム戦争」『岩波講座日本通史　第 20 巻　現代 1』編集委員　朝尾直弘　網野善彦　石井進　鹿野政直　早川庄八　安丸良夫（岩波書店、1995）、352 頁。

(37) マリタ・スターケン（Marita Sturken）『アメリカという記憶　ベトナム戦争、エイズ、記念碑的表象』（*Tangled Memories: The Vietnam War, the EIDS Epidemic, and the Politics of Remembering*）訳者　岩崎稔・杉山茂・千田有紀・高橋明史・平山陽洋（未来社、2004）、88 頁。

(38) 同上、117 頁。

(39) 吉村侑久代『イギリス生まれの日本文学研究者　R・H・ブライス』、前掲、182 頁。

(40) 同上、65 頁。

(41) 吉村侑久代『R・H・ブライスの生涯　禅と俳句を愛して』（同朋舎出版、1996）、103 頁。

(42) 吉村侑久代『イギリス生まれの日本文学研究者　R・H・ブライス』、前掲、61 頁。

(43) 同上、118 頁。

(44) 同上、127 頁。

(45) Diane di Prima, *Memoirs of A Beatnik*（Penguin Books, 1988）, pp. 176-177.

(46) Diane di Prima, *Recollections of My Life as a Woman*（Penguin Books, 2001）, p. 50.

(47) 同上、p. 320.

(48) Philip Whalen, *The Kindness of Strangers Poems 1969-1974*（Four Seasons Foundation, 1976）, p. 31.

(49) 同上、p. 29.

(50) グレッグ・クライツァー（Greg Critser）『デブの帝国　Fat Land いかにしてアメリカは肥満大国となったのか』（*How Americans Became the Fattest People in the World*）竹迫仁子（たけさこひとこ）訳（バジリコ、2003）、224-225 頁。

(51) 同上、225-226 頁。

(52) ディードリ・バレット（Deirdre Barrett）『加速する肥満―なぜ太ってはダメなのか』（*Waistland*）小野木明恵訳（NTT 出版、2010）、216 頁。

(53) 同上、250 頁。

5 章

ホエーランの古都

　フィリップ・ホエーランは 1966 年に京都に来て、1967 年 11 月にアメ
リカに帰っている。そして 1969 年の 3 月末に京都に再度来て、1971 年
の 6 月にアメリカに帰っている。彼は次のような詩を書いている。

　ケネス・レクスロスに敬意を表して

　野生はどんなに偉大であるかと私は思いめぐらしていた
　当時緑の大地があった、アレクサンドリアの城壁の外に
　（あなたのおかげで『ギリシャ詩華集』を読んでいます）
　上流のスカジット・バレーのように野生の国
　アテネやローマの城壁に至るまで

　なんと不思議なことか、これらの古い町が相変わらず活気づき
　そして市民は全くアメリカとは違ったスタイルで生活しているのは
　（銭湯に入るために私は紫野に歩いていかなければならない）
　もしアメリカが 20〜30 回焼き払われても
　住むのに適した町になるだろうか？ [1]

　ホエーランはケネス・レクスロス（1905-1982）に捧げる詩を書いて
いる。ホエーランがレクスロスに大きな感化を受けたのは 1950 年代で
あった。児玉実英氏によると、「レクスロスは 1955 年、サンフランシス

コで歴史的な詩の朗読会の企画をした。レクスロスは詩の朗読会の司会を務めている。そこでフィリップ・ホエーランも詩の朗読をしている。朗読をしたのは他にアレン・ギンズバーグ、ゲイリー・スナイダー達がいた。」[2]「詩の朗読会の後、レクスロスはホエーラン、ギンズバーグ、(ジャック)ケルアック、スナイダーを夕食に招待している。」[3]

　また、児玉実英氏は次のように述べている。「レクスロスは、アメリカでは大変な大物詩人なのである。彼はモダニズムの世代と戦後のビート世代とを結ぶ偉大なかけ橋の存在だった。ビートの育ての親で、ビートたちに普遍性と国際性を与えていった人である。」[4] ビートの一人であったホエーランもまたレクスロスから多大の影響を受けている。「1967年、レクスロスはヨーロッパと中東各地を旅行した後、初めて日本を訪問して京都に滞在している。そして鞍馬、比叡山に登り、三十三間堂、六波羅蜜寺、大徳寺を参詣しており、仏像や庭園に関心を示している。」[5]

　先ほどの「ケネス・レクスロスに敬意を表して」の詩の2連目下から3行目で、ホエーランは「(銭湯に入るために私は紫野に歩いて行かなければならない)」と書いている。紫野(むらさきの)は京都市にある地域で大徳寺、今宮神社があり、西陣織で知られている。アメリカの詩人が日本の銭湯に行く様子を詩に表しているのは記録としても貴重な資料である。ケネス・レクスロスは「1967年2月から世界の旅に出ている。最初、ギリシャなどのヨーロッパに行き、インドなどを経て京都に来ている。京都市の紫野にゲイリー・スナイダー夫妻が住んでいたのでそこにしばらく滞在している。」[6] レクスロスが京都に来た時はホエーランも京都に住んでいた。だから、レクスロス、スナイダー夫妻、及びホエーラン達が紫野の銭湯に行ったことがこの詩から伺われる。

　中野栄三氏は著書『入浴・銭湯の歴史』で次のように述べている。

　　入浴風俗、ことに温浴思想の普及発達には、仏教上の寄与が大きかった。
　　入浴の起源は、仏像を湯で洗い淨めたことに始まる。そこで寺院の本堂の

かたわらには浴殿が設けられ、これを浴堂院と名づけ、その住職を湯維那といった。(中略)「温室経」は釈尊が施浴の功徳について説いたもので、そのことによって成仏するといった。わが国の仏教でもこれを伝え、仏教徒もそのままこれを信じて、聖僧から衆僧に至るまでの供養とし、浄財を勧進して各寺院に浴室が設けられるようになった。[7]

奈良の東大寺が大浴場を開いて、一般大衆が入浴する傾向を作っていった。また光明皇后の「千人風呂」の悲願から人々の間に入浴する習慣が出来ていった。[8] 公衆浴場(銭湯)は「全国的にはかなり減少しており、1975 年には 19,161 あったものが、1995 年にはすでに 10,000 を割こみ、9,741、そして現在 6,000 台である。」[9] 銭湯は減ってきているが、依然として市民が会話する場所である。だから銭湯は体も心も健康にする場所である。そのためには入浴者は作法を守り、銭湯は清潔に保たれる必要がある。

レクスロスの翻訳した『ギリシャ詩華集』(*the Greek Anthology*)を読んだことをホエーランは感謝している。レクスロスが翻訳出版した正式な書名は *Poems from the Greek Anthology*(『ギリシャ詩華集からの詩』)であり、111 篇の詩が収められている。1962 年に出版されている。レクスロスは序文で次のように語っている。

15 歳の時、"the Apple Orchard of Sappho" をギリシャ語から翻訳して、ひどく興奮して幾夜も眠れなかった。それからこの『詩華集』とギリシャの抒情詩人たちは私にとって必携になった。あちこちさ迷った時、風呂に入る時、就寝の時、孤独で絶望の時、色々な仕事をしている時、様々な所に行った時、常にこのギリシャ『詩華集』は指導書であり、ギリシャの抒情詩人たちは指導者であり、友であった。ギリシャと中国のおかげで、生命そのものに寄り添う詩人として、また人生哲学を形成できたのである。[10]

5章

レクスロスの翻訳書『ギリシャ詩華集からの詩』に次のような詩があ
る。

　　私には二つの病がございます、

　　一つは恋患いで、もう一つは貧乏です。

　　貧乏は我慢できるのですが、恋の病は耐えられません。

　　詠み人知らず[11]

　上の詩の作者は不詳である。このレクスロスの訳詩集には作者不詳
（詠み人知らず）の詩が11篇見られる。次の詩はサッフォーの作であ
る。

　　月が沈む、

　　そしてプレーイアデスも。

　　真夜中。時がたつ。

　　私は一人で眠る。

　　サッフォー[12]

　高津春繁・斉藤忍随氏はこの詩について「客観的と言ってよい位に冷
静に激情そのものを叙している点や、素直な、自然に対する美しい心
が、驚くほど単純な言葉によって歌い上げられている点にある」[13]　と
評している。呉茂一氏によれば、「彼女はクレイスと呼ぶ娘を持ち、こ
れを黄金の華のように愛していたことは—その歌の句を借りれば（われ
に愛（いつく）しき娘あり、金色の花にしも　たぐふべき　姿せる　ク
レイス　いとほしき）恐らく事実であろう」という。[14]

　サッフォー（サッポー）はよく知られているギリシャの詩人である。

呉茂一・中村光夫氏によれば、「紀元前7、6世紀頃に、ギリシャで盛ん
におこなわれた抒情詩の一番の特徴は、それがまず素人の歌だ、という
ことです。これまで首座を占めていた叙事詩、英雄歌謡は、どこまでも
玄人の歌、長年それを職業として習い覚えた、職業的な弾唱詩人が、う
けついだものを歌い、作りかえて歌い、つけたして歌ってきたものでし
た。ところが、新しく広まってきた抒情詩は、格別にそうした訓練を受
けていない素人、たいていは貴族とか地主とかの、やはりある程度の文
化、教養を身につけた人々であるのを必要とはしましたが、ともかく素
人が自分の感じたまま思ったままを、歌にうたい上げたものでした。こ
こにその魅力と新鮮さと、流行の根拠とがあったわけなのです。」(15) さ
らに「数あるギリシャの抒情詩人中でも、我々の耳にもっとも親しいの
は、すみれの冠をいただき、手に螺鈿の竪琴をもつサッポーです。サッ
ポーは前7世紀末（前610年頃、620年とも）にレズボス島に生れ、そ
の名はギリシャ最高の女流詩人として、哲学者のプラトーンに第10番
目のミューズとまで讃められています。その歌の格調の高さ、情熱の純
粋さ、力強い素直さには、技巧以上の美しい魂が燃えています。」(16)

　サッフォーの詩の中にプレ（一）イアデスという名前が登場してい
る。高津春繁氏はギリシャ神話について次のように説明している。

　　プレ（一）イアデス（Pleiades,）はアトラースとプレーオネーとの間に生
　　まれた7人の娘をさす。7人の娘（プレーイアデス）の父、アトラースが
　　天を支える罰を受けた時、彼女たちは星にされたともいう。7人の娘の一
　　人、メロペーは人間シーシュポスの妻となったのを恥じ、ために彼女だけ
　　は光が鈍く、また7人の娘の一人、エーレクトラー（トロイアの祖）は、
　　トロイア陥落に際し、悲嘆のあまり、彗星になったという。(17)

　プレアデス星団はこのギリシャ神話に由来している。日本では古来、
昴（すばる）と呼ばれている。専門家諸氏の論評・説明はこの詩の理解

を助けてくれる。

　レクスロスはまた『ギリシャ詩華集からの詩』の中でプラトーンの詩も翻訳している。

　　　　いつもの西風で響く
　　　　この松という高い冠の
　　　　下にお座りなさい
　　　　ここの飛び散る流れの傍で
　　　　あなたの瞼は
　　　　パーンの笛でうっとりするでしょう。

　　　　プラトーン(18)

　プラトーンと言えばだれでもが哲学者と思う。しかし彼は「詩人でもあった。」(19)「プラトーンは前427年、アテナイの貴族の家庭に生まれました。当時貴族政治はすでにすたれて、民主制が確立し、政治の中心は市民議会と市民法廷に移っていました。当時の若い市民たちは「自由民」として余暇を学芸に捧げるとともに、政治にも強い関心をもっていました。」(20)「パーンは牧人と家畜の神として、上半身は毛深い人間で、有髯、額に両角を備え、下半身は山羊で、足は蹄のある姿と想像されている。彼は身軽で山野を森といわず岩山といわず自由に馳せめぐり、繁みに身をかくしてニンフたちを待ち伏せし、彼女たちや美少年を追い、失敗した時には自慰行為を行った。」(21)「アルカディアのニンフ、シューリンクスがパーンに追われ、まさに捕えられんとした時、ラードーン河岸で葦に身を変じた。風にそよいで音を立てる葦から、パーンはシューリンクス笛を創り出した。」(22)「パーンはシューリンクス笛の音楽を好み、つねに笛を携え、杖をもち、頭には松の冠を戴いていた。」(23)「パンの名は「汎」の意味でありますから、パンの神は、萬有と自然の

人格化の象徴だと思われるようになりました。」(24)「思想の宝庫たる神話は、やがて理性と信仰の中間に固有の生命をもって生きるものとなる。ギリシャ人のいっさいの考察は、さらにまた、かれらの遠い後継者の一切の考察は、神話から始まっている。悲劇詩人は題材を、抒情詩人はイメージを神話に求めている。さらに哲学者も、推論がその力の限界に突き当たったとき、不可知なものを解き放つ方法として神話の助けを求めることがある。こうした神話の一般化、その力の解放こそ、ギリシャ文化が人間思想にもたらした基本的な寄与、おそらくはなにものにもまして本質的な寄与の一つであった，と言っても過言ではないだろう。ギリシャ神話のおかげで、「神聖犯すべからざるもの」に対する恐怖感は失われ、精神のあらゆる領域に亘る考察の道が拓かれ、詩は叡智となりえたのである。」(25)

　先ほど取り上げたレクスロス訳のプラトーンの詩のなかに松という言葉がある。ホエーランの次の詩にも松という言葉がある。

　　共感

　　日光を浴びている数本の松の木
　　モーリス・ラヴェル全集(26)

　この「共感」という題名の詩は2行である。俳句や川柳のような短さである。この「共感」と題する詩の中にモーリス・ラヴェルという音楽家が登場している。江藤正顕氏によれば、「父親がスイス系の時計職人兼実業家であり、母親がバスク人であったことは、少なからずラヴェルの音楽に作用しているだろう。と同時に、20世紀の音楽の行方をも作用している」(27) という。江藤氏はさらにこう論じている。

　　ラヴェルの「ピアノ協奏曲ト長調」の第三楽章は、先の伊福部昭が映画

『ゴジラ』（1954年作、内容はビキニ環礁の付近に眠っていた古代生物が水爆実験の放射能により巨大化し、日本を襲うという怪獣もの）のテーマ曲に援用していることは言うまでもない。日本の作曲家の伊福部にとっても、ラヴェルの音楽はそれほど遠い存在ではなかった。ゴジラ音楽の間接的な産みの親はラヴェルであった、ということである。世界の音楽潮流に敏感に反応し、同時に民族の血も忘れないという点で、伊福部昭の音楽の現代性とアイヌ民族的要素とは洋の東西で呼応しあっている。フランスとバスク、ヤマトとアイヌという関係である。[28]

　モーリス・ラヴェルという音楽家に日本の作曲家、伊福部昭氏が呼応している。伊福部昭氏がモーリス・ラヴェルに共感している。モーリス・ラヴェルの音楽が伊福部昭氏によりこだまになって響いている。第一次世界大戦に従軍経験のあるモーリス・ラヴェルの音楽は「ゴジラ」のテーマ曲にこだましているのではないか。第二次世界大戦を経験したホエーランはラヴェルにこだまして「共感」という詩を書いたと思う。江角弘道師は2010年出版の著書で詩人金子みすゞの詩「こだまでしょうか」を例えに「こだまする」ことについて述べている。

　　こだまは、こちらが言ったことを受け取って、そのまま返してくれる。だから「こだまする」とは、こちらの存在を丸ごと受け入れて返してくれる行為であり、返ってくる時は、半分の大きさになって戻ってくる。私たち同士、または私たちと自然の間は、互いにこだますることによって成立している。私たちが子どもの時、お父さん、お母さん、おじいさん、おばあさんに、けがをして「痛い」といったら「痛いね」といってくれました。痛い時に「痛いね」といってくれたおかげで、私の痛さは半分になったのです。さらに、「痛いの、痛いの、飛んでいけ！」とこだましてくれ、こころに添ってくれたおかげで、私の痛さはいつの間にか消えて行ったのです。最近は、若い人たちが理由もなく「殺すのは誰でもよかった」と言っ

て、理不尽に人を殺す事件が増えています。なぜそんな行為をしたかと問われると「父親が自分を受け入れてくれなかった」とか、「会社で、自分を受け入れてもらえなかった」など、だれも自分を理解してくれず、受け入れてもらえない孤独のただ中で犯行に及んでいるようです。昔のように「こだまする」大人が少なくなってきているのでしょう。[29]

　江角師は「こだま」の重要性をわかりやすく説いておられる。ノーベル文学賞を受賞したオクタビオ・パスは「詩人たちの口を通じて「もうひとつの声」が語り始める―強調しておくが、書くのではなく、「語る」のだ。それは孤独なメランコリーの声と祝祭の声、高笑いと溜息、恋人たちの抱擁の声と髑髏を前にしたハムレットの声、沈黙と喧騒の声、愚かな智恵と賢明な狂気、そして寝室の秘められた囁きと広場の群衆のざわめきである。この声に耳を傾けることは、時代そのものに耳を傾けることだ。それは過ぎ去るが、あとで透明なこだまとなって戻るのである。」[30] と述べている。オクタビオ・パスもまた「こだま」について述べていることがわかる。洋の東西を問わない。2018 年 6 月 18 日午前 7 時 58 分ごろ、大阪府北部で震度 6 弱の地震が発生した。登校途中の小学校 4 年生の女子生徒が小学校のブロック塀の倒壊によって亡くなった。中日新聞の社説はブロック塀倒壊について論じている。その一節を引用する。「3 年前に防災専門家が警告したのに、市教育委員会と学校は結果として生かせなかった。直ちに撤去したり、改修したりしていれば、と思い返すのもくやしい。」[31] 真摯に耳を傾け、こだまするということが如何に大切であるかということを痛切に感じさせる言葉である。

　ホエーランの師匠的存在であったケネス・レクスロスは、「1967 年、インドに旅した時、オクタビオ・パスに会っている。パスは当時、メキシコのインド大使をしていた。二人は夕食をしながら二人の共通する中国及び日本についても会話している。レクスロス家族は豪華ホテルには泊らず、インドの貧困、死者を運ぶ手押し車の見える所に泊っている。」[32]

レクスロスとオクタビオ・パスがお互いに共感して、こだまになって響きあった様子を伺うことが出来る。パスが後に偉大な詩人になったのもレクスロスとの出会いが大きかったと思う。

ホエーランは「ダルマカヤ」という短い詩を書いている。

ダルマカヤ

本物は常に一つの模倣したもの
禅堂の裏側の新しい梅の花をじっと見つめなさい
1981 年 1 月 20 日 [33]

上のホエーランの詩「ダルマカヤ」の一行目を「本物は常に一つの模倣したもの」と訳した。原文は "The Real thing is always an imitation" である。この中の "an imitation"（イミテーション）は「模倣したもの」である。王　向華氏は模倣について次のように論じている。

> 創造性がオリジナリティであるという考えは、文化的に、そして歴史的につくられた特異な概念である。この考えによると、オリジナルとしてつくられていないすべてのものは、否定的な価値を帯びた贋物になってしまう。このクリエーションとイミテーションという対立は、西洋と非西洋の対立に呼応した純粋物と不純物の対立が仮定されることによってはじめて安逸の場所を占めることが可能となる。そしてここから、西洋の自民族中心主義がもたらされたのだ。[34]

王氏は論文の中で「イミテーション」と「クリエーション」という対立を西洋と非西洋の対立に呼応させている。この論点に立てば、ホエーランの詩「本物は常に一つの模倣したもの」は私たちに問題提起をしていると読むことも出来る。また一方、ホエーランは日本の曹洞宗の禅を

アメリカで学び、アメリカで禅寺の僧侶として一生を捧げた詩人であった。アメリカ人としての彼は日本の禅を模倣したのであるが、模倣に止まらずアメリカ禅もまた本物であると確信していたのではないか。こうして読むと今度は逆に日本の自民族中心主義に注意しなければならないと覚える。

板倉聖宣氏は自然科学者の立場から模倣と創造について興味深いことを述べている。氏はこう述べている。「もともと科学における創造というものは、模倣を前提になりたつものである。創造は他人の研究成果の模倣の上にたって行なわれるというだけでなく、創造は他の人々が模倣するにたるような新しい知識の提供をめざすものだからである。だから、科学が発展するためには、新しいものを発見する人々以上に、そのオリジナリティーを認め、それを積極的に評価、模倣し、広めるような人々がたくさんいなければならない。そういう意味で、創造というのは社会的・集団的な営みなのである。」[35] この発言は傾聴するに値する言葉である。山田奨治編『模倣と創造のダイナミズム』（勉誠出版、2003）を拝読すると模倣の大切さは自然科学に止まらずあらゆる分野においてもあてはまることがわかる。板倉氏さらに次のように述べている。

　　模倣するに値するものは、権威あるものだけではない。日本の教育は画一化しているので、いつも権威を一つしか認めたがらないが、幸い社会にはいろんな権威が争っている。そのどれを模倣するに値するものとして選びとるか、また、その模倣をいかに生かすか、それは自分自身で決めなければならない。それは独創的な仕事といえよう。そればかりではない。まだどこからもまったく権威として認められていない友人・知人のオリジナルな考えを高く評価し、それを模倣することは、さらに創造的なことといえるであろう。他人からは認められていないものの価値を高く認めること、それは独創といっていいのである。[36]

　板倉氏は「ほんらい、模倣そのものは決して恥ずべきことではないのである。ところが日本では、模倣があまりにもいやしめられ、創造ばかりがもてはやされるものだから、多くの人々は、模倣を創造と気どるようになる。そこで盗作が横行するというわけである」(37) と述べている。板倉氏は模倣を軽視することは問題であると警告している。

　上の詩の2行目「禅堂の裏側の新しい梅の花をじっとみつめなさい」の原文は "Consider new plum blossoms behind the zendō" となっている。原文にある "plum blossoms" を「梅の花」と訳したけれど、『ジーニアス英和大辞典（大修館、2001）では1番目の意味はセイヨウスモモ、プラムで、[俗用的に] ウメ《正しくは ume, Japanese apricot》となっている。「セイヨウスモモ」と訳すことも可能であるが、フィリップ・ホェーランは道元禅師の法を継ぐ僧侶であるから、『正法眼蔵』の「梅花」の巻を知っていたと思われる。その「梅花」の巻で道元禅師は「自己の魔がやってきて、梅花は瞿曇（ゴータマ）の眼睛でないと思われるならば、思量（おもいはか）りなさい、このほかに何法（どんな法）で梅花よりも（仏の）眼睛であるにちがいないものを挙げてきたならば、（仏の）眼睛と見ようか。その時もこの（雪裏の梅花の）ほかに眼睛を求めるならば、どんな時でも（仏と出逢いながら）対面不相識であるはずであり、相逢未拈出（互いに出逢っていながら拈（と）り出すことがない）であるはずであるからである。今日（という日）は私個人の今日ではなく、大家の（多くの人とともにある）今日である。直ちに梅花の眼睛を開明するはずであり、このほかさらに求めることはやめなさい」(38) と述べておられる。だからこの詩を「禅堂の裏側の新しい梅の花をじっと見つめなさい」と訳したのである。

　牧野富太郎氏は「梅の英語としては "Japanese Apricot" それとも梅の学名は "Prunus Mume" であるからいっそ簡単に "Mume" として、そして梅の花は "Mume Blossoms"」(39) を提案している。その理由を牧野氏は次のように述べている。「元来プラムとは西洋種の李（すもも）のことで、日本の李とはよく似たものだが、梅とは違う。学問上では両方とも

同じ属だけれどもまったく別のものだ。なおむつかしく言えば「プラム」は "Prunus domestica L." という学名のもので、梅は "Prunus Mume Sieb. et Zucc" という学名のものである。「プラム」は西洋李のことだから梅を「プラム」というのはちょうど "Dog" をさして猫だというのと同じである」(40) と説明している。ホエーランの禅堂の裏側に咲いている梅の花はやはり "mume blossoms" 或いは "ume blossoms" としたほうが適切であろうか。

牧野氏は「梅が中国から日本に渡ったときは、たぶん一種か二種かきわめて少なかったことが想像される。（中略）それが今日ではわが日本で四百種内外の品種数に達しているところをもってみれば、その多数の変り品すなわち園芸的品種はわが那でできたものである。」(41) 最初日本は中国から梅を取り入れた時はまだ模倣の段階であったが、月日がたつにつれて日本独自の品種を改良していったのは創造であり、本物ということになる。吉田雅夫氏によると「梅干しは、日本独特の食品として重要であり、現在でも消費の中心になっている。しかし、近年では梅酒、飲料などの需要もふえている」(42) という。中国から梅を取り入れた時点では模倣的であったが、日本で「梅干し」という独自の物を創り出した。本物である。

上の詩の題名「ダルマカヤ」は日本語では「法身」と訳されている。横井雄峯氏は『日英禅語辞典』で「法身」を "The Law-body" と英訳している。(43) 姉崎正治氏は法身仏について次のように説明している。

　　因果現象の法は変易の法にして諸行は無常なるも、しかもその無常現象は各その基づく所の永遠の根底ありて三世に亘れる法なり。この故に、この如きの法はまた諸仏成道の因にして、一切の変易を超えたる法体真理なり、しかして現在の仏陀その人はこの真理の一顕現に外ならず。現身仏は即ち法身仏なり。キリスト教の言語にて言えば、神の言葉なるロゴスは即ち永遠の真理、この真理ロゴスの現れが即ち世界万象にして、その神の実

在真体を天父として吾らに示したるキリストは即ち「肉となれるロゴス」なり。ここに至れば仏の法は即ち妙法にして、妙法は即ち久遠の仏身、しかして現身の仏はこの法身仏陀の具象権化なり。現身仏に対する信仰が進んで法身仏の考察となるは、本来自爾の理然るべきものあるなり。[44]

　そして姉崎氏は「仏教は具象的に一人の仏陀において、その法の活きたる事実を得、活きたる法、活きたる梵涅槃を信ずるを得、この故にまたこの現身仏陀の信仰に基きて、その中に、また三世諸仏に貫通し一切衆生に遍満せる法身仏を得たり」[45] と語っている。姉崎氏はパーリ語仏典と漢訳仏典を併記しながら説明をしておられる。仏教への真摯な態度を教えられた。
　末木文美士氏は中国の禅では代表する語録の一つ『碧巌録』（へきがんろく）の研究でも有名である。末木氏は論文「『碧巌録』における法身説」で「『碧巌録』の著者である圜悟（えんご）は法身のような実体の存在を認めないわけではないが、それを積極的に主張するというわけではなく、むしろそれをさらに乗り越えて進むことを要求している」[46] と述べている。末木氏の論文によって禅の立場からの法身説を知ることが出来る。
　末木氏は別の著書で次のように語っている。

　　『碧巌録』によって集約される禅の核心は、このようにまさに言葉の問題です。前回も言いましたように、禅というのは「不立文字」で、言葉がなくなってしまうのではない。言葉というのは単なる手段ではない。徹頭徹尾、言葉で言い表せということを、どこまでも突きつめていく。そういう思想なのです。ただ、その言葉が日常の言葉ではない、あるいは、日常の言葉を破壊していく、そのような言葉なのです。[47]

　末木氏は同書で道元禅師の言語論についても述べている。

道元もまたあくまで言語にこだわり、言語で表現することを求めます。し
かし、その言語の性格が、『碧巌録』などの公案の言語と全く異なってい
ます。これが非常に面白いです。（中略）道元は、あくまで仏祖の言葉は
「念慮の語句」、意味を持った言葉だというのです。「語句の念慮を透脱す
る」というのは、言葉の意味を徹底することによって、それを超えてい
く。あくまで意味を持った言葉として理解して、しかも、それを完全に理
解しきることを極限化するのです。だから、ナンセンスな言葉と考えては
いけない、というのです。もっとも、この「透脱する」というところがポ
イントで、決して日常的な意味言語のレベルに留まっていてよいというわ
けではありません。言葉の意味を徹底して考え抜くことによって、その底
まで突き抜けることが要求されているのです。それはまたそれで、決して
容易なことではありません。[48]

　上の詩を書いたホエーランの禅を理解するのに末木氏の道元禅師の言
語論は貴重な論説である。末木氏の言説の助けを借りれば、道元禅師の
法を継ぐホエーランにとって詩はあくまで意味を持った言葉として理解
されうる極限化された表現であることになる。決してナンセンスな言語
ではない。詩の題名である「ダルマカヤ」（法身）は仏祖の教えを模倣
していくことによって本物の法身仏になっていくことを示している。

注

（1）Philip Whalen, *The Kindness of Strangers* 前掲、p. 8.
（2）Sanehide Kodama, *American Poetry and Japanese Culture*（Archon Books, 1984），
　　　p.132 及び p. 155 参照。
（3）Linda Hamalian, *A Life of Kenneth Rexroth*（W・W・Norton & Company, 1991），
　　　p. 246.
（4）「ケネス・レクスロス追悼のつどい」1982 年 10 月 2 日、京都アメリカン・
　　　センター　児玉実英『京都新聞』1982 年 6 月 22 日付より。
（5）Sanehide Kodama, 前掲、p. 133.
（6）Linda Hamalian, 前掲、pp. 323-324 参照。

（7）中野栄三『入浴・銭湯の歴史』（雄山閣、1984）、22-24頁。中野栄三氏の説明のなかに「温室経」という経典の名前が紹介されている。正式には「仏説温室洗浴衆僧経」という。このお経を昭和9年に日本語に訳した清水谷恭順氏は「仏説温室洗浴衆僧経解題」で「本経の大要は、大医王耆域が仏に向い、温室を設けて、仏及び衆僧を澡浴し、垢穢を消除し、衆生をして長夜清浄ならしめんことを願う。仏、これを嘉し、広くその福報を説き、併せて其れが澡浴の方法を教へたまうたものである」と述べている。（『国訳一切経　経集部14』大東出版社、1934（昭和9）：409-413頁。（原文は旧かなづかいで書かれているが、ここでは一部現代かなづかいに改めて引用した）。

（8）同上、24-27頁参照。山形県上山市鶴脛（つるはぎ）町の吉田時夫住職は著書で鶴脛温泉の開湯と月秀和尚、寿仙寺の開創と弘法大師、本尊の薬師瑠璃光如来と温泉の関係について詳しく述べておられる：208-32頁（吉田時夫『壽仙寺歴史考』壽仙寺出版、2012）。温泉・公衆浴場に関する貴重な資料である。

（9）木藤紳一朗「公衆浴場をめぐる法的諸問題」『京都学園大学法学部二十周年記念論文集　転換期の法と文化』（法律文化社、2008：154-180）、170頁。

（10）Kenneth Rexroth, *Poems from the Greek Anthology*（The University of Michigan Press, 1975）, Foreword.

（11）同上、p. 8.

（12）同上、p. 100.

（13）高津春繁・斉藤忍随『ギリシャ・ローマ古典文学案内』（岩波書店、1966）、47頁。

（14）呉茂一（くれ　しげいち）訳『増補ギリシャ抒情詩選』（岩波書店、1959）、28頁、42頁。（原文は旧かなづかいで書かれているが、ここでは一部現代かなづかいに改めて引用した）。因みに川野美智子氏はロレンス・ダレル作の詩劇『サッフォー』（大阪教育図書、2013）を訳しておられる。川野氏は「訳者あとがき」で次のように述べている。「ピッタコスの元に育てられ、長く母と別れていた娘クレイス（Kleis）がついにサッフォーの許に戻ってきたとき、サッフォーは娘に言う。沈黙に耳を傾けなさい、娘よ、あなたには聞こえる？（中略）沈黙に含まれるすべて──それはサッフォーの耐えた苦しみも悲しみも、クレイスの感じた寂しさも孤独も、男たちの戦いも犠牲も、罪も赦しも、殺戮も恩讐も、すべてを含むものである。二人だけの沈黙の中に、クレイスの泣き声だけが忍び音を洩らすとき、サッフォーは静かに語る。」（274-275頁）また、野村孝司氏は全訳出版された『コウ

ルリッジ全詩集』（晃学出版、2012）の訳注でコウルリッジの詩「［181］ア
ルカイオスからサッフォーへ」について述べている。（952 頁）野村氏の同
書にコウルリッジの詩「［164］名前［レッシングより］」が訳されている
（593-94 頁）。その詩の中でサッフォーの名前が 2 回使われている。

(15) 呉　茂一・中村光夫『ギリシャ・ラテンの文学』（新潮社、1962）、62-63 頁。
(16) 同上、67 頁。
(17) 高津春繁『ギリシャ・ローマ神話辞典』（岩波書店、1967）、220-221 頁。
(18) Kenneth Rexroth, 前掲、p. 96.　日本語に訳したテクスト（レクスロスの英
訳）は次の通りである。"Sit down under the high crown / Of this pine, always
sounding / In the steady West Wind, and / Here by the splashing current / Pan's pipe
will entrance your / Spellbound eyelids. Plato" それに対して W. R. Paton の英訳
は次のようになっている。"Sit down by this high-foliaged vocal pine that /
quivers in the constant western breeze, and beside / my plashing stream Pan's pipe
shall bring slumber to / thy charmed eyelids." (*The Greek Anthology* with an
English translation by W. R. Paton In Five Volumes Ⅴ (Harvard University Press,
1979), p. 165.)
(19) 呉　茂一・中村光夫『ギリシャ・ラテンの文学』前掲、95 頁。
(20) 同上、94 頁。
(21) 高津春繁『ギリシャ・ローマ神話辞典』前掲、198 頁。
(22) 同上、134 頁。
(23) 同上、198 頁。
(24) ブルフィンチ『ギリシャ・ローマ神話上』野上弥生子訳（岩波書店、1966）、
204 頁。
(25) ピエール・グリマル『ギリシャ神話』高津春繁訳（白水社、1956）、12-13
頁。
(26) Philip Whalen, *On Bear's Head,* 前掲、p. 363
(27) 江籐正顕「モーリス・ラヴェルと近代社会：二つのピアノ協奏曲をめぐっ
て」『*Comparatio*』九州大学大学院比較社会文化学府比較文化研究会、15 巻、
（2011：89-100）、96 頁。
(28) 同上、98-99 頁。
(29) 江角弘道『いのちの発見～宗教と科学の間で～』（財団法人　空外記念館、
2010）、51-52 頁。
(30) オクタビオ・パス「詩、神話、革命」野谷文昭訳、『中央公論』文芸特集、夏
季号、（1991：44-51）、51 頁。
(31)「社説　ブロック塀倒壊　無責任が犠牲を生んだ」『中日新聞』2018 年（平成

30 年）6 月 23 日（土曜日）

(32) Linda Hamalian, 前掲、p. 324.

(33) Philip Whalen, *Canoeing Up Cabarga Creek Buddhist Poems* 1955-1986（Parallax Press, 1996）, p. 63.

(34) 王　向華「模倣の創造―ヤオハンの事例を中心に―」山田奨治編『模倣と創造のダイナミズム』（勉誠出版、2003：155-180）、156 頁。

(35) 板倉聖宣（いたくらきよのぶ）『［増補版］模倣と創造―科学・教育における研究の作法―』（仮説社、1987）、12 頁。

(36) 同上、72-73 頁。

(37) 同上、12 頁。

(38) 水野弥穂子訳註『正法眼蔵 5 原文対照現代語訳・道元禅師全集⑤』（春秋社、2009）、235 頁。瞿曇（くどん・ゴータマ）はお釈迦様が出家する前の本姓。お釈迦様をさす。

(39) 牧野富太郎『牧野富太郎選集第二巻』（東京美術、1980）、121-122 頁。

(40) 同上、120-121 頁。

(41) 同上、114 頁。

(42) 『朝日百科　植物の世界　5　種子植物　双子葉類』全 15 巻（朝日新聞社、1997）、5-88 頁。

(43) 横井雄峯（Yūhō Yokoi）、*The Zen Buddhist Dictionary*（山喜房佛書林、1991）、227 頁。昭和 7 年に「仏説法身経」を日本語に訳した田島徳音氏は「仏説法身経解題」で「法身仏は報身と法身とを合している」と述べている。（『国訳一切経　経集部 15』大東出版社、1932（昭和 7）：259-265 頁。また「百千頌大集経地蔵菩薩請問法身讚」（日本語訳者：矢吹慶輝氏、昭和 11 年）に「応に菩薩を礼すべからずとは　これを甚だ悪説と為す。　菩薩に親しまずんば　その法身を生ぜず」と説かれている。また同書に「世尊の妙法鈴は　普遍く聞くことを得しめ　この振声に由るが故に　煩悩の塵を除落す」と説かれている。（『国訳一切経　大集部 5』大東出版社、1936（昭和 11）：259-271 頁）。（原文は旧かなづかいで書かれているが、ここでは一部現代かなづかいに改めて引用した）。

(44) 姉崎正治『現身仏と法身仏』（有朋館、1904）、251 頁。（原文は旧かなづかいで書かれているが、ここでは随所現代かなづかいに改めて引用した）。

(45) 同上、257 頁。

(46) 末木文美士「『碧巌録』における法身説」『東隆眞博士古稀記念論集　禅の真理と実践』（春秋社、2005：459-473）、471 頁。因みに『碧巌録』について末木氏は次のように説明している。「中国の宋の時代に、雪竇重顕

（980-1052）という雲門宗の禅僧が、当時行われていた公案の中から重要
なものを 100 選びだし―これを本則と呼びますが―、それに対して頌と言
って、それぞれの公案に対する自分の受け止め方を詩の形にしたものを付
けました。それを『雪竇頌古』とか『頌古百則』とか呼びます。それに圜
悟克勤（1063-1135）という臨済宗の人が垂示と著語と評唱を付けました。
垂示というのは、イントロダクションで、各則のはじめに、その則を読む
心構えを述べたものです。著語というのは、本則と頌のほとんど一文ごと
にコメントを付けたもので、なかなか読みにくい厄介なものです。評唱
は、本則と頌に対する注釈や解説的なことがらを述べたもので、本書の中
ではもっとも散文的な、わかりやすい箇所です。このように、本書は最終
的には圜悟克勤という人の著作ということになるわけですが、きわめて重
層的な成立過程と複雑な構造を持っており、これが本書の読み方を難しく
している一つの原因です。」末木文美士『「碧巌録」を読む』（岩波書店、
1998）、5 頁。

（47）末木文美士『「碧巌録」を読む』（岩波書店、1998）、103 頁。

（48）同上、108-113 頁抜粋引用。

6章

ホエーランの詩
「禅心寺」と「偏った扱い」

　この章でフィリップ・ホエーランの2つの詩をとりあげた。その理由について説明したい。令和元年（2019）5月29日、愛知学院大学禅研究所主催の講演会で「現代アメリカ文学作品と仏教」と題してお話しする機会が与えられた。受講者は愛知学院大学の商経学部の学生が中心であった。彼らは将来ビジネス関係の仕事を目指している。しかしビジネスと心のありようは密接に関わっている。その1例としてアップル社を創業したスティブ・ジョブズのことも話した。スティーブ・ジョブズは曹洞宗の僧侶、鈴木俊隆老師達の指導の下で坐禅を続けて心の安定を求めた。坐禅したお寺の1つがアメリカのカリフォルニア州にある禅心寺であった。アメリカの詩人、フィリップ・ホエーランも禅心寺で修行していた。ホエーランは彼自身が修行した禅心寺というお寺を題名にした「禅心寺」という詩を書いている。まずその詩を学生達に紹介した。スティーブ・ジョブズは鈴木俊隆老師の法を受け継ぐ僧侶達から禅の指導を受けている。鈴木俊隆老師の名前が登場する詩「偏った扱い」を次に紹介した。以上のいきさつからこの章が出来ている。

　フィリップ・ホエーランは曹洞宗のお寺の住職としてアメリカ人を指導した。彼が修行したアメリカのお寺、禅心寺の名前を取って「禅心寺」という題名の詩を書いている。

ホエーランの詩「禅心寺」と「偏った扱い」

禅心寺

私たちの人生は名状しがたい歳月　全くのボタンの掛け違い
でも<u>イェイツ氏</u>は、鐘の音やシマントロンの音
の方へ動くことをすごく望んだ
　　慣習と礼儀
鮮やかな素晴らしい色のまとまり　<u>アーサー・ラッカム</u>の世界
（汚れなく、保護もなく、悪口もない）
あらゆるものが煮沸され、きれいになり、またはドライクリーニング
ごしごし洗い、磨いてピカピカにする人たちがおそらく住んでいる
彼らはサンフランシスコの乳製品のトラックを運転する

芸術は硬い岩の平面の割れ目からにじみ出る
外の大望と内心の暴虐
<u>「カラマーゾフ万歳！」</u>
あらゆるしがらみから解き放たれて
全くすごい人がひょっこり現れた
私はコーヒーカップを手にして散策する
温かい春雨の中　精進する学生たちと雑談しながら

1974 年 3 月 25 日（下線部筆者）⁽¹⁾

　「禅心寺」という詩の中に 3 名の人が登場する。1 人はウイリアム・バトラー・イェイツ（W.B.Yeats, 1865-1939）というアイルランドの詩人である。次の人は英国の挿絵画家アーサー・ラッカム（Arthur Rackham, 1867-1939）、そして 3 人目が『カラマーゾフの兄弟』などを書いたロシアの作家フョードル・ドストエフスキー（1821－1881）である。ただドストエフスキーという名前は直接この詩には登場していない。しかし全く異色の詩にみえる。この「禅心寺」という題名の詩はイェイツ、アー

サー・ラッカム、ドストエフスキーという人物を取り上げて私たちに問題を提起しているような、そういう詩ではないかと思う。禅の言葉で言えば公案とも言える。

この詩の作者、ホエーランは先ほど述べたようにアメリカ人である。詩の中に登場する一人、イェイツはアイルランド人である。英文学者である風呂本武敏氏は「自己の本性を求める熱意において、アイルランドとアメリカは双璧だと考えたことがある。しかしそれは必ずしも同じ意味においてではない。アメリカは本生の内実を顕現させることに熱心であるのに比して、アイルランドは見失ったものの再発見、いや、むしろ再確認に熱心であるといった方がより適切であろう」(2) と述べている。風呂本氏のアメリカとアイルランドの比較は興味深い視点と思う。アメリカ人のホエーランは曹洞宗の僧侶になり、修行を続けて詩も書き続けている。確かに彼は僧侶として心の本生を求めることに精進している。またイェイツの願いは「民族・人種・個人達は、それらにとって可能なもののうちでも最も達成困難な精神状態を象徴するか喚起するような、或る一つのイメージ、もしくは関連したイメージ群によって結合される」(3) ことであり、見失ったものへの再確認に熱いものが感じられる。

上の詩の1行目に「私たちの人生は名状しがたい歳月」と書かれている。「アイルランドの完全独立という夢は、実は、イェイツ自身もみつづけてきた夢であった。だから、ぼくはイェイツの思いを想像しながら追いかけていくことができる——ぼくらが夢をみていけないということがあるだろうか。人間はたしかにおろかな存在である。だが、そのおろかな人間が突如として、遠くはなれたところに美しい夢をみようとすることがこの世の中にはおこりうるのだ。誰にそれを責めることができるだろう」(4) と英文学者の羽矢謙一氏は語っている。ホエーランもイェイツに倣って夢を追いかけていったと思う。

イェイツが1923年にノーベル文学賞を受賞したことはよく知られている。亡くなる前の年の1938年に、「彫像」（The Statues）という題名

の詩を残している。その「影像」の第3連の最後の2行は次のように表現されている。

　　　銅鑼（ゴング）とほら貝（コンチ）が祝福の時間を宣するとき、
　　　老いたる雌猫（グリマルキン）が仏陀の空へ這って行く(5)

　先ほど取り上げた「禅心寺」という詩からホエーランはイェイツの詩を読んでいたことがわかる。この「禅心寺」という作品はイェイツの「影像」という作品に焦点をあてたのではないかと思い、イェイツの作品「影像」から2行取り上げてみた。

　「禅心寺」の下線の部分、「イェイツ氏は鐘の音やシマントロンの音の方へ動くことをすごく望んだ」という表現はイェイツの「影像」の「銅鑼とほら貝が祝福の時間を宣するとき、老いたる雌猫が仏陀の空へ這って行く」という表現と重なる。イェイツの「影像」の中の「這って行く」という表現は、ホエーランの「禅心寺」の詩の「動くこと」に、またイェイツの「影像」では「銅鑼とほら貝」と表現をしているのに対して、ホエーランの「禅心寺」では「鐘の音やシマントロンの音」という表現になっている。

　内藤史朗氏という有名なイェイツの研究家がおられる。多数の論文を書いている内藤氏は「『影像』にあたえた禅の影響」（1969年）および「『影像』の試作過程における禅の影響」（1971年）という論文も発表している。それらの論文において鈴木大拙が坂東性純に送った手紙、鈴木大拙がイェイツに送った書物『禅仏教と日本文化への影響』や、イェイツが明らかに影響を受けた鈴木大拙の著書『禅仏教のエッセイ』を紹介し、さらにこの詩の定稿に至るまでの種々の草稿を調べて、「仏陀の空」について詳しく論じている。従って内藤氏のこれらの論文はイェイツの作品「影像」についての貴重な資料である。グリマルキンというのは雌猫であるけれども、これは非常に古風な表現という。内藤氏は、「その

雌猫「グリマルキン」を自我や意思（ウイル）とすれば、「仏陀の空」は対照的自我（アンティ・セルフ）や仮面（マスク）であると結論づけるに至った。したがって「仏陀の空」は決して軽蔑的に考えてはならない」[6]と述べている。さらに内藤氏は同論文で次のように発表している。

> 鈴木大拙博士が生前、弟子の1人板東性純氏に宛てた手紙の一部で、『影像』の「仏陀の空」は鈴木博士自身の影響であることを認めておられることが判明した。イェイツが鈴木大拙の著書や論文を読んでいたことは、石橋裕史女史の指摘されるとおりである。鈴木博士のこの手紙は、単にイェイツを研究する日本人にとって興味あるものであるのみならず、イェイツにおける禅の意味を、世界のイェイツを愛する人たちに誤解のないように知らせるためにも、ぜひ公表しなければならないものであると考える。[7]

　鈴木大拙という人は、アメリカに仏教を伝えた有名な方である。そして50年後に鈴木俊隆がアメリカに仏法を伝えている。禅心寺を建立した鈴木俊隆のお弟子からホエーランは法を受けている。鈴木大拙の禅の影響を受けたと言われるイェイツの作品「影像」に注目したホエーランは「禅心寺」という作品の中にイェイツの名前を書いていったと思われる。そうすると、この「禅心寺」という詩は鈴木大拙と鈴木俊隆の二人への思いの心がまじりあったものとも考えられる。
　イェイツの詩「仏陀の空へ這って行く」の原文は "crawls to Buddha's emptiness" という表現になっている。"crawl" には「這う」という意味がある。仏教では仏法僧に敬意を表す礼拝（らいはい）がある。合掌して頭を下げる礼拝から、膝をつく礼拝、そして五体を大地に投げ出す礼拝まで数種の礼拝がある。イェイツが用いている "crawls to"「這う」という表現は、仏教において一番丁重な礼拝、五体投地の礼拝を思い起こさせる。それは両肘、両膝、頭の5か所を大地につけるものである。さらにはその投げ出した両手のひらで、仏の足を自分の頭に頂戴する。上座

仏教や禅宗では、座具という布製の敷物を畳んで左腕に掛けて持ち歩き、これを広げて床に敷き、その上で五体投地をする。

　私は 1979 年にインドの仏跡参拝の旅に参加したことがある。その時にチベットの方々と思われる巡礼の人たちが、全身を投げ出して這うように進む、また五体投地をする、這うように進む、その繰り返しで巡礼の旅をしている様子に感動したことを思い出す。そのイェイツの詩にある「這う」"crawls to" は、まるで五体投地の拝をも連想させる巧みな表現だと思う。

　先ほどのイェイツの詩に「銅鑼とほら貝」という楽器が登場している。東儀道子氏は著書『雅楽の心性・精神性と理想的音空間』の資料 1 から資料 7 までにおいて、仏教経典における音楽を詳しく調べて、発表している。資料 4 では「『法華経』に見る音楽」が取り上げられており、その中に銅鑼とほら貝も見られる。例えば「如来は偉大な教えの太鼓を打ち鳴らし、偉大な教えのほら貝を吹き鳴らし、また偉大な教えの鐃鈸を叩こうとしていられるのだ。如来は偉大な教えを説こうと願っておられるのだ。また、そのとき、最勝・最高の「さとり」を得た仏たちに供養する手段として、銅鑼・ほら貝・小鼓などの、音色の好い楽器を奏でさせた人々も、また太鼓を打ち鳴らさせた人々も、すべて『さとり』に到達するであろう。」[8]

　『佛教大事典』によれば、「銅鑼というのは主に、禅宗の寺院で法会の際に用いる楽器である。近世では茶会の合図用にも使われている。普通、鋳造したものに鍛造を加えて音響をよくし、形は浅い丸盆状。紐を付けてつるし、大鑼は架に掛け、小鑼は手に持ち、槌で打ち鳴らす。また、ほら貝は古来、仏事の楽器として用いられた。山伏の法具の一つで、山林修行や法会の際に吹く貝。ほら貝を吹くことは転凡入聖（凡夫の状態を転じて聖者の境地に入る）などを意味するとされている。」[9]以上の資料や佛教大事典から仏教において銅鑼や法螺貝もまた大切な楽器であることが分かる。

つまり、イェイツが取り上げている銅鑼やほら貝は、仏教においても仏事の楽器として用いられた楽器であることになる。従って銅鑼もほら貝も仏陀の空に結びついてくる。そうであればイェイツはよく調べていたことになる。ホエーランの詩では「鐘の音やシマントロンの音」（"the call of bell and semantron"）(10) と表現されている。このシマントロンは禅寺で使用される木版の音に似ている。だからホエーランはこのシマントロンという表現で自ら修行したお寺、禅心寺の木版の音をイメージしようとしたと思われる。このシマントロンというのは主にロシアなどの東方正教会で使われている。それはカトリックでもなくプロテスタントでもない。内藤史朗氏はイェイツの鈴木大拙、野口米次郎をはじめとする東洋の人たちのみならず、ウィンダム・ルイス、ウォルター・ペイター、ウィリアム・モリス、アーサー・ウェイリー、バルザック達の西洋の人たちの図書の読書歴を詳しく調べておられる。(11) 内藤氏の研究からイェイツの心にはさまざまな思い、東西の文人、思想、宗教等が入り交じっていたことが伺われる。ホエーランはイェイツのカトリックでもなく、プロテスタントでもない、もっと広くて大きいものを表すためにシマントロンを表現したとも考えられる。もう一つ考えられるのは上の詩の後半のドストエフスキーの作品『カラマーゾフの兄弟』の一節「カラマーゾフ万歳」に繋ぎたかったとも考えられる。

ホエーランは進行形 "wanted so much to be moving to" を用いている。この推移動詞の進行形は、その推移が終了する直前の状態を表し、「まさに〜をしかけている」という意味になる。ホエーランはイェイツの状態を進行形で表現したと思う。ホエーランが尊敬していた鈴木俊隆老師は「心が落ち着いていて一定であれば、たとえ騒がしい世界の真ん中にいたとしても、静かで安定していることができます。本当に落ち着いた静かな心を見つけるには、長い時間がかかります。ときに男性は女性に対して礼をします。ときに師は弟子に対して礼をし、弟子は師に対して礼をします。弟子に対して礼をしない師は、ブッダに対してもできませ

ん。ときに弟子と師は、ともにブッダに礼をします。ときに私たちは、犬や猫にも礼をするのです」⁽¹²⁾ と述べている。イェイツの心境もきっとそうであったのではないだろうか。

　そのように見てくるとホエーランの詩の上から4行目の「習慣と礼儀」は大切になってくる。イェイツの詩「私の娘への願い事」（"A Prayer for My Daughter"）に「第一に、礼儀を身につけさせたい」（"In courtesy I'd have her chiefly learned"）⁽¹³⁾ と書かれている。ホエーランはこの詩も好きだったと思われる。「イェイツはあくまで穏健な国民主義者の立場をとっていた」⁽¹⁴⁾ ように、過激な行動を取るよりは穏健な、穏やかな心を保つほうへ進んでいった。

　風呂本武敏氏は、イェイツの生まれたアイルランドについて次のように述べている。

> 　最近、私はアイルランドが世界に向けて重要なメッセージの発信基地として、かけがえのない役割を果たしているのに気付き始めた。この国の世界平和に向けての取り組みの運動に私たちは大きな感銘を受けてきた。つい最近も核不拡散条約再検討会議でも、アイルランドの代表ポール・ガヴァナは基調演説を行っている。また、今年故人になったノーベル平和賞のショーン・マクブライドも、世界の指導的な平和活動家としてよく知られていた。
> 　このようにアイルランドの世界平和のメッセージは、重要度が高いのはこの国、特に北アイルランドが1969年に紛争を再燃させてからでも、和平討議再開までの二十数年の長期にわたる内戦に、多大な犠牲を払ってきた理由による。」⁽¹⁵⁾

　そのようなアイルランドの詩人、イェイツをホエーランは尊敬していたことが上の詩から分かってくる。

　アーサー・ラッカムという人はイギリス生まれの挿絵画家であった。

平松洋氏によれば、「ラッカムから影響を強く受けたといわれている1
人に、あのウォルト・ディズニーがいる。彼が制作した世界初の長編ア
ニメ『白雪姫と七人の小人』をはじめいくつかの作品に、ラッカムが描
いた小さな老人や妖精たちの姿があるというのだ。」[16] ホエーランはア
メリカ人であるので、ウォルト・ディズニーの作品に親しみを持ってい
たことが分かる。自ずとアーサー・ラッカムに行きつく。「ラッカムは
生まれつき病弱だったようで、1883年、16歳の時に大病を患ってい
る。医者の勧めもあってか、静養を兼ねてオーストラリアへ旅行に出て
いる。半年間の旅行で、見違えるほど元気になり、画家になる決心も固
めたようだ。帰国した彼は、堅実にもラムベス美術学校の夜間クラスを
受講しながら定収入を得るための職に就くことを選択する。昼はウエス
トミンスター火災保険会社に勤めながら、夜は美術学校に通う生活が始
まる。」[17] ラッカムは働きながら夜間の学校で勉強している。

　ホエーランの詩に「ごしごし洗い、磨いてピカピカする人たちがおそ
らく住んでいる。彼らはサンフランシスコの乳製品のトラックを運転す
る」とある。おそらくラッカムが働きながら美術学校の夜間クラスで学
ぶことを意識して、上のような詩を書いたと思われる。またホエーラン
自身が禅寺で重要視される作務、すなわち掃除、料理、風呂焚き、お寺
の修理などを実際に行っていることも意識しながら、重ね合わせた表現
ではないかと思う。

　「第一次世界大戦を経ると、物価高騰により豪華本であったこれらの
挿絵本は、急速に衰退していく。これではいけないと一念発起したの
か、1927年、60歳を超えたラッカムが活路を見いだしたのが挿絵新興
国であるアメリカだった。ニューヨークでの個展は大成功を収め、ニュ
ーヨーク市立図書館からも特注本として、『真夏の夜の夢』の製作依頼
が来たのである。」[18] ラッカムがアメリカで個展を開くことによってア
メリカに彼の作品が知られていった。ホエーランも、そういったところ
からラッカムに親しんだのではないかと思われる。

　ラッカムの作品は、日本の 19 世紀初期の版画に強く影響を受けた北ヨーロッパの北欧ゲルマン様式と融合したものと言われている。高橋吉文氏は「アーサー・ラッカムも、ジャポニスムのもたらした装飾性とデザインの自在さに力量を発揮した挿絵画家である。その「シンデレラ」（1909 年）は、細密に描かれたリアリズムのように見えながら、ヒロインが幽閉されている部屋の枠組みは、黒を基調とした日本的装飾、部屋の床板や、斜めや横に走る太い梁にびっしりと描きこまれた装飾的図像、極端な遠近法、襤褸のようでいて実はファッション・プレートのように美しい装飾性を醸し出すシンデレラの衣装と、それと酷似した壁紙によるその反復の持続、そして絵の枠の上の黒い鼠たち、枠下に描かれた姉たちの黒いシルエットなど、装飾性とデザイン性が主導していて、これまたジャポニスムの圏内にはっきりとあるものであることがわかる。」[19] と述べている。さらに高橋氏はラッカムの「ヘンゼルとグレーテル」についても「浮世絵十八番の斜めの強いラインが画面中央を屋根として太く走る」[20] と説明している。

　ホエーランは上の詩で「芸術は硬い岩の割れ目からにじみ出る」と表現している。ラッカムも影響を受けている日本の版画は絵師、彫師、摺師そして版元、和紙を作る人たち、版画の板を作る人たちの共同作業によって出来上がっている。つまり絵師の絵が彫師によって硬い板に彫られ、摺師によって和紙に絵がにじみ出てくるように浮かび上がってくる。日本の美術の影響を受けたラッカムがアメリカのディズニーに影響を与えている。そのラッカムをアメリカの禅詩人、ホエーランが取り上げている。循環しているように思う。

　上の詩に「カラマーゾフ万歳！」という言葉がある。この表現はドストエフスキーの作品『カラマーゾフの兄弟』の終わりの場面に二度出てくる。ある少年が亡くなった。その少年はこの作品の主人公とも言われているアリョーシャというカラマーゾフ兄弟の 1 人を尊敬していた。アリョーシャはその亡くなった少年の友人たちと一緒にお葬式に参列し、

その後アリョーシャが少年たちに語りかけた。語りかけた後、少年たちがアリョーシャに向かって「僕たちあなたが好きです、僕たちあなたが好きです。」と一同はくりかえした。その眼には涙が輝いていた。「カラマーゾフ万歳！」とコーリャは歓喜に堪えぬように叫んだ。」⁽²¹⁾ この詩の「カラマーゾフ万歳！」というのは、この箇所ではないかと思う。「カラマーゾフ万歳！」はその後、この小説『カラマーゾフの兄弟』の終りのところでもう一度叫ばれる。非常に重要な言葉だと思う。

アリョーシャはお葬式が終わった後、少年たちに語りかけた。

> 楽しい日の思い出ほど、殊に子どもの時分親の膝元で暮らした日の思い出ほど、その後の一生涯にとって尊く力強い、健全有益なものはありません。諸君は教育ということについて、いろいろ喧ましい話を聞くでしょう。けれども子供のときから保存されている、こうした美しく神聖な思い出こそ、何よりも一等よい教育なのであります。過去においてそういう追憶をたくさんあつめた者は、一生すくわれるのです。もしそういうものが私たちの心に一つでも残っておれば、その思い出はいつか私たちを救うでしょう。もしかしたら私たちは悪人になるかもしれません。悪行を退けることができないかもしれません。人間の涙を笑うような人になるかもしれません。無論そんなことはあってはならないが、もし私たちがそんな悪人になったとしても、こうしてイリューシャを葬ったことや、臨終の前に彼を愛したことや、いまこの石の傍らでお互いに親しく語り合ったことを思い出したら、もし仮に、私たちが残酷で皮肉な人間になったとしても、今のこの瞬間に私たちが善良であったということを、内心嘲笑するような勇気はないでしょう！それどころか、この一つの追憶が私たちを大なる悪から護ってくれるでしょう。⁽²²⁾

『カラマーゾフの兄弟』の終わりの場面は次のように進んでいく。「イリューシャの法事に行きましょう。そして心配しないで薄餅を食べまし

ょう。昔から仕きたりの旧い習慣ですからね、そこに美しいところがあるんですよ。」アリョーシャは笑った。「さあ、行きましょう！これから私たちはお互いに手を取り合って行くんですよ。」(23) ここの場面はホエーランの上の詩の最後の箇所「学生たちと雑談しながら」と重なってくる。

小林銀河氏は論文の中で次のように述べている。

ロシア正教の信仰の立場から、ドストエフスキーを読んでいる現代ロシアの多くの研究者たちは、キリスト教としての一神教の立場に厳密にこだわっていることが見て取れる。『中心』とはすなわち、創造者たる神、人間の罪を自分の血であがなうキリストなどが占めている、キリスト教のいわば『核』の部分と考えればよいだろう。そこに対するロシア人研究者たちのこだわりを、我々日本人は留意しなければならない。それに対して、中村健之介氏の汎神論的な解釈の背後からは、日本文化における多神教的、あるいは自然信仰的な土壌、『草木国土悉皆成仏』という有名なテーゼに表れている日本的仏教思想が見えてくるように思われる。キリスト教文化の中で暮らすロシア人の立場から、日本人の『間違い』を指摘することは容易かも知れないが、間違いだと指摘するだけでなく、その『間違い』（それも彼らの目から見た場合の『間違い』）がなぜ起こるのか。『間違い』の背景にどのような世界観が横たわっているのかを追究することによってこそ、異なる文化間の相互理解にとって生産的な議論が可能になるのではないだろうか。(24)

この小林氏の説明は示唆に富んだものである。ロシアのドストエフスキー研究者のこだわりに心を留める必要がある。しかしロシア人とは異なる解釈もありうる。その解釈を間違いとして切り捨てるのではなく、異なる解釈は何故起こるのかを考えていくことが大切であることを小林氏は教えてくれる。ホエーランの「禅心寺」という詩はそういった問題提起するのにふさわしい作品と言えよう。ホエーランは「禅心寺」と題

する詩でアイルランドの詩人イェイツ、英国の挿絵画家ラッカム、ロシアの作家ドストエフスキーの作品を取り上げたのはきっとホエーランはもっと広い心の必要性を願ったからからこそ、さまざまな国の詩人、画家、作家を取り上げたと思う。先ほどの『カラマーゾフの兄弟』で「これからお互いに手を取り合って行くんですよ」と表現されているようにもっと世界の人々と協調していくことをホエーランは願っているように思われる。次もホエーランの詩である。

「偏った扱い」

夜明け前の明るい月光
一つの大団円、あまりにも劇的な庭
荒涼とした、不思議な感触
H.P. ラヴクラフトはお気に入りの形容詞：
「恐ろしい」を常用した
母ちゃんが「鳥のくちばし」と呼んでいた
「アメリカサクラソウ」の花がホグバックの墓地の周囲で花盛り
鈴木（俊隆）老師の偉大な、よどみのない記念碑（モニュメント）
野生のシクラメンが本当にギリシア詩歌集の中にあるように
私は帰宅して絡子（らくす）を山吹色の糸で直す

タサハラ、1978 年 2 月 24 日(25)

　この詩は「私は帰宅して絡子（らくす）を山吹色の糸で直す」で終わっている。僧侶にとって大切な法衣の一つ、絡子を繕っている様子が表現されている。これも修行の一環であることを表している。その行の下に 1978 年 2 月 24 日、タサハラと明記されている。タサハラは禅マウンテン・センター、すなわち禅心寺のことを表わしている。先ほど述べてようにホ

エーランが修行していたお寺の場所を表わしている。

　この詩で2人の人物が登場している。1人はホエーランが修行している禅心寺を創建した鈴木俊隆老師である。もう1人はアメリカの怪奇小説家 H.P. ラヴクラフトである。詩の中に「鈴木俊隆老師の偉大な、よどみのない記念碑」という表現が見られる。ヒューストン・スミス氏（マサチューセッツ工科大学・哲学教授）は「鈴木俊隆老師が打ち立てた記念碑は、西欧における最初の曹洞禅の僧伽であるタサハラの禅マウンテン・センター、その支部であるサンフランシスコの禅センター、そして一般の人々にとってはこの本『禅マインド・ビギナーズ・マインド』である」[26] と述べている。ホエーランにとってもタサハラの禅心寺、サンフランシスコの禅センター、および鈴木俊隆老師の著書が記念碑として大きな影響を与えていることが分かる。

　古木宏明氏は「H.P. ラヴクラフトは存命中、低俗三文文士と呼ばれても、エドガー・アラン・ポーと同等か、あるいはポーを上回る怪奇文学作家と評価されたのは、彼の愛好者や仲間内だけであった。当時、アメリカにおいてパルプ雑誌（低俗雑誌のこと）というものは識者からは見向きもされない代物であった。そこに掲載されていたラヴクラフトの作品も同様に、読む前から評価することを放棄されていたとしても無理からぬことであった。恐らくは、それが主な理由で彼の作品が、当時、評価を受けることが少なかったのだと思われる」[27] と述べている。古木氏はさらに「ラヴクラフトの作品は今や、英米において数百万部を売り、十数か国語に翻訳され、その名は一つの文化現象（宮壁定雄1984：204）になっている。それはラヴクラフトの高弟と呼ばれたオーガスト・ダーレスの功績がなければ、ラヴクラフトの現在の評価はあり得なかった」[28] と論じている。紀田順一郎氏も「過去四十年間のラヴクラフト評価の流れの中でもっとも特徴的なのは、（大衆現象としてのラヴクラフト）の出現である」[29] と書いている。

　いまから60年前、仏教をほとんど知らない国に鈴木俊隆老師は出か

けていった。老師のもとに参禅に来た若者たちが集まった。彼らはヒッピーと言われて揶揄されたビート世代の若者たちであった。必ずしも認知されていないアメリカの若者たちと接する鈴木老師に、冷ややかなまなざしを向けたアメリカ人もいたと思う。鈴木老師に対して最初は偏見もあったであろうアメリカ人に、仏教を伝えることは生やさしいことではなかった。そういう状況で老師を支えたのは、老師のパートナーである夫人、および弟子たちであった。ラヴクラフトを支えたダーレスのように。「偏った扱い」を書いたアメリカの詩人ホエーランは、青年のときビートの世代の一人であった。彼も禅心寺等でビートとして禅の修行をしていたから、鈴木俊隆老師が受けた偏った扱いの苦労を直接的に、また間接的に知っていた。この詩の題名「偏った扱い」には、そのような思いがあったと思う。詩の中ではあからさまにそのようなことは書いていないが、鈴木俊隆老師を簡潔に称えているだけである。そこがこのホエーランの良さであると私は思う。

　上の詩「偏った扱い」の1行目は「夜明け前の明るい月光」と表現されている。H.P. ラヴクラフトは「無名都市」（"The Nameless City"）という作品の中で「月影のもと、涸れ果てた恐ろしい谷間を旅していた私は、出来損ないの墓所から屍体の一部が突き出しでもしたかのように、そこが怪しくも砂上に突き出しているのを、遥か遠くに目にしたのだった」(30) という箇所がある。その中の「月影」は、上の詩の「月光」を彷彿とさせる。また「恐ろしい」という表現は上の詩の5行目「恐ろしい」と対応し、「墓所」は上の詩の後半の「墓地」と重なる。このラヴクラフトの「無名都市」には「恐怖の皺」「ぞっとするような沈黙」「寒々とした月の光」（13頁）、「夜と月」「冷風が新たな恐怖」「月が煌々と輝き」（14頁）、「恐ろしい夢」「人食い鬼の如く」（15頁）、「ある種の祭壇や石がひどく恐ろしく」「月の投げかける長い影」（16頁）、「月が鮮やかな輝きを放ち」「再び恐怖を抱かせた」（17頁）、「「超自然的な嘆息」「月にちらりと目を向けてみれば」「理屈を超えた恐怖を覚えていた

が」（18頁）、「恐ろしい幻想の中」（19頁）、「月の霊薬」（20頁）、「ぞっとするほど棺桶に似たものだった」（21頁）、「恐ろしげな様子」「この廊下（ホール）は、（中略）きわめて荘厳かつエキゾチックな技巧の建造物（モニュメント）」（22頁）、「恐ろしい降下」（24頁）、「月光」（25頁）、「月光に照らされる遺跡」（26頁）、「恐ろしい意味合い」「あの恐ろしい降下」「新たな恐怖」（27頁）、「恐怖を追い払った」「不気味な光」「肉体的な恐怖」（28頁）、「寒々とした月」「恐ろしげに反響する」「私の恐怖」（29頁）、「新たな恐怖」「恐ろしさに身震いしながら」（30頁）、「古代種族の墓の中で」（31頁）、「悪霊（グール）」「大地の腸」「闇の中」（32頁）のように月、恐怖、墓、超自然といった言葉及びそれに類した表現が多くみられる。これは上のホエーランの詩に顕れる言葉、「月光」「荒涼とした、不思議な感触」「恐ろしい」「墓地」「モニュメント」と対応する。

　金井公平氏は論文「西洋文学における超自然—H.P.ラヴクラフトとゴシック小説」[31]を書いている。彼はH.P.ラヴクラフトを高く評価している。この論文で金井氏は上田秋成の『雨月物語』巻之三「吉備津の釜」も取り上げて論じているのは見事である。『雨月物語』「吉備津の釜」では、夫の正太郎に裏切られ怨霊と化して死んだ妻の磯良が、正太郎の命を狙っている。正太郎は恐ろしくなって祈祷師に祈ってもらい助けを乞う。怨霊が世を去ったのは7日前だからあと42日、合計49日の間、固く戸を閉めて、お守り札を全て戸口に貼り付けて、神仏に祈りなさいと言いわたされた。しかし、残念なことに戸を開けるのが早かった。早すぎたために吉備津の釜の終わりには次のように書かれている。「月あかりで見ると、軒の端に何か引っかかっている。灯火を高く差し上げて照らして見ると、男の髪のもとどりだけが引っかかって、ほかにはなにひとつない。浅ましくもまたおそろしいことは、とうてい紙筆につくすことができないほどであった。」[32]見えるはずの死体が見えないのは非常に奇妙である。

　同じ『雨月物語』の中に「青頭巾」という作品がある。「青頭巾」では
「食人鬼が住むお寺に旅の僧が一夜の宿を借りた。その旅の僧は静かに
座り続けた。夜が更けると月夜になった。月光は玲瓏として、堂の中を
隈なく照らし出した。ちょうど真夜中と思われる頃である。食人鬼が出
てきてばたばたと辺りを探し始めた。しかし見つからないらしい。」(33)
ここも奇妙である。旅の僧はお堂で坐禅をしているが、食人鬼には旅の
僧の姿が見えない。見えるはずの僧が見えない。「翌朝、食人鬼は旅の
僧に懺悔する。旅の僧は中国、唐の僧、永嘉大師『証道歌』の一節『江
月照松風吹　永夜清宵何所為』を食人鬼に与えて、その真意を探究する
ように教えた。1年後、東北からの帰り、再びその旅の僧はお寺に立ち
寄った。あの食人鬼は『証道歌』の一節を唱えていた。旅の僧が一喝す
ると、氷が溶けるように食人鬼の姿が消え失せてしまった。」(34) これも
不思議なことである。この話の結末は「禅師は曹洞宗のありがたいお寺
をおひらきになったのである。このお寺は、太平山大中寺として、い
まなお尊く栄えているということである」(35) と書かれている。H.P. ラ
ヴクラフトのものと、この『雨月物語』も、どちらも恐怖物語というこ
とで共通するものがあるかと思う。

　武田悠一氏はメアリ・シェリー（1797－1851）作『フランケンシュタ
イン』を著書の中で詳しく論じている。『フランケンシュタイン』を SF
の起源とした場合の文学について次のように述べている。

　　文学はいつも自分の周辺に、自分によく似たものを生んできた。それが
　　「パラ文学」）だ。かつては小説も「パラ文学」だった。そして小説（もし
　　くは「純」文学）が文学の中心に位置するようになると、SF やミステリ
　　ーがその役目を背負うようになった。文学と SF はお互いを鏡に映し合い、
　　対立しながら相互に依存しあう、緊張した関係にある。パラ文学とは、要
　　するに、文学の周辺にあって、文学的価値のないものと見なされながら、
　　その大衆的人気によって文学を脅かすものである。SF をはじめとするい

わゆる大衆文学、あるいはマンガやゲームなど、またサブカルチャー一般がこれにあたる。(36)

　武田氏の説明は怪奇小説家 H.P. ラヴクラフトにおいても当てはまる分かりやすい言葉である。文学という概念は時代と共に変化していく。アメリカ文学もまたそうである。ホエーランもアメリカ文学に新しい風を送っている詩人の一人である。ホエーランの詩「偏った扱い」に登場する H.P. ラヴクラフトと鈴木俊隆老師とはどのような意味合いがあるのだろうか。H.P. ラヴクラフトは当時の偏った見方によって作品があまり評価されなかった。しかし、金井公平氏が「ラヴクラフトは恐怖が人間のもっとも深いところに潜む、もっとも強い感情であると強調している。不振を続ける文学ジャンルが多い中で、ホラー（恐怖）小説のみ人気が衰えない状況を考えると、ラヴクラフトの主張は説得力を帯びてくる」(37) と述べているように心の奥底の恐怖は不安な状況の現代において癒されるべきものの一つであるだろう。人間の無意識に迫るラヴクラフトの恐怖小説がいま見直されている。また鈴木俊隆老師も心を説いている。形は違ってもホエーランは両者に共通しているものを見つけていると思う。ホエーラン自身が禅仏教の僧侶というアメリカでは少数派に属する立場にある。アメリカの女性が日本で禅の修行を終えてアメリカに帰って坐禅の布教をすると罵倒されて苦しんだ。ホエーランも似たような立場ではなかったろうか。だからホエーランはそういった意味でもH.P. ラヴクラフトと自分を重ねたかもしれない。

　亡くなったフィリップ・ホエーランと大学時代から終生友人であったゲイリー・スナイダー（存命で活躍中）という詩人がいる。ホエーランは太平洋戦争では海軍の兵隊であった。そして兵隊を務めた後、大学に入ったので、7 歳スナイダーより年上であるけれども、大学ではずっと同じで、亡くなるまで友達であった。そのホエーランの『全詩集』の序文でゲイリー・スナイダーは「フィリップ・ホエーランは詩、心の平

静、鑑識眼のある聡明さを決して忘れることはなかった。そしてホエーランの詩のあり方は彼の教えの主なる部分であった」[38] と書いている。ホエーランは仏教を学び、詩を書いたアメリカでは数少ない求道の人であった。

注

（1）原文は次の通りである。*Zenshinnji* / Here our days are nameless time all misnumbered / Right where Mr. Yeats wanted so much to be / Moving to the call of bell and semantron, rites and ceremonies / Bright hard-colored tidiness Arthur Rackham world（no soil or / mulch or mud）/ Everything boiled and laundered and dry-cleaned / And probably inhabited by that race of scrubbed and polished men / who drive the dairy trucks of San Francisco / The arts ooze forth from fractures in planes of solid rock / Outer ambition and inwards tyranny / "Hurrah for Karamazov!" / Totally insane sprung loose from all moorings / I wander about, cup of coffee in hand, / Chatting with students working in warm spring rain *25: iii : 74* Philip Whalen, *Decompressions*（Grey Fox Press, 1978）, p. 75.

（2）風呂本武敏「アイルランド精神―その二重性」『W. B. イェイツ論』増谷外世嗣編著（南雲堂、1978）、19 頁。

（3）同上、42 頁。

（4）羽矢謙一「イェイツとロレンス」増谷外世嗣編著、前掲 111 頁。

（5）W. B. Yeats, *The Poems*. Edited and introduced by Daniel Albright（Everyman's library, 1992）, p. 384.

（6）内藤史朗「『彫像』にあたえた禅の影響」（『会報』第 4 号、1969：12-20）、13 頁。因みに内藤史朗「『彫像』の試作過程における禅の影響」『大谷学報』第 50 巻第 4 号、大谷大学、1971：17-27 参照。

（7）同上引用文中。因みに W.B.Yeats, *Last Poems Manuscript Materials*. Edited by James Pethica（Cornell University Press, 1997）, pp. 203-235 参照。

（8）東儀道子『雅楽の心性・精神性と理想的音空間』（北樹出版、2016）、260-261 頁。

（9）『佛教大事典』、前掲、730 及び 920 頁。

（10）因みにホエーランの終生の親友、ゲイリー・スナイダーは禅寺の生活についての詩の中で「鐘、木版の響き」（"bells, / wood block crack"）というように「木版の響き」（"wood block crack"）という表現を使っている。（Gary

Snyder, *The Back Country*（New Directions, 1971）, p. 68.）

(11) 内藤史朗「イェイツと東洋思想」増谷外世嗣編著、前掲 207-259 頁参照。

(12) 鈴木俊隆『禅マインド　ビギナーズ・マインド』松永太郎訳（サンガ、2014）、59-110 頁抜粋引用。

(13) W.B. Yeats, *The Collected Poems of W.B. Yeats*（Macmillan and Co., Limited, 1935）, p. 212.

(14) 増谷外世嗣「仮面の変貌」増谷外世嗣編著、前掲 146 頁。

(15) 風呂本武敏『『想い』を知れば知るほどに――工藤好美先生に教わって』（私家版、2008）、41-42 頁。因みにアイルランドについての図書、『文学都市ダブリン―ゆかりの文学者たち』木村正俊編、（春風社、2017 年）が出版されている。18 名の研究者が「2010 年にユネスコから「文学の都市」として指定されているアイルランドの都市ダブリンに目をすえ、古来この都市とゆかりの深かった文学者たちの足跡を追いながら、ダブリン、さらにはアイルランドの輝かしい文学伝統とその価値を解き明かそうとして」（木村正俊「序章」6 頁）執筆している。この書物からもアイルランドについて学ぶことができた。

(16) 平松洋監修『アーサー・ラッカムの世界　新装版』（KADOKAWA、2019）、4-5 頁。

(17) 同上、6 頁。

(18) 同上、9 頁。

(19) 高橋吉文「19 世紀西洋視覚とジャポニスム―挿絵の世界は切られてなんぼ―」『カラー図説　グリムへの扉』大野寿子編（勉誠出版、2015）、165-66 頁。

(20) 同上、166-67 頁。

(21) ドストエフスキー『カラマーゾフの兄弟』（四）［全 4 冊］米川正夫訳、（岩波書店、2003）、406 頁。

(22) 同上、403 頁。

(23) 同上、406 頁。

(24) 小林銀河「日本人の宗教意識とドストエフスキー研究」『『スラブ・ユーラシア学の構築』研究報告集』（10）北海道大学スラブ研究センター、（2005 年：18-32）、30 頁。

(25) 原文は次の通りである。*Discriminations* / Earliest morning hot moonlight / A catastrophe, the garden too theatrical / Feels wild, unearthly / H. P. Lovecraft could use his favorite adjective: / "Eldritch" / The "shooting-star" flowers that Mama used to call "bird-bills" / Bloom around the Hogback graveyard / Suzuki Roshi's great

seamless monument / Wild cyclamen, actually, as in the *Palatine Anthology* / I go home to mend my *rakusu* with golden thread. Tassajara, 24: II :78 Philip Whalen, *Enough Said Poems* 1974-1919 (Grey Fox Press, 1980), p. 26.

(26) ヒューストン・スミス「序文」鈴木俊隆『禅マインド　ビギナーズ・マインド』、前掲、12 頁。

(27) 古木宏明「破滅への欲望：H.P. ラブクラフト作品が求められる理由の考察」『龍谷大学大学院研究紀要：社会学・社会福祉学』第 16 巻、(2009：1-18)、4 頁。

(28) 同上、5 頁。

(29) 紀田順一郎『幻想怪奇譚の世界』(松籟社、2011)、187 頁。

(30) H・P・ラヴクラフト『ネクロノミコンの物語』森瀬繚訳 (星海社、2018)、12 頁。

(31) 金井公平「西洋文学における超自然— H.P. ラヴクラフトとゴシック小説—」『明治大学人文科学研究所紀要』第 44 冊　1999：93-105 参照。

(32) 『改訂雨月物語』前掲、112 頁。

(33) 後藤明生『現代語訳日本の古典 19 雨月物語・春雨物語』(学研、1980)、113 頁。参照。

(34) 同上、114-115 頁参照。

(35) 『改訂雨月物語』前掲、166 頁。

(36) 武田悠一『フランケンシュタインとは何か—怪物の倫理学』(彩流社、2014)、146-147 頁。

(37) 金井公平、前掲、95 頁。

(38) Gary Snyder "Foreword" *The Collected Poems of Philip Whalen*, edited by Michael Rothenberg, Wesleyan University Press, 2007, p. xxix.

7章

ホエーラン、スナイダー、
ギンズバーグの友情

　今回取り上げたフィリップ・ホエーラン、アレン・ギンズバーグ
（Allen Ginsberg, 1926-1997）及びゲイリー・スナイダー（Gary Snyder,
1930-）たちは 1955 年 10 月 13 日サンフランシスコで詩の朗読会を開い
た。この朗読会によってサンフランシスコ・ルネッサンスが一般市民に
知られるようになった。ホエーランの詩を中心に 3 人の詩人の詩を取り
上げ、彼らの共通したものは何であるかを見ようとした。

　ホエーランとスナイダーは大学時代からの友人であった。「ホエーラ
ンは第二次世界大戦の兵役経験者であった。復員兵援護法によりリード
大学（Reed College）で学んでいる。スナイダーより 7 歳年上であった
が、1951 年に一緒に同大学を卒業している。」[(1)] スナイダーはホエーラ
ンの全詩集 *The Collected Poems of Philip Whalen* の序文を書いている。
彼らとアレン・ギンズバーグは青年の時からの詩人仲間であり、共に仏
教をよく学びあったアメリカ人仏教徒である。ギンズバーグはホエーラ
ンの詩集 *Canoeing Up Cabarga Creek Buddhist Poems* の序文を書いてい
る。

　ホエーランは、若い時から中国や日本に関する本を読んでいたのでア
メリカ詩の代表的詩人、エズラ・パウンドを尊敬していた。何故ならパ
ウンドもまた中国や日本の文化を彼の作品に取り入れていたからであ
る。またビート世代のホエーラン達のおばあさん的存在で「戦争は避け
られない事はない。戦争は常に自暴自棄である。戦争は自暴自棄であ
る。（War is never fatal but always lost. Always lost）」[(2)] と述べたガートル

ード・スタインにも一目置いていた。

「ホエーランは 1972 年、サンフランシスコ禅センターを居に定め、曹洞宗の鈴木俊隆老師（1905-1971）の衣鉢を継いだリチャード・ベイカー（Zentatsu Richard Baker, 1936-）の弟子になった。1973 年、50 歳の時、仏教僧になっている。彼の僧名は Zenshin Ryufu である。意味は禅の心、龍の風である。1990 年代サンフランシスコのハートフォード・ストリート・禅センターの住職になっている。病気で引退するまで任務を全うした。」(3) 彼は「牛祭り」という詩を書いている。

牛祭り

神々が再び自由になっている！
ある神は広隆寺の境内と周辺を黒い雄牛に乗って巡る
ある神は大きな仏法の巻物を唱える
他の神々は踊り、詠唱する

膨れた丸顔の福の神
風船のような頭の青い目の長寿の神
突然お寺の中に入り姿が消えた

蝙蝠（コウモリ）たち
虎（トラ）たち
鶴（ツル）たち

1966 年 10 月 16 日(4)

この「牛祭り」の原題は "Ushi Matsuri" と表現されている。ホエーランは日本語をそのまま英語で使われているラテン・アルファベット文字

で表記している。この "Ushi Matsuri" を英語に置き換えるなら、この詩の中で "a black bull" が登場するので例えば "The Bull Festival" という題名も可能であろう。しかしホエーランは英語に置き換えなかった。彼は京都市右京区太秦の広隆寺で開催された「牛祭り」に大きな感動を覚えてそのまま "Ushi Matsuri" と題して詩に表そうとしたのであろう。このお祭りに敬意を表したことが伺える。この京都の三大奇祭の一つとして知られている「牛祭り」がアメリカの詩人によって書かれた貴重な記録でもある。もちろん詩であるのでそのお祭りを忠実に再現して表現されたものかどうかわからない。しかし現在、牛の調達が困難なためこの「牛祭り」が休止だという。それならば 1966 年当時、彼が見学した様子が断片的であれ、詩という形で知ることができる。彼は日本の一つの文化を私たち日本人にも伝えてくれている。

　"Ushi Matsuri" という言葉は現在英語として認知されていない。『ジーニアス英和大辞典』（大修館書店、2001 年）を引くと、"Zen"（禅）、"satori"（悟り）、"Bon"（お盆）、"Shinto"（神道）、"kami"（神）という言葉が載っている。日本文化一般としては "tanka"（短歌）、"haiku"（俳句)"、"wabi"（わび）、kimono"（着物）、"obi"（帯）、"origami"（折り紙）、"wakame"（海藻の一種、ワカメ）、"sake"（酒）、"bonsai"（盆栽）などがみられる。しかしホエーランが使用した "Ushi Matsuri" 及び "Ushi" も "Matsuri" も英語の中には入っていない。だから英語圏をはじめとして英語で読む読者は "Ushi Matsuri" を即座には理解しにくいであろう。にもかかわらず、彼は認知された英語の単語による表記を選ばなかった。やはりこの祭りに対する思い入れがあるからだろう。

　1 連目の 2 行 "a black bull" という表現によって一頭の黒い雄牛がわかる。牛によっては必ずしも黒色とは限らない。ここでは「黒い」という言葉によって牛の色が限定されている。この "black" は「真っ暗な、真っ暗やみの」という意味もある。この牛祭りが夜間に行われることを知らなくても、この「黒い」表現と 2 連目の 3 行にある "out of sight"（姿

が消えた）及び 3 連目の "Bats"（コウモリ）の多くは夜行性であるので夜を連想することも可能であろう。夜であれば茶色の牛も黒色に見えてしまう。この "out of sight" はアメリカでは「とてもすばらしい」という意味もある。2 連目の 1 行 "Good Luck"（福の神）、2 行 "Longevity"（長寿の神）、そして 3 行 "out of sight"（とてもすばらしい）となって縁起のいい言葉が続くことになる。

　1 連目の 3 行 "read"（唱える）と同じ連の 4 行 "chant"（詠唱する）という表現と 2 連目の 3 行 "temple"（お寺）から厳かな雰囲気が醸し出されている。これによって 1 連目の 2 行 "rides"（乗って巡る）と同連の 4 行 "dance"（踊り）という動作を示す言葉が使用されてもスペインの闘牛とは異なるものであることが分る。3 連目の "Tigers"（虎）は勇気、優美などの象徴である。『日本国語大辞典』でも比喩的に、勇猛果敢な人、また恐れ重んじられる人を表す。同連の "Cranes"（鶴）は長寿、純潔、高慢などの象徴となっているが、日本でもその端正な姿態から神秘的な鳥とされ、亀とともに長寿の象徴となり、吉祥の鳥ともされる。蝙蝠は屋根裏などに住んで、糞害をもたらすので忌み嫌われることもある。しかし古来日本では蝙蝠はウンカ、ヨコバイ、などの虫を食べるので稲などの農作物を守り、また蚊も食するので蚊喰鳥とも呼ばれた生き物として受け入れられてきた。長寿などの福を招く生き物として縁起が良いとされて家紋、商標、市章などに蝙蝠が用いられているのは人間と自然との共存を暗示している。蝙蝠はまた和歌、俳句、川柳にも歌われている。西洋にはないすばらしさを表している。例えば次のような川柳がある。「蝙蝠にわがテレパシー感知され」　近藤ゆかり（『川柳歳事記』奥田白虎編、創元社、1983、255 頁）この句にはユーモアがあり、人間と生き物とのほのぼのとしたぬくもりも伝わってくるようだ。また俳句には「亡き父の瞳が夕空に蚊喰鳥」本郷昭雄（『合本俳句歳時記　新版』角川書店、1986, 376 頁）というように蝙蝠が蚊喰鳥と表現されている。[5]

　『仏教大事典』によると、「広隆寺は真言宗。単立。京都市右京区太秦（うずまさ）

蜂 岡町。山号は蜂岡山。蜂岡寺・太秦寺・秦寺・秦公寺・葛野寺など
とよばれ、俗に太秦の太子堂ともいう。本尊は聖徳太子像（もとは弥勒
菩薩）。京都最古の寺院で、聖徳太子ゆかりの七大寺の一つ。このお寺
は、渡来系氏族秦氏の長、秦 河勝が 603 年（推古天皇 11）に聖徳太
子から仏像を授けられたことに始まると伝える。この仏像は、寺宝の木
像弥勒菩薩像二体（ともに国宝）のうちの一体である宝冠弥勒と考えら
れている。美しく微笑んでいるかのようにみえ、ほぼ同形の金銅仏が韓
国国立中央博物館にある。もう一体は「泣き弥勒」とよばれる宝髻弥勒
である。」(6)

　牛祭りは広隆寺で毎年 10 月 12 日（旧暦 9 月 12 日）に行われる魔吒
羅神祭礼。長和年間（1012 ～ 17）源信が創始と伝えるが未詳。当時常
行堂の不断念仏会に伴う同堂守護神の魔吒羅神風流に起源するらしく、
江戸時代初期には魔吒羅（神祭礼、俗に牛祭りと称し、天下安穏・五穀
豊穣・悪病退散などを祈る行事となった。異形の面をつけた魔吒羅神が
牛に乗り諸役を連れて行列し、四方に赤鬼・青鬼が立つ薬師堂の前で自
ら祭文を読み上げるのを主とする。明治維新で一時中断、1887 年（明
治 20）に富岡鉄斎らの尽力で復興された。(7)

　彼は長年の友人、スナイダーにささげる短い詩を書いている。

　　ハイク、ゲイリー・スナイダーへ

　　　　　　　　島
ほら、トンボ
　　　　（そのとおり）
住んでいた、
　　　　その場所はもう見られない。

　　　　　　　　　　　　　　　　　　　　　1960 年 1 月 15 日(8)

　題名でハイクとなっているが文字通りの俳句ではない。俳句のように短い詩と見たほうが良さそうである。ホエーランは仏教僧なので"no longer exists"の表現から「空」的な観点でこの詩を解釈することが可能であろう。この詩はゲイリー・スナイダーに捧げられている。スナイダーは環境運動家としてもよく知られている。そして題名に「ハイク」が挙げられている。この「ハイク」から俳句が連想される。俳句は自然とのつながりが深いのでこの詩も生き物への思いを綴っていると読み取れる。島のトンボにとってもかつて存在した自然の風景が変わってしまったのだろうか。この詩ではそういうことを叫んではいない。しかしさりげなく一匹の昆虫、トンボをとりあげて生き物へのいたわりを表している。上田哲行氏は次のように述べている。「日本人にとってアキアカネは単なる「虫」ではなく、ひとつの「風景」であると考えています。三木露風作詞の童謡「赤とんぼ」に、多くの人が自分の原風景を重ねていることに気づいたからです。アキアカネに導かれて、トンボと人、生きものと人とのかかわりを考えてきましたが、それは「生物多様性」にかかわる問題への根源的な問いかけであるとも思っています。」[9] この上田氏の言葉にハッとさせられる。

　Yoshimura Mayumi（吉村真由美）氏と Okochi Isamu（大河内勇）氏は論文 "A decrease in endemic odonates in Ogasawara Islands, Japan" で小笠原諸島の固有種のトンボ（蜻蛉）の減少が1970年代から始まった道路工事等だけによるのではなく、蚊の繁殖を防ぐために導入された *Gambusia affinis*（カダヤシ）がトンボの幼虫を食べるのではないか。また導入された Anolis carolinensis（グリーンアノール）は一日2匹以上のトンボを食べることが出来る。つまり外来種がトンボの減少に影響を与えていることを発表している。この論文で "In Chichi-jima, a priority before providing suitable aquatic habitat for odonates should be to minimize the effects of predation by *Anolis carolinensis*."（父島において、トンボのために適した水の生息地を与える前に優先されるのはグリーンアノールに

よる捕食の影響を最小にすることである）(10) と述べられているところが印象に残った。

　角谷拓・須田真一・鷲谷いずみ諸氏の論文「トンボの絶滅リスクに及ぼす生態的特性の効果」で関心を引いたのは次の所であった。「絶滅リスクが高くなる傾向にあった止水性種及び広域分布種は、他のタイプの種群にくらべて、水田・ため池・かんがい用水路など、水田生態系の生息環境を利用する種の比率が高かった。」(11)　粟生田忠雄　片野海　遠山和成　神宮字寛諸氏の論文「赤トンボの羽化殻を指標とした市民参加型の水田環境評価」によると「新潟県のトンボの生態と水田稲作の関係を明らかにした研究は極めて少ない」(12) とのことである。そういう意味でこの論文は貴重である。以上の論文のみならず多くの科学者によってトンボの減少が様々な要因によることが研究されており、生きものが絶滅しないような方法も研究されている(13)。

　ホエーランの長年にわたる友人、スナイダーは "TŌJI *Shingon temple, Kyoto*" と題する詩を書いている。

東寺

　　真言宗寺院、京都

肌着で寝入っている人々
新聞紙を枕にして
東寺の軒下、
がっしりした鉄製の、凡そ３メートルの高さの弘法大師
またがって立つ、遍路笠の上の鳩。

金網の格子を通して目を凝らす
くすんだ金色の彫像たちに
既成の価値を疑い、曲線を描くふっくらとしたお腹

　　落ち着いた菩薩―おそらく観音菩薩―

　　両性具有も正しいことがわかった。一方の足に

　　重心を置き、蛇の様な円形の頭光が金色に

　　輝く、影を貫いて

　　太古からの素敵な微笑

　　インドとチベットの響き。

　　ゆったりとした胸の若い母親

　　日陰で子どもたちと一緒

　　この古いお寺の木の下、

　　あなたを困らせる人は誰もいない東寺、

　　ちんちん電車が市街地をごうと走る。[14]

　この詩の題名は先ほどのホエーランの詩の題名と異なり、英語の副題 "Shingon temple, Kyoto" が施されている。"Shingon"（「真言宗」）は『ブリタニカコンサイス大百科事典』（EX-word）では次のように説明されている。

　　9世紀中国仏教の解釈に基づいた日本の密教の宗派。仏陀の秘伝の智慧は象徴的な身ぶり、神秘的な言葉（真言）及び精神の集中を含んだ身体、言語、心を用いた特別の儀式によって引き出されると考えている。全てがあらゆる生きとし生けるものに具わる仏陀の精神的な存在の実現を呼び起こすために意図されている。真言宗の主要な経典『大日経』は他の仏教の宗派では正典ではない。真言宗はバジュラヤーナの正しい一形態と考えられている。それは空海によってかなり修正され、体系化されている。

　「日本の密教の宗派」は原文では "Esoteric Japanese sect" となっている。「象徴的な儀式」は原文では "symbolic gestures" である。「神秘的な言葉

（真言）及び精神の集中」は原文では "mystical syllables, and mental concentration" となっている。「特別な儀式」は原文では "special ritual means" となっている。「あらゆるいきとしいけるもの」は原文では "in all living things" と表現されている。「『大日経』」は原文では "Mahāvairocana Sūtra ("Great Sun Sutra")" となっている。補足を入れた丁寧な英語であると思う。「バジュラヤーナ」の原文は "Vajrayāna" となっている。そのままカタカナで表記した。「ヴァジュラヤーナ」はタントラの儀式という。仏教タントラは「儀軌（ぎき）」と漢訳されている。

　上の詩の1連目の "Kobo Daishi"（弘法大師）は空海のことである。「空海（774-835）は真言宗の開祖。讃岐（さぬき）（香川県）の人。804年留学僧として入唐（にっとう）。翌年青竜寺東塔院の恵果と出会い、胎蔵・金剛界・伝法阿闍梨（じゃり）位の灌頂（かんじょう）を受け、インド伝来の密教を余すところなく授けられた。同年12月に恵果は没し、空海は弟子を代表して恵果の碑文を撰した。806年（大同一）帰国。空海は、ただの紹介者たるにとどまらず、各宗各派の教理に通暁した深く広い学識によって、日本真言宗の教理と実践を、インド・中国のものと一頭地を抜く独特のものに高めることに成功した。現在、真言宗は古義・新義諸派及び各教団を併せ約1万2,400か寺、僧侶約4万人、信者数約1540万人の教勢を持つ。」(15)

　ゲイリー・スナイダーは、1956年5月、26歳の時、京都の相国寺で禅の修行を始めている。2011年秋、スナイダーがポエトリー・リーディングで来日した時、語っているように、戦後日本は貧しかった。それは京都も例外ではなかった。1950年代に書かれたこの詩にもその様子が描かれている。1連目には東寺の軒下で下着姿の男たちが新聞紙を頭の下に敷いて眠っている様子が書かれている。最終連では路面電車の様子が書かれているが今は京都では見られない。貴重な記録になっている。

　2連目の下から2行の "hip" を「素敵な」と訳したが、「ビート族［ヒッピー］の」という意味もある。それは同連の上から3行の "cynical"（既成の価値を疑う）と繋がってくる。この "cynical"（既成の価値を疑

う）観音菩薩は大切なところである。スナイダーが観音菩薩と両性具有を結びつけているのは斬新な発想である。渡邊恵子氏はアメリカにおける男らしさ・女らしさそして両性具有の心理学的測定研究の歴史的動向をたどる論文を書いている。渡邊氏は次のように述べている。

> 戦後の男女平等思想への転換は、考えてみると、男性の生活面の役割分担は全体的には大きく変わることなく、女性の側に男女の平等化すなわち男性と同質の権利、行動様式への拡大的変質をもたらしたともいえよう。その結果は、男は仕事、女は家事・育児に加えて仕事、さらに近年は高齢者介護という二重、三重の負担を背負う現状である。しかし、同時に、この転換は、女性の視点からあらゆる問題をとらえ直す、ここ約十年の試行錯誤的試みも生み出した。その過程で、女性の問題が男性の問題でもあることが、しだいに浮ぼりにされてきた。こうしたわが国の動向は、男女差別撤廃への国際的動向ときわめて密接に関連している。男らしさ・女らしさの心理学的研究も、こうしたわが国や海外の社会的動向を背景として発展している。」[16]

そして終わりの所で渡邊氏はこう述べている。

> そもそも男らしさ・女らしさ・両性具有は、個人の生活の性役割分担すなわち仕事・家事・育児・介護の分担に関わる社会的期待やその認知、それに応じた態度や行動、さらに性アイデンティティを含んだ心理学的概念である。したがって、男女平等の思想が、社会的レベルの主義主張や行動にとどまらず、個人レベルの生活様式や心理に及ばない限り、両性具有の測定は可能とならない。」[17]

こうしてみるとスナイダーが使っている「両性具有」及び"cynical"「既成の価値を疑う」は私たちに問題提起する重要な言葉であることが

わかる。

　ホエーランも "cynical" を用いた詩 "Cynical Song" を書いている

既成の価値を疑う歌

　今行っていることに打ち込んでいる君
　素晴らしい
　どんなことがあってもやり遂げる君
　人々が嫌いであっても
　素晴らしい

　人々が好きになる
　素晴らしい
　今行っていることをやり通す君
　素晴らしい

サンフランシスコ　1978 年 4 月 29 日[18]

　人々の既成概念にとらわれることなく自分が正しいと思ったことをやっていく。ホエーラン自身、アメリカでは少数派である仏教の修行を若い時から始めて生涯にわたってやり通した人であった。大多数のアメリカ人にとって彼の行為は奇異に映ったのではなかろうか。しかし彼は詩の中に仏教の理念を打ちこんだと思われる。その時、彼は生きがいを感じたのであろう。正しいこと、好きなことをやって伸ばしていく。今行っていることが好きになれば、最上の人生を送ることをこの詩に表している。彼は既成の価値にとらわれず生きていった禅僧であり、詩人であった。彼は "cynical" に生きた人であった。

　ホエーランの師匠、リチャード・ベイカーはホエーランの詩集

7章

Canoeing Up Cabarga Creek の「前書き」(*Introduction*) で「ホエーラン
は 1969 年、京都市安泰寺近くの 6 畳一間の部屋に住んでいたこともあ
る」[(19)] と述べている。ホエーランは安泰寺でも坐禅を行っていたこと
がわかる。この曹洞宗のお寺は 1977 年に兵庫県美方郡に移転してい
る。現在のご住職はドイツ人、ネルケ・無方師である。当時安泰寺は京
都市北区大宮玄琢北東町 3−77 にあった。京都市にお寺があった時代、
内山興正老師も住職をしていた。内山興正老師はお寺に 50 歳前後の高
校の先生が相談に来られた時のことを語っている。

> この先生はすでに二十数年も先生をしてこられたそうですが、「この頃の
> 学校教室の荒れ方はひどいもので、私は授業の前になると急に頭痛がして
> きたり、胃が痛くなったりして、とてもこれ以上学校へゆく気持ちにはな
> りません」といわれます。(中略) あなたがノイローゼになられるのも無
> 理はないと思います。じつは私も昭和 24 年夏に京都へ移り、それから昭
> 和 38 年まで丸 14 年間、托鉢生活をしてきました。というのは私が移り住
> んだ京都（市の）安泰寺という寺は、檀家一軒もなく、全く無収入の寺
> で、寺も荒れはてていました。そこで坐禅や接心の修行をするためには、
> どうしても京都の街で托鉢するよりほかはなかったのです。ところが昭和
> 24 年頃といえば戦後間もない頃で、京都の街の人々も生活が大変で、向
> こうさん自身が托鉢して歩きたいくらいの気持ちの時代です。(中略) 一
> 年ぐらいの後には、京都の街の人々とみな顔見知りになってしまい、みん
> なから「また来やはった。あの年とった坊さんは乞食商売や」と思われて
> しまった。(中略) そして今日も托鉢にゆくために法衣を着、脚絆をつ
> け、草履をはいているうちに、今日ゆくつもりの街の風景がまざまざ目に
> 映り、もはやそれだけで心が重くなり、暗い気分になってしまうのでし
> た。しかし出かけねば文字通り食ってはゆけないので、とにかく出かけま
> す。(中略) 私の托鉢ノイローゼは始めてから一年目から始まって、しか
> しそれでもゆかねばならぬので、毎日出ぬ声をふりしぼり、少しでも貰え

そうな街を探りつつ、たとい五銭札、十銭札、一円札一枚でも有難くいただきつつ、約一年間続きました。そうしているうちにだんだん、托鉢に対する自分の姿勢がキマッテき、最後には「絶対にお断りをいわせぬ、必ず出させる」という気迫をもって声を出すようになりました。いまあなたがあなたの授業ノイローゼを克服するためには、私が托鉢ノイローゼを克服したのと同じような努力をされねばならないでしょう。[20]

　内山興正老師はさらに「本来の生命力において立ちあがり、おのおのの生命力として努力して、エリートコースへゆくのであればもちろん結構です。あるいはエリートコースへはゆけず、たとい下積みになったとしても、その上下はただ「社会分の一」の人間としてみたかぎりなのであって、「本来の生命」として、自分自身の生命力において精いっぱい生き、精いっぱい自分なりの生命の花を咲かせるのなら、なんの不足があるでしょう」[21]　と述べている。老師の「もちろん社会の約束事である各方面の知識や学問などを教えこむことも大切なことであるわけですが、しかし根本的には、一人一人のどの子も、その子なりの人生軌道に乗り、その子なりの人生の花を咲かせるようになるまで、教育することでなければなりません。もしそういう根本的ネライからすれば、今日のようにただよい上級学校へ進学、あるいは一流会社に就職というだけが、教育の目標としてすまされるものでは決してないでしょう。[22]」という鋭く問う言葉は拙い教育を行っていた筆者を鼓舞するものである。
　次のホエーランの詩「戦争」は短いけれど温かい心の持ち主であることを彷彿とさせる作品である。

戦争

ヴァーモント州バーリントン出身の若くてハンサムなベトナム系
アメリカ人はすぐに撃たれた

1967 年 10 月 15 日[23]

　ベトナム戦争で枯葉剤がまかれたことによってベトナムでは多くの異常児が生まれた。ではベトナム戦争はどのようにして起きたのであろうか。「トルーマン政府は、共産主義者に率いられたベトミンに対するフランスの植民地戦争に軍事援助を与えることを決定し、これによってアメリカをベトナムに「直接介入」させ、アメリカの政策の針路を「規定」した。」[24]「アメリカ政府はいまやフランス植民地主義の復活に賭けたのである。（1945 年）8 月末、ドゴールはワシントンを訪問し、24 日のトルーマンとの会談ではインドシナが話題にのぼった。アメリカはフランスのインドシナ復帰を支持すると、いまでは大統領がフランスの指導者に話していた。決定は下された。そしてそれは、数十年間にわたる世界史の方向をきめることになったのである。」[25] フランスの植民地政策を後押しする形でアメリカはベトナム戦争に介入していった。

　ホエーランがこの詩を書いた 1967 年の頃はどんな様子であったろうか。「大統領が承認した北爆における一つの変化は、シャープ提督および統合参謀本部の要請によって、1967 年 2 月以降 B52 の出撃延べ機数が月 60 機から八百機に増加したことである。」[26]「〈1967 年 1 月〉CIA 報告の推定によれば、1965 ～ 66 年の北爆による北ベトナムの人的損害は三万六千人、うち民間人が八十％を占め、その民間人死者総計は約二万九千人。〈1967 年 3 月〉ウェストモーランド将軍、二十万人の新規増派要請（米軍総兵力六十七万一六一六）。」[27] この資料から 1967 年初頭ベトナム戦争が激しさを増していったことがわかる。「米軍機がベトナムの子供たちを目標に、致死性の毒入りキャンデーを散布している事実だけを指摘しておこう。しかも米機が攻撃目標を軍事施設よりも民間目標、一般住民を主としている点で、アメリカの犯罪性は二重になる。」[28]ホエーランが短いけれどベトナム戦争の詩を書いているのは重要なことで、彼自身がアメリカ人として苦しんでいたことが伺われる。

　ホエーランは友人であったアレン・ギンズバーグの 60 歳の誕生日を
祝う詩を書いている。

アレンへ、あなたの 60 歳の誕生日に

長年にわたって円熟し、最高であるが
老いぼれと渇望以外に何が残っただろうか？
出産と死が均衡のとれた光景を保っている：何にも残っておらず、
ぼんやりせず、ずっと出発と到着の機会を待つ；それが何日か
わからないけれど。

1985 年 8 月 28 日⁽²⁹⁾

　ホエーランは長年の修行生活から道元禅師のことは意識していたはず
である。『修証義』という書物は道元禅師の『正法眼蔵』を底本にして
まとめられたものである。小倉玄照老師はこの『修証義』の冒頭に書か
れている「生をあきらめ死をあきらむるは、仏家一大事の因縁なり（仏
教徒として生きるからには、最大の関心事でなければならぬ）」につい
て次のように語っている。

　「生を明らめ死を明らむる」ということは、単に今の自分の生と死を問題
にしているのではないことがはっきりします。人の一生を全体的に捉えて
成長の過程でそのおりおりの意義づけを自然の摂理に即してきちんと解明
できなければならないのです。つまり、三才の子どもの喜びや悲しみに心
から共感することができなければ、残り少ない余生を生きる老人の心情も
本当のところは思い及ばないということになりましょうか。⁽³⁰⁾

　ホエーランはアレン・ギンズバーグへ贈る詩は実は自分自身への問い

かけをしている言葉である。だから「老いぼれと渇望以外に何が残った
だろうか」は年取った自分への厳しい戒めの言葉であろう。「到着」は
何時かわからないが、「生を明らめ死を明むる」ことをしっかりと意識
した詩であると思う。アレン・ギンズバーグは便所の詩を書いてゲイリ
ー・スイダーに捧げている。

便所で

ゲイリー・スナイダーに

便所で詩集『無自性（空）』を読む
座って、夢中になって
ページからページへ、時を忘れて、
お尻を忘れて
くつろぐ、排泄物は
どさりと水に飛び込む
―無理に力むことなく
いらだたず、自意識過剰にならず―
忘れて本を読む、
痔疾にならないように、
信頼する自分のお尻
良い詩集に触れて。

1992 年 10 月 23 日午前 11 時[31]

　ギンズバーグはこの詩の題名に「便所」という日本語を用いている。
英語の "toilet" ではなく、「便所」と言う表現が注意を引く。日本各地、
時代等によってその表現は多い。授業中に学生に聞くと、若者は「便

所」より「トイレ」などという言葉を好むようだ。藤田紘一郎氏はサイクルについて興味深いことを述べておられる。「人間や動物がものを食べて、生きて、死ぬと微生物がそれを分解する。土が豊かになり、美味しい食べものが育ち、また人間や動物が食べる。それが、「自然のサイクル」です。それとは別に、もう一つのサイクルがあります。「植物のウンコ＝酸素」を人間が吸って、ウンコを出して、それが微生物に分解され、また植物に還っていく。「自然のサイクル」が食べることでつながるサイクルだとしたら、こちらは、生きものの排出物、ウンコがつなぐサイクルです。」(32) そして氏は「「自然のサイクル」と「ウンコサイクル」。その両方が支え合って、「地球のサイクル」が回っている。そんなふうに考えると、動物のウンコも「かす」ではなくて、もっと大切なものに思えてくるような気がします。」(33) と述べておられる。そうするとギンズバーグのこの詩は決して下品なものではないことに気がつく。

　おおたわ史絵氏によると「人間の排便には、ある程度のイキミはつきものです。（中略）ただし、あくまでもある程度であって、イキみすぎはNO!」(34) という。上のギンズバーグの詩で「無理に力むことなく」とあるが医学的に正しいようである。おおたわ氏はまた次のように述べている。「腸は第二の脳だ、と話したのを覚えていますか？そう、腸は脳と同じホルモンが存在するくらい、ストレスの影響を非常に受けやすい臓器です。だから、緊張や心配ごとがあると、とたんに便秘や下痢になるのです。」(35) ギンズバーグの上の詩に「いらだたず　自意識過剰にならず」とはまさにこのことを言っているであろう。

　ギンズバーグは日本語の便所を使って "benjo" と表現しているのは重い。私も小中高では授業が終わると、便所、教室、廊下等の掃除をした。その体験から掃除をする方々に敬意を払うことが出来る。そのお陰もあって現在も家庭で便所や部屋の掃除をするのが日課である。子どもの時、掃除の意義や掃除の仕方を習うことがあればすばらしい勉強になるのではないだろうか。そうすれば掃除の仕事だけでなく、すべての職

業に対する尊敬も養うことができてくるはずである。さらに、男女平等という考えにまで広がっていくことは出来ないだろうか。

　ヨーロッパの場合はどうであろうか。「その状態は、まるで18世紀、スペイン植民者が過酷な財産制限政策をとってフィリピンを搾取した」[36]ように、コロンブス以来、ヨーロッパの一部の国々は世界各地を収奪してきた。それはアメリカも同じであって「フィリピン人の生命は、犬の生命より安かった。」[37] そして「自由と平等の幻想を抱いてアメリカへ渡って来たのに、いつのまにか人種差別の恐怖によって催眠術にかけられてしまった、ということはどういうことなのか」[38] とカルロス・ブロサン氏は書き記している。そのようなヨーロッパの国々の学校では植民地政策を中心に教えていたわけで便所掃除は生徒がするものではなかった。生徒たちは如何に植民地において収奪するかを学んだであろう。そこから差別的な教育になって行ったものと思われる。だから便所掃除をしたことのない彼らは便所掃除に対するまなざしは異なっているはずである。

　福井一光氏は次のように語っている。

　　皆さんは、ぞうきんをもって学ぶ、辞書をもって学ぶという言い方から、何を連想されるでしょうか。私は、ぞうきんをもって学ぶというと、どうしても生活を通じての学び方・行為を通じての学び方・体験を通じての学び方・実践を通じての学び方・感覚を通じての学びかた、総じて身体活動を通じての学び方という印象を覚えます。これに対して、辞書をもって学ぶというと、やはり学問的な知り方・情報的な知り方・知識的な知り方・理論的な知り方・概念的な知り方、総じて頭脳活動的な知り方という印象を覚えます。」[39]

　学校で勉強するのは辞書的な学びだけではなくて、ぞうきんを持って自分が使用した教室や便所等に感謝の意を込めて掃除することも、眼には見えないけれど大切なことを学ぶことが出来るはずである。

　ホエーランは彼の詩 "Ushi Matsuri" の題名にそのまま日本語を用いている。"A Black Bull Festival" として副題を "Ushi Matsuri" とすることも出来たはずである。あるいは題名を "Ushi Matsuri" にしたとしても、副題を "Japanese Black Bull Festival" とすること出来たはずである。にもかかわらず、"Ushi Matsuri" と表記するのは他国の文化への尊重の表れと思う。ホエーランは友人、ゲイリー・スナイダーにささげる短い詩 "Haiku, For Gary Snyder" を書いている。表題にある "Haiku" も俳句を意識していることがわかる。その詩の中で、昆虫であるトンボをうたっているのは生命が一繋がりであること、ホエーランもトンボも形は違えども、この地球で共に生きる存在であることを示唆している。ホエーランは、「戦争」と題する短い詩でベトナム系アメリカ人のことを気遣っている。スナイダーの「東寺」と題する詩の中に「落ち着いた菩薩―おそらく観音菩薩― / 両性具有も正しいことがわかった」と表現されている個所がある。スナイダーは両性具有と観音菩薩を結びつけている。興味ある見かたである。ギンズバーグは「便所で」という題名の詩を書いている。一つは日本語をそのまま使っていること、もう一つは「便所」という言葉が何語であれ、詩で使われることは少ないと思われる。3 人の詩人は既成の価値観にとらわれることなく新しい発見を目指して書いている。チャレンジ精神に富んでいるアメリカの詩人たちと言えよう。

注

（1）*Poets on the peaks: Gary Snyder, Philip Whalen & Jack Kerouac in the North Cascades* / text and photographs by John Suiter（Counterpoint, 2002）, p.6.
（2）Gertrude Stein, *Wars I Have Seen*（Random House, 1945）, p. 13.
（3）*Poets on the peaks*, 前掲、p. 253.
（4）Philip Whalen, *On Bear's Head*, 前掲、p. 379.
（5）科学者の蝙蝠への研究の一端を引用させていただいた。農研機構の「プレスリリース」（情報公開日：2016 年 8 月 30 日）では「コウモリを真似た超音波でガの飛来を阻害　殺虫剤に代わる環境に優しい害虫駆除技術」という研究が紹介されている。（最終閲覧日：2020 年 10 月 31 日）www.naro.affrc.

go.jp/publicity_report/press/index.html コウモリ（蝙蝠）の特性を活用した素晴らしい研究活動と思う。日本獣医学会の鍋島圭氏（2019.12.20 掲載）はコウモリの感染症についての質問に分かりやすく回答している。（最終閲覧日：2020 年 10 月 31 日）https://www.jsvetsci.jp/10_Q&A/w20191220.html コウモリを触ったり、家庭内に入れるなどの行為は避けるべき理由が述べられている。また酪農学園大学動物薬教育研究センターから「なぜ野生動物からヒトに感染したのか？」という論文が発表されている（掲載日：2020.05.08）。この論文では何故コウモリが保有するウイルスがヒトに感染するようになった理由について詳しく論じられている。「本来、野生動物を宿主としていたウイルスはその生息域で宿主動物と共存していたと考えられます。人類が自然環境の維持に腐心し、そこに生息する動物を軽視しなければ何の問題もなかったでしょう」と書いておられる。（最終閲覧日：2020 年 10 月 31 日）https://cvdd.rakuno.ac.jp/archives/3658.html 本当に自然に対し真剣に敬意を払うことが差し迫っていることを痛感する論文と思う。吉川泰弘氏の長い論文「コウモリと感染症」では「ヒトの視点とは異なる生物学的視点で、病原体の生態学的振る舞い（生命体の相互作用）を知る必要があるのではないだろうか？」と論じている。（最終閲覧日：2020 年 10 月 31 日）コウモリと感染症 animalcrisismanagement この個所が特に印象に残った。ホエーランの詩「牛祭り」のお陰で、蝙蝠について少しではあるが学ぶことが出来た。

（6）『佛教大事典』前掲、285 頁。

（7）同上、63 頁。

（8）Philip Whalen, *On Bear's Head*, 前掲、p. 243.

（9）上田哲行「全国で激減するアキアカネ」『自然保護』2012 年 9・10 月号：36−38、38 頁。

（10）YOSHIMURA Mayumi and OKOCHI Isamu "A decrease in endemic odonates in the Ogasawa Islands, Japan"『森林総合研究所研究報告』（Bulletin of FFPRI）, Vol.4, No.1（No.394）: 45-51, Mar. 2005, p. 49.

（11）角谷拓・須田真一・鷲谷いずみ「トンボの絶滅リスクに及ぼす生態的特性の効果」『日本生態学会誌』60:187−192（2010）、189 頁。

（12）粟生田忠雄　片野海　遠山和成　神宮字寛「赤トンボの羽化殻を指標とした市民参加型の水田環境評価」『新大農研報』65(2)：131−135、2013、134 頁。

（13）『平成 26 年度環境省請負業務　平成 26 年度　農薬の環境影響調査業務　報告書』平成 27 年 3 月 27 日　独立行政法人　国立環境研究所

（14）Gary Snyder, *Riprap and Cold Mountain Poems*.（Grey Fox Press, 1980）, p.18.

(15) 『佛教大事典』前掲、210 頁及び 524-25 頁抜粋引用。

(16) 渡邊恵子「男らしさ・女らしさから両性具有へ—米国における心理学的測定研究の歴史—」『神奈川大学創立六十周年記念論文集』(1989)：493-518、495 頁。

(17) 同上、515 頁。

(18) Philip Whalen, *Enough Said*, 前掲、p. 30.

(19) Zentatsu Richard Baker-rōshi *"Introduction" Canoeing Up Cabarga Creek*, 前掲、p. xvi.

(20) 内山興正『ともに育つ心』(小学館、1985)、81-84 頁抜粋引用。

(21) 同上、160 頁。

(22) 同上、165 頁。

(23) Philip Whalen, *Severance Pay* (Four Seasons Foundation, 1970), p. 10.

(24) 『ベトナム秘密報告』(上) ニューヨーク・タイムス編 / 杉辺利英訳 (サイマル出版会、1972)、まえがき 15 頁。

(25) 陸井三郎 (くがいさぶろう) 編『資料・ベトナム戦争』(上) (紀伊国屋書店、1969)、157-158 頁。

(26) 『ベトナム秘密報告』前掲、(下)、595 頁.

(27) 同上、582-583 頁。

(28) 陸井三郎編『〈資料・ベトナム戦争』(下) 前掲、(紀伊国屋書店、1969)、364 頁。

(29) Philip Whalen, *The Collected Poems of Philip Whalen*, (*Wesleyan* University Press, 2007), p. 788.

(30) 小倉玄照『修証義』(誠信書房、2003)、2-3 頁。

(31) Allen Ginsberg, *Cosmopolitan Greetings Poems* 1986-1992 (HarperCollins Publishers, 1994), p. 105.

(32) 寄藤文平 (よりふじぶんぺい) 藤田紘一郎 (ふじたこういちろう)『ウンコ コロ　しあわせウンコ生活のススメ』(実業之日本社、2010)、032 頁。

(33) 同上引用文中。

(34) おおたわ　史絵『今日のうんこ』(文芸社、2012)、159 頁。

(35) 同上、151 頁。

(36) カルロス・ブロサン (Carlos Bulosan)『わが心のアメリカ—フィリピン人移民の話— *America is in the Heart*』井田節子訳 (井村文化事業社　発行、勁草書房発売、1984)、22 頁。カルロス・ブロサンは「東洋人の中でアメリカにおいて作家になった者はいないかと、図書館で調べたら日本人のヨネ・野口にたどり着いた」と語っている。(同書、295 頁。)

(37) 同上、155 頁。

(38) 同上、179-180 頁。この書の「解説」で寺見元恵氏は「私がこの本に魅せられたのは作者の悲しさ、辛さ、くやしさがひしひしと胸に伝わってくることだった。それは同事にアメリカ南部で私自身が受けた人種偏見や、日本人移民花嫁として 1918 年 18 才でシアトルに着いた私の義母の話などを思い出させた」と書いている。(同書、370 頁。)

(39) 福井一光『知と心の教育―鎌倉女子大学「建学の精神」の話―』(北樹出版、2017)、164 頁。

8章

ルシアン・ストライクと池本喬の禅文学

　ルシアン・ストライク（Lucien Stryk, 1924-2013、北イリノイ大学名誉教授）は禅文学の英訳に終生尽力したアメリカの研究者、詩人であった。ストライクは1924年にポーランドのコロで生まれた。彼の家族は1928年にアメリカ合衆国のシカゴに移住したが、ポーランドは1930年代と1940年代にわたって悲劇に耐えなければならなかった。[(1)] ストライクは1948年にフランスのパリに留学している。その時ジェームズ・ボールドウィン（James Baldwin）にも出会い、彼との交流を楽しんでいる。[(2)] ボールドウィンは次のような詩を書いている。「ニグロたちと原爆のことを今まで誰も論じたことはない。／つじつまの合わない気持ちだけど、知らなければ知らない程、／ニグロにとっては、いいのだ。」[(3)] 田中久美子氏は「ボールドウィンは自分がアメリカの黒人作家として人々に何を伝えるべきなのかを悩み続けていく」[(4)] と語っている。作家であり、詩人であったボールドウィンと詩のことや、アメリカのことについてストライクは語ったであろう。後に、ストライクは広島の原爆資料館を訪ねた時の様子に触れた詩も書いている。自分たちの行った行為に悩む行為はボールドウィンと共通している。ストライクは、池本喬氏（1906‐1980、山口大学名誉教授、追手門学院大学教授）と共に二人三脚で禅僧の漢詩、和歌や禅詩人であった高橋新吉の詩などを英訳していったのはアメリカの詩人として何を伝えるべきかを考え抜いた結果として出たものと思う。高橋新吉が書いた多くの詩の中からベトナム戦争に抗議して焼身自殺したベトナム仏教僧侶を詠った詩を選んで、英訳し

ているのはそのような延長上であると思う。

　ストライクはまたアメリカ中西部の詩人たちの詩を編集して2巻本にして出版している。ストライクはロバート・ブライ（Robert Bly）の詩「ラーキパール河へ車を走らせながら」を選んでいる。[5] その一節の日本語訳は「II　車の小さい世界が / 夜の深い野を突進する / ウィルマーからミランへの道 / 鉄におおわれたこの孤独が / 夜の野を動いて行く / コオロギの声のしみとおる野を」[6] となっている。ストライクはジェームズ・ライトの詩「恐怖は私を奮い立たす」も選んでいる。[7] その一節の日本語訳も池谷敏忠氏によるものである。「I　アメリカで祖先が殺した動物たちは / みんな　さとい目をもっていた / 月が暗くなると / 動物たちは荒々しくにらみ回す」[8] 池谷敏忠氏（1931-2007）はルシアン・ストライクも含めた中西部の詩人について「彼らに共通しているのは、平明で自由な詩風の中に強い批評精神を秘め、それを清新なリリシズムと繊細な感受性によって静かな口調で表現していることで、彼らの優しく澄んだ純粋の声に、私たちの心は動かされないわけにはいかない」[9] と述べている。だから、ルシアン・ストライクがアメリカ中西部の詩人たちの詩を編集して発行したのは重要な仕事であった。池谷氏は、「本当の鎮魂歌とは、死者を死者の世界に葬り去ることではなく、死者にも生者と全く同じ時間を生者のうちで過ごさせることだ」[10] と書いている。ストライクもまたそのような気持ちで詩に取り組んでいたのであろう。

　ストライクは彼の総仕上げともいうべく詩集『そして依然として鳥たちは歌う　新・全詩集』の巻頭で道元禅師の漢詩（偈頌）の英訳を揚げている。原文は大谷哲夫編著『卍山本　永平廣録　祖山本対校　全』から引用した。その原文と書き下し文は次の通りである。

　　　生死可憐雲變更
　　　迷途覺路夢中行

唯留一事醒猶記
深草閑居夜雨聲

生死憐れむべし雲変更、
迷途覚路夢中に行く、
唯一事を留めて醒めて猶記す、
深草の閑居夜雨の声。(11)

　澤木興道老師はこの詩について提唱している。提唱の中で澤木老師は
「人間というものはそこに沢山な矛盾を持っている。この生死の生とい
うのは、沢山な矛盾を持っておる。丁度波が寄せては返すように、ドブ
ンと来た。それでええと思えば、ザーッと行く。ザーッと行ったと思う
と、ドブンと来る。来るのやら、行くのやら訳は分からん。これが「生
死憐れむべし」である」(12) と述べている。菅原研州氏によれば、「道元
禅師が後の興聖寺（観音導利院）になる極楽寺の辺に落ち着かれたのは
34歳というから、天福元年（1233）になる。「深草閑居」（『永平広録』
巻10の偈頌65〜70までの六首が詠まれた頃）とは、この間のことと思
われる」(13) と述べている。ストライクの詩集の巻頭にある英訳は次の
通りである。

　　　This slowly drifting cloud is pitiful:
　　　What dreamwalkers men become.
　　　Awakened, I hear the one true thing——
　　　Black rain on the roof of Fukakusa Temple.

　　　　　　　——Dogen(14)

　ストライクの英訳の1行目に「雲」（cloud）があり、これは上の原文

の1行目の「雲」に対応する。ストライクの英訳の3行目「醒める」（Awakened）は上の原文の3行目にある「醒」に対応する。書き下し文の3行目及び4行目の「唯一事を留めて醒めて猶記す　深草の閑居夜雨の声」は "Awakened, I hear the one true thing— / Black rain on the roof of Fukakusa Temple" となっている。"Awakened" には肉体的に目が覚めるという意味と "one true thing" という表現から精神的に悟るという両方の意味が汲み取られる。原文では「記」となっているが、英訳では「聞く」（I hear）となっており、それは「一つの本当のこと」（the one true thing）を聞くことであり、「夜雨の声」（Black rain）を聞くことでもあろう。"Black rain" で夜の雨を表現しようとしたものと思われる。"black" は仏法の奥深く、幽玄な世界「玄」にも通ずるので「一つの本当のこと」（the one true thing）に繋がっていく。ストライクは道元禅師の「山居」と題する偈頌の一つも英訳している。この漢詩の中にも「雲」という語が使われている。原文と書き下し文は次の通りである。

西来祖道我傳東

釣月耕雲慕古風

世俗紅塵飛不到

深山雪夜草庵中(15)

西来の祖道我東に伝う、

月に釣り雲に耕して古風を慕う、

世俗の紅塵飛んで到らず、

深山の雪夜草庵の中。(16)

ストライクの英訳は次の通りである。

The Western Patriarch's doctrine is transplanted!

I fish by moonlight, till on cloudy days.

Clean, clean! Not a worldly mote falls with the snow

As, cross-legged in this mountain hut, I sit the evening through.

Dogen (1200-1253) [17]

　英訳2行目の釣る（fish）が原文2行目の「釣」に対応している。また英訳の3行目の否定語（Not）は原文の「不」に対応している。「月に釣り」は "I fish by moonlight"（月の明かりで釣りをする）と訳され、「雲に耕して」は "till on cloudy days"（雲に覆われた日に耕す）と訳されている。多くの人々は「雲」という言葉に引き付けられる。[18]

　ストライクと池本喬の両氏は、協力して、中国や日本の禅僧の漢詩・和歌、現代の禅詩人であった高橋新吉の詩などの英訳を続けた。一柳喜久子氏は『高橋新吉全集』の「解題」で池本喬氏について次のように書いている。

　　池本喬氏が鬼籍に移ったことは著者（高橋新吉）の残念となった。かつて、山口大学、追手門学院大学教授であった池本喬氏は、禅の立場から著者（高橋新吉）の詩の海外紹介に熱意をもたれて来訪、爾来十年余、病弱の身をおして煩瑣な翻訳や出版の労をとられた。英文学者として、やがて大成されたであろう東西思想詩の研究の端緒において急逝されたことは著者（高橋新吉）を痛く慨嘆させたことであった。[19]

　1982年にストライクは、『仏陀の世界　仏教文学入門』（*World of the Buddha An Introduction to Buddhist Literature*）を編集出版している。その巻頭に「池本喬氏 1906-1980 を追悼して」と銘打って、感謝の意を表している。この書物はジャータカ物語、仏陀の生涯、と続き、24章は「禅の詩」である。最初に道元禅師の和歌一首と漢詩一篇がそれぞれ掲げられている。その漢詩は先ほど紹介した深草閑居の偈頌である。[20]

またストライクの詩集『くぼみとほかの詩』（*The Pit and Other Poems*）の目次の後にこの道元禅師の深草閑居の偈頌が掲げられている。[21] ストライクはさらに禅書 *Zen Images, Texts and Teachings* の序文を書いているが、その序文の終わりのところで道元禅師のこの深草閑居の詩を掲げて「13 世紀の道元禅師のこの詩に書かれている雨粒に私たち自身のイメージを見ることができる」[22] と述べている。またストライクは著書 *Encounter with Zen writings on Poetry and Zen* においても深草閑居の偈頌を取り上げている。ストライクはこの道元禅師の深草閑居の偈頌及び山居の偈頌を含めて道元禅師の詩がよほど気に入っていたことが伺える。

　ストライクは「かかし」（*Scarecrow*）という詩を創作している。

案山子

　　使い古した帽子が良く似合っている
　　ゆっくりと揺れる両腕
　　案山子の無駄なしかめ面は
　　通り過ぎる烏を招く
　　作物をもてなすために
　　痩せこけた小さな畑で育った。

　　霜と日焼けが合っている
　　シロアリとめんどり、
　　ずたずたになり、悪臭を放つ上着、
　　吹きあがるズボン、
　　案山子の風を受ける目はゆだねる
　　ついばみ、もぎ取る口ばしに。

　　長い不面目な思いで

164

案山子はよそよそしく、気難しくなる

点在する空から

烏の群れは

いく列ものキャベツや

大きくふくらんだエンドウ豆を食べる。(23)

　題名の案山子（scarecrow）と詩の中に登場する烏（crow）は音声的な遊びを齎している。二つの語には"crow"が重なる。ストライクは道元禅師の和歌も英訳している。

詠行住坐臥

守るとも覚えずながら小山田の

　　いたづらならんかかがしなりけり(24)

WAKA ON ZEN SITTING

Scarecrow in the hillock

Paddy field －

How unaware! How useful

　　　　　　—Dogen (25)

　ストライクは題名「詠行住坐臥」を端的に「坐禅の和歌」と表して訳している。松本章男氏はこの句について「行住坐臥を日常と言い換えてよいだろう。法然の浄土の教えでは日常に念仏あるのみ。道元の辨道では日常に坐禅あるのみ」(26)と述べている。ストライクが道元禅師の和歌の題名「詠行住坐臥」を"Waka on Zen sitting"と訳しているのはおかしくないであろう。また、松本氏は「大昔は稲田を荒らす鳥獣を臭いで追い払ったので、案山子の原義は「嗅がし」であった」(27)と述べてい

る。とすれば、上のストライクの詩「案山子」の2連目の3行にある「悪臭を放つ上着」は案山子の役をしていることになる。大場南北師は道元禅師の案山子の和歌について「禅にいそしむ仲間が、ここにもあった、ととぼけた顔の案山子に、親しみ深くかたりかけてでも居るような趣きのある一首である」(28) と書いている。ストライクの「案山子」の詩もまた烏たちに畑の作物を食べられても一途に案山子の役目を続けていく。「カガシは作物保護を目的とする侵害者への措置というより、むしろ一種の気休めか、さもなくば、農人としての嗜みであった。その点、自己丹精になる作物の実るところ、カガシは当然の措置、言わばつきもので、対手の雀は二義的なものとも解せられる」(29) という。この考えに立てば、ストライクの詩にある「案山子の無駄なしかめ面」は決して無駄でなく、「長い不面目な思い」は決して不面目でない。ストライクの案山子もまた平和的な方法で役目を果たそうとしている。そういう案山子に注目したストライクは面白い詩人である。

　ストライクは「悟り」（*Awakening*）という詩を書いている。

悟り
　　　白隠禅師（1685–1768）に敬意を表して

　I
聖一（国師）は筆を投じる
力強く、自在に。
師の円相には詩がある
蕾のように
花をつける鉢の上の。

私が指さした
時から、

この鉢、「大地を擬人化した考案物」は
夜明けだけを
待つ。(30)

　1連目の3行に「円相」という言葉がある。それは森美鈴氏の次のような表現が上手く円相を表している。

　そして、おしょうさまは、やさしい顔をして、目にみえない、ほとけさまのいのちを、りょう手で大きな、大きな〇をつくって見せたのです。
「この〇は、みんなの、いのちのつながりの輪だよ」
おしょうさまはいいました。(31)

　「一円相は宇宙万象の本体・根源を指したもので、それが円満無欠にして、偉大なはたらきを具えている姿を円によって表現したものです。（中略）丸く、ただひとつの円をもって宇宙の全体像を表わしました。特に唐代の禅僧は、しばしばこの一円相を使って、宇宙本来のあり方というものを表わしました。ですから一円相というのは、一切空を表わしているとみてよいでしょう」(32)　という。「正伝の宗旨を解明した『信心銘』の著者で、中国禅宗第三祖僧璨禅師（606没）が、円なること太虚に同じ、欠くること無く、余すこと無し。（『信心銘』）といっているのは、円相の意味を現わしたものであります。円相についての説明は僧璨が最初で、これを一円相に画いたのは、南陽慧忠が先駆とされております」(33)　という。
　この詩で一円相を書いた聖一国師の漢詩をストライクは英訳している。原文と書き下し文は次の通りである。

　生前面目、非色非心、手裏竹篦、能縦能擒攪動龍淵水、波濤揚萬尋。(34)

生前の面目、色に非ず心に非ず、手裏の竹篦、能縦能擒、龍淵の水を攪動して、波濤萬尋に揚る。(35)

ストライクと池本喬は、次のように英訳している。

The all-meaning circle:

No in, no out;

No light, no shade.

Here all saints are born.

　　　　Shoichi（1202-80）(36)

　ストライクと池本喬は、上の英訳の1行目の "circle"（一円相）を「仏性の象徴」（Symbol of the Buddha-nature）(37) と説明している。生前の面目を仏性という真実絶対の真理と理解して、それを禅の一円相をもって表現している。禅宗では弟子を導くのに竹篦、払子、芴などを用いて、龍淵の水をかき回すように一円相を自由自在に、力強く（能縦、能擒）描いた。「仏性は色に非ず、心に非ず」を "No in, no out; No light, no shade" と訳している。そのようにして弟子たちが立派な僧侶になっていく（波濤萬尋に揚がる）。この聖一国師の詩の英訳は先ほどのストライクの詩「悟り」の1連目の「聖一（国師）は筆を投じる / 力強く、自在に。/ 師の円相には詩がある」を引き立てる。

　「京都東福寺開山聖一国師は在世七十有九年、その間、東西に説法し南北に垂示して、其の語要積んで汗牛充棟（蔵書の多いこと）も啻ならざるべからんも、惜しいかな大部分は散佚したると見え、現今世に傳はる所のものはわずかに本書聖一国師語録と聖一国師法語との二部のみなり」(38) という。確かに聖一国師の残した偈頌、佛祖賛、自賛は少ないけれどもストライク及び池本喬は優れた詩を見出したのである。聖一国師は「駿州阿部郡薬科人也」(39) という。現在の静岡県出身の僧侶で

あった。

　ストライクは上の詩「悟り」に「白隠禅師に敬意を表して」と書いている。その白隠禅師は「自性記」の中で次のような句を残しておられる。

　　　或る人に
　　　いろいろに妄想おこるくすりにはたゞぜんじやうにしくものはなし[40]

　医師の村木弘昌氏は白隠禅師について次のように述べている。

　　　白隠が32歳までに掛錫した禅寺は十指に余るが、この間の行脚、坐禅、
　　　作務、日常生活、これすべて活力禅といえよう。この活力禅には大地性が
　　　ある。[41]

村木弘昌氏はさらに次のように続ける。

　　　禅は実生活そのものなのだ。まさに、大地と共なる生活、ということであ
　　　る。種子を蒔けば芽を吹き出させる大地、そこには生命力を育てる力を宿
　　　している。種子があってもこれを大地に蒔かなければ、芽が出て成長はし
　　　ない。大地もまた生きている、といえるのではないか。植物を生かすには
　　　この大地・大気・太陽（光線）、そして水もなくてはならない。人間の生
　　　活にも植物と同様に、大地・大気・太陽・水が必要である。こうしたもの
　　　は禅道場の坐禅だけでは実感が得られない。農作業や行脚など直接行動を
　　　通して実感を得ることに意味があるのだ。しかし、この行動禅の完成度を
　　　高めるには坐禅も不可欠な修行である。[42]

　ストライクの詩「悟り」の2連目「私が指さした／時から、／この鉢、
「大地を擬人化した考案物」は／夜明けだけを／待つ。」にある大地は村
木氏の述べる大地に通じるではないだろうか。

　ルシアン・ストライクは、風景の詩「禅詩を翻訳しながら　池本喬
と」を作っている。その4連目からは次の通りである。

　　　胡坐をかいている私たち、
　　　火照っている火鉢の残り火、
　　　目の前の濃紫がかった黒色の佐渡花びん、

　　　あなたの贈り物、池大雅の掛け軸、
　　　季節外れの梅の花の下で
　　　緑茶を飲み、和菓子を食べながら

　　　あなたが頁をあちこちとめくるのを
　　　見守る
　　　その後、雀、お寺の庭、魚、

　　　時、宇宙——あなたの言葉を
　　　待って英語で表現する
　　　今、これらの詩の

　　　長い年月を飛び越えて、
　　　私は旧友のあなたを理解する
　　　雪をかぶった屋根の日没のかすかな光

　　　この中西部の町の、
　　　山のふもとの瞬間を思い出す、
　　　禅僧の言葉の必要性は決して消えないと気付いた時の。(43)

　4連目の2行に「火鉢」という言葉がある。火鉢は千年以上も続いた

日本の室内における暖房器具の一つであった。箱型や丸い形をしており、陶器、金属、木で出来ている。中に灰を入れて炭火を起こす。部屋を暖めたり、手を温める。火鉢はお湯を沸かすのにも使われた。山の多い日本では古来、炭が生産されていたので、一般家庭で広く使用された。岡田英三郎氏は次のように述べている。

> 戦後日本人の価値観が最も大きく変化したのは朝鮮戦争（1950−1953 年）が契機だったのではないかと思います。朝鮮戦争後は、大量生産・大量消費が謳歌され、「モノを大切にする」ということを教えなくなりました。そして残念なことには、「モノを大切にしない」だけでなく、「心を大切にする」ことを放棄してしまったようです。[44]

　その頃から次第に「炭」や「火鉢」も年々姿を消していった。だからこの詩の中でストライクと池本の 2 人が火鉢を囲んでいる様子は貴重な風景である。

　5 連目の 3 行は火鉢で沸かしたお湯を急須に入れて緑茶を飲み、体を暖める。そして和菓子をいただく。原文は "sweet bean cake" とある。この和菓子が羊羹なのか、饅頭なのか、生菓子なのか、定かでないが「餡」が使用されているお菓子である。お菓子は茶と共に発展していった。「栄西は、茶を飲むことが「養生の仙薬」だと言います。（中略）栄西は中国から帰国後、福岡と佐賀の県境にまたがる背振山系に茶を植えたといわれます。（中略）栄西は「茶祖」とも仰がれるのです」[45]。「東福寺開山の聖一国師・円爾は中国より帰国後、出身地静岡に茶の種を持ち帰って広めたといわれます。このエピソードから、現在も「静岡茶の始祖」として広く尊ばれています。曹洞宗祖・道元は、後世「久我肩衝」と呼ばれた陶製の茶入を持ち帰ったとされます。江戸時代初期に中国の明より来朝した黄檗宗祖・隠元 隆琦はそれまで禅林で行われていた抹茶ではなく、煎茶による喫茶を伝えました」[46] という。

　ストライクと池本が書物を念入りに調べながら言葉を選び、そして翻訳していく作業の様子が伺える。古い時代に書かれた禅詩が英語という形で現代社会に飛び立っていく。禅僧の言葉は今なお重要であるという確信をもって訳していく。二人は高橋新吉の詩も精力的に訳していった。それが『*Triumph of the Sparrow Zen Poems of Shinkichi Takahashi*　高橋新吉』（1986）である。この詩集から選択された詩がルシアン・ストライクの詩集 *And Still Birds Sing New & Collected Poems*（1998）にも収められている。英訳『高橋新吉』（1986）の最後に収められているのが次の英訳である。

Absence

. . . .

Just say, "He's out"—
back in
five billion years! [47]

　原文は次の通りである。

るす

留守と言へ
ここには誰も居らぬと言へ
五億年経つたら帰つて来る [48]

　壮大な詩である。恐らく弥勒思想をも意識した言葉と思う。「弥勒菩薩は、釈尊の次に仏陀となるべき菩薩で、釈尊の没後五十六億七千万年

たったとき、兜率天（とそうてん）からこの世に下生（げしょう）して仏陀になるといわれる末来仏である。弥勒の原語はサンスクリット語マイトレーヤ（Maitreya）（中略）で「情け深い」という意味であるから「慈氏」と漢訳される」[49]。
ストライクは高橋新吉の「維摩居士」という詩も英訳している。原文より短く簡潔な3行の4連にまとめている。原文の最初のところは次の通りである。

　　インドのヴァイシャリーの長者維摩（ゆいま）は
　　何もない部屋に　一つの床（とこ）を置いて寝ていた
　　　　お前たちが病気だから　わしも寝ている
　　　　おまえたちの病気がなおったら　わしの病気はすぐ
　　　　　　よくなる[50]

ストライクは次のように英訳している。

　　Vimalakirti, Vaishali
　　millionaire, sutra hero,
　　in bed in his small space——

　　while you're sick,
　　I'll lie here.
　　Revive, I'm whole. [51]

原文の後半部分は次の通りである。

　　維摩は病気などが　どだい有るとは思っていない
　　　　人間の体は　土や水と同じだ
　　　　火や風と同じように動いているだけだ

維摩は　人間などというものも　有るとは思っていない

　のだから　病気だとか健康だとかいうことは　問題に

　ならぬのだ

文殊(もんじゅ)が病気見舞いに来て　べらべらしゃべったが　維摩は

　黙って何にも答えなかった

　　何にも示すことも説くこともないからだ

維摩は坐ったままで　銀河系宇宙を

　そっくり部屋の中へひきずりこむ力を持った不思議な

　男だ(52)

　後半部分をストライクは次のように英訳している。

Illness, a notion,

for him body is sod, water——

moves, a fire, a wind.

Vimalakirti, layman hero,

at a word draws galaxies

to the foot of his bed. (53)

　ストライクの最初の英訳 1 連目の 2 行に "sutra hero"（お経の主人公）
と配置しており、後半部分の最後の連の 1 行で "layman hero"（在家の主
人公）と対置しているのは詩の形としてみごとである。「いろんな会合
にも招かれれば喜んで出席する。そのような維摩居士を資産家たちも、
在家信者たちも、バラモンや、王族や、町人なども、さらに諸天でさえ
尊敬するのである。なぜかというと、維摩居士は自ら身を処すところに
おいて、彼の周りの人々をいつの間にか正しい道に導いているからであ
る。「随所に主となる」という言葉があるが、まさに維摩居士はその場

の主人となっているのである。」[54] だからストライクは詩の中で維摩居士を「在家の主人公」と表現した。「金持といっても金銭に執着してはいない。学識があるからと学者ぶるのでもない。世間では悪の巣窟だといわれるところでも、そこを避けて通るわけでもない。維摩居士は人間がそれぞれ生きざまをさらけだしている生活の場にはすべて立ち寄り、そこで人間の正しい生き方を教えているのである。『維摩経』の作者は維摩居士を大乗仏教が最も理想とする人物として、世間に知らせたかったのであろう」[55]。だからストライクは上の詩で「お経の主人公」と表現したのである。

　高橋新吉の詩「維摩は坐ったままで　銀河系宇宙を / そっくり部屋の中へひきずりこむ力を持った不思議な / 男だ」をストライクは"Vimalakirti, layman hero, / at a word draws galaxies / to the foot of his bed."と表現している。「ヴァイシャーリー郡の資産家維摩居士が病気で床に臥していた。彼の病気を聞いて多くの人々が見舞いに来た。その見舞客の一人一人に、維摩居士はいつもと同じように慈愛のこもったことばでお礼を述べ、各々に心の安らぎとなる教えを与えた。（中略）文殊菩薩は釈尊の気遣いをことこまに伝え、維摩居士に病気の原因を尋ねた。これに対して維摩居士は「人間は無明（根本的無知）と生への欲望とにより病気にかかるのです。私も同じです。ただ私の場合はすべての人々がそのような原因により病気にかかるから、憐れみのあまりに同じように病気にかかっているのです。すべての人々の病気が治癒されれば、同時に私の病気も治癒されます。子を思うあまり、子が病めば親も病むに似ています。私の病気は人々に対する慈悲から生じたものです」と答えた。維摩居士は見舞いに来た文殊菩薩たちに「不二の法門（相対の差別をこえた絶対平等の境地）に入るとはどういうことかと質問した。（中略）文殊菩薩は、「すべてのものは言うに言われず、説くに説かれず、知るに知られず、全ての問いと答えとを離れることが不二の法門に入ることです」と答え、維摩居士にあなたの意見を聞きたいと尋ねた。維摩

居士は黙して一言も発しないのである。文殊菩薩が「すばらしい、ほんとうにすばらしいことです。文字もことばもない。これぞ不二の法門に入ることですな」と賛嘆したのである[56]。維摩居士は一黙を実行してそこから不二の法門にはいることを示した。高橋新吉はそこを「銀河系宇宙を／そっくり部屋の中へひきずりこむ力を持った不思議な／男」と表現した。ストライクと池本喬は、"at a word draws galaxies / to the foot of his bed" と表現している。「我々の心において永遠と現在（いま）とは相即し、極大の宇宙（法界）と我々の一身という極微塵とは相入する」[57]。だから、銀河系宇宙（galaxies）という言葉はここでピッタリと入り込むのである。

　高橋新吉は宇宙という言葉を入り込ませた詩「障子」[58] を書いている。ストライクと池本喬はその詩（Paper Door）を3連に凝縮して、それぞれを3行構成にしている。[59] 原詩は「宇宙が消えてゆくように／障子の桟（さん）は消えてゆく」と2行の構成を英訳の2連目では "Like the universe, its frames are fading" と1行に凝縮されている。同原詩の「泡が立つように宇宙は存在している／一碗の茶に／人の世の憂患を泡立たせて／仄かな香りを呑みほす影が／障子に映っている」を "The drinker is silhouetted on the shoji, / And there's tea's subtle odor: / Tea whisked, like cares, into a froth." と短くまとめている。原詩の「泡が立つように宇宙は存在している」は特に英訳されていない。しかし英訳2連3行目の "Like the universe" があるので省略したと思われる。

　高橋新吉の詩「くだら観音」もストライクと池本喬によって英訳されている。原文と英訳を掲げる。

くだら観音

　くだら観音は壺をさげてゐる

こやつ　その壺に何も入れてはゐない
生の歓喜も　陶酔の酒も入れてはゐないのだ

だが見よ　いと軽げに見えるその壺に
三千大千世界を入れてゐるのを⁽⁶⁰⁾

Statue of Kudara-Avalokitesvara

She holds a frail jar in her hand
Into which she has poured nothing,
No life's joy or giddying brew—
Only a billion worlds! [61]

　原文では単に「壺」となっているが、英訳では「壊れやすい壺」（a frail jar）となって、「はかなさ」を醸し出しているように思える。くだら観音はその壺に「生の歓喜」（life's joy）も「陶酔の酒」（giddying brew）も入れていないと高橋は表現している。しかしその壺に「三千大千世界」（a billion worlds）を入れているという。先ほど上の詩で観た「銀河系宇宙」や「宇宙」という言葉と共に「三千大千世界」という言葉も壮大な世界観を表わしている。仏教の三千大千世界とは世界が小千世界・中千世界・大千世界（千の三乗の世界）により構成されている世界である。この百済観音は奈良県の法隆寺に安置されていることはよく知られている。高橋は「法隆寺」と題する詩も書いている。その一節は「本邦最古の寺院なる哉／近代機械文明に比しても些少の陳腐さもなく／古の寧楽以前に／遠き古のある有りて／我等が祖先の生活の如何に優秀なりし／かを思はしむ」⁽⁶²⁾と書かれて、終わりに「四生之終帰、万国の極宗を示したまへる太子の聖徳永へ／に消ゆる事無からん」⁽⁶³⁾と結んでいる。

法隆寺の佐伯定胤管主は、次のような詩を残しておられる。

鳴鐘声百八	鳴鐘の声百八
隠々響雲天	隠々雲天に響く
駆鬼除災厄	鬼を駆り災厄を除き
悠然送舊年	悠然として旧年を送る(64)

この佐伯定胤著『淵黙自適集』の「編集後記」で桝田秀山師は「佐伯
定胤大和上は、官寺であった法隆寺が最も疲弊していた明治五年に入
寺、同十年七月廿三日千早定朝管主戒師となって得度される。そして昭
和廿六年十一月廿三日八十六才で大往生をとげられるまでの七十有余年
間は、気魄の一生であり、信念の生涯であったといえよう」(65) と述べて
いる。高田良信師は「その頃の法隆寺は想像を絶するほど質素な生活で
倹約を信条とし、法隆寺の基礎作りに懸命な時代でもあったと思う」(66)
と語っている。浅野清氏は法隆寺の近くに住み、15年余りを法隆寺の
修理工事に従事された経験から「法隆寺では寺の主要部をほとんど完全
にのこしており、僧房や食堂などのように生活部面に関するものから、
門、塀に至るまで、古形式どおり再建されていて、古代寺院全体の機能
を手にとるように理解できるのである。(中略)法隆寺の重要な第一の
点はここにあるといえる」(67) と書いている。

高橋新吉は「言葉 一」という題名の詩を書いている。その中に次の
ような表現がある。

君の言ふ言葉を
言葉そのままに自分はとらない
君をして言はしむるものに
自分は耳傾ける

何ものが言はしむるのであろうか

それは全く自分をして耳傾けしむるものと同じものだと

自分は思ふのだ[68]

この詩をストライクと池本喬は次のように英訳している。

Words

I don't take your words

Merely as words.

Far from it.

I listen

To what makes you talk—

Whatever that is—

And me listen. [69]

　原文では「言葉　一」そして「言葉　二」と二つの詩が続いている。しかし英訳では原文の「言葉　一」のみを訳したので、題名を *Words* にして「一」に相当する英語を省略したと思われる。ストライクと池本喬がこの詩を英訳に選んだのは、言葉に対しての高橋新吉の適切な観察に共鳴したものと思われる。高橋新吉は「言葉　二」と題する詩で「言葉はどんな言葉でもよい / 形はどんな形でもよい / とらえるものはただ一つのものであり / 言葉や形にかかはりないものだからである」[70]と書いている。また高橋は「言葉」と題して「厳密な意味で言葉は成り立たぬのである　言葉には隙がある　空虚がある　言葉に依って理解したことは力がない　言葉よりも現実の物の推移の方が豊富であり、もつと詩的である」[71]と書いている。さらに「言葉」と題する別の詩は「言葉を

ヒツコメて / 前面に林間を出さう」で始まり「いくら言葉を　ヒネクリ
出してみたところではじまらぬ」[72] と結んでいる。そして高橋の別の
詩「言葉」で「言葉を軽蔑したのは私の誤りであった / 言葉と同じもの
だ　この世の凡(すべ)てのものは / それで / 言葉を別に尊重もせぬが　軽蔑も
せぬことにした」[73] と言葉への丁寧な向き方を表現している。

注

（1）*Zen, Poetry, the Art of Lucien Stryk*. Edited by Susan Porterfield.（Swallow Press,
　　Ohio University Press, 1993), p. 2.　渡辺克義氏は著書『物語(ものがたり)　ポーランドの
　　歴史　東欧の「大国」の苦難と再生』（中央公論新社、2017）においてポー
　　ランドの 1930 年代、同 40 年代についても詳しく述べている。例えば、
　　「1939 年 9 月 17 日、ソ連軍（赤軍）がベラルーシ人とウクライナ人の保護
　　を理由に挙げ、東からポーランドに越境してきた。ドイツ軍の攻撃を前に
　　して東へと撤退するポーランド軍は、反対側からもう一つの外国軍に襲わ
　　れたのであった。ソ連軍によるポーランド侵攻は、ドイツにとって事前の
　　諒(りょうかい)解事項であった」(96 頁)。「ソ連軍はポーランドに侵攻後、100 万余の
　　ポーランド人をシベリアなどに強制的に移送していた。シコルスキ・マイ
　　スキー協定締結後、こうしたポーランド人に特赦(とくしゃ)が認められた」(同、106
　　頁)。また日本に眼を転じると、小田泰子氏は著書『我が愛する故郷　北海
　　道（アイヌモシリ）』（小田泰子発行、2019）では「ソ連は昭和 20 年（1945）
　　年 8 月 9 日午前零時（ザバイカル時間）に満州国・朝鮮半島北部等へ侵攻
　　した。さらに、8 月 11 日には北緯 50 度以南の南樺太への攻撃を開始した」
　　(219 頁)と書いている。当時南樺太に住んでいた小田基氏のソ連軍攻撃か
　　らの避難の手記が紹介されている。その中の一部を引用すると、「真夜中に
　　出発することになった。女子供の行列は悲惨そのものであった。昼間、平
　　らなところを進んでいて機銃掃射をあびた。その後いくつかの死体をみた」
　　(同、236 頁)とある。当時樺太に住んでいた日本人の方々の苦難が書かれ
　　ている貴重な記録の書である。
（2）同上、p. 4.
（3）ジェームズ・ボールドウィン『ボールドウィン詩集　ジミーのブルース』
　　田中久美子訳、（山口書店、1999）、19 頁。
（4）田中久美子『ジェームズ・ボールドウィンを読み解く』（英宝社、2011）、6

頁。

（ 5 ） *Heartland Poets of the Midwest*. Edited by Lucien Stryk.（Northern Illinois University Press, 1967）, p. 3.

（ 6 ）『ロバート・ブライ詩集』池谷敏忠訳（松柏社、1973）、19 頁。

（ 7 ） *Heartland Poets of the Midwest*, 前掲、p. 256.

（ 8 ）『ジェームズ・ライト詩集』池谷敏忠訳（松柏社、1972）、20-21 頁。

（ 9 ）同上、「ジェームズ・ライトの純粋の声」。67 頁。

（10）池谷敏忠『T.S. エリオット詩論』（丸善名古屋支店、1977）、111 頁。池谷氏は同書で次のように述べている。「私は T,S, エリオットの『四つの四重奏曲』の訳を二度試みたが、彼の死後に三度目の訳をした。訳をすることによって、心の中のエリオットと、より親密な対話を続けようとしたのだ。訳が終わっても、私はなお彼との交わりを保っている。そしていま、私自身が徐々に変身して行くのを感じる。私にとって、詩を訳すことは創作することと全く同じだった。いわば、存在の証しだった。」（111-114 頁抜粋引用。）因みに池谷敏忠先生が教えていた愛知淑徳大学長久手キャンパスと目と鼻の先ほど近い椙山女学園大学長久手キャンパスで教えている平野順雄氏がチャールズ・オルソンの大著である『マクシマス詩篇』（南雲堂、2012）を訳されたことは周知のとおりである。平野氏はあとがきで訳稿を更に推敲したこと、またアメリカで入手した地図はわかりやすくするため奥様の手作業の助けを借りたことが書かれている。そういったことを見ると、ルシアン・ストライクもまた多くの人の助けを借りて禅文学の翻訳を遂行したことであろう。

（11）大谷哲夫編著『卍山本　永平廣録　祖山本対校　全』（一穂社、1991）、642-43 頁。因みに新本豊三『道元禅の研究』（山喜房佛書林、1986）、234 頁も参照。

（12）『澤木興道（さわきこうどう）全集　第十七巻』（大法輪閣、1968）、178 頁。

（13）菅原研州『道元禅師伝』（曹洞宗宗務庁、2011）、124 頁。

（14）Lucien Stryk. *And Still Birds Sing New & Collected Poems*（Swallow Press / Ohio University Press, 1998）巻頭 .

（15）大谷哲夫編著『卍山本　永平廣録　祖山本対校　全』、前掲、652 頁。

（16）同上、653 頁。

（17）*The Penguin Book of Zen Poetry*, edited and translated by Lucien Stryk and Takashi Ikemoto with an Introduction by Lucien Stryk（Penguin Books, 1981）, p. 63. ルシアン・ストライクは同じ詩を次の書物にも掲載している。一つは *Zen Poems, Prayers, Sermons, Anecdotes, Interviews*, selected and translated by Lucien Stryk and Takashi Ikemoto（Swallow Press Ohio University Press, 1981. Originally published in 1963 by Doubleday & Co., Inc.), p.3 である。もう一つは *World of the Buddha An Introduction to Buddhist Literature*, edited with introduction and commentaries by Lucien Stryk（Grove Press, Inc., 1982), p. 346 である。

(18) 岸野三恵子氏も雲が友達であった。岸野氏が述べるように「雲」は自然科学による研究が中心である。そういった中で、岸野氏は東西の文人たちと雲の関わり合いを六年半の歳月をかけて調べ、『雲と芸術家たち』（愛知書房、2008）を出版している。その中で、雲の詩人を自覚していた宮沢賢治の詩の一節「雲が風と水と虚空と光と核の塵とでなりたつときに／風も地殻もまたわたくしもそれとひとしく組成され／じつにわたくしは水や風やそれらの核の一部分で／それをわたくしが感ずることは／水や光や風全体がわたくしなのだ」が引かれている。（231 頁）この詩は自然科学的考えと仏教の玄の思想が合体してできた文学的作品に思える。

(19) 一柳喜久子「解題」『髙橋新吉全集Ⅰ』（青土社、1982）、733 頁。

(20) *World of the Buddha An Introduction to Buddhist Literature*, 前掲、p. 346 参照。

(21) Lucien Stryk. *The Pit and Other Poems*（The Swallow Press, 1969）参照。

(22) "Foreword" by Lucien Stryk. *Zen Images, Texts and Teachings* Text selection and introduction by Miriam Levering（Duncan Baird Publishers, 2000), p. 10.

(23) Lucien Stryk. *And Still Birds Sing New & Collected Poems*, 前掲、pp. 4-5. 因みに水野萍村氏は「残照や案山子に長き影法師」の句を残している（野田恒三『案山子に立つ影』扶桑社、1941 非売品、78 頁）。スコット・ワトソン（Scott Watson、東北学院大学教授）は種田山頭火の句「案山子もがつちり日の丸ふつてゐる」を "Scarecrow too / stands straight / waving of the flag" と英訳している（*The Home Front*（銃後）by Taneda Santoka（種田山頭火）Introduced and Translated by Scott Watson（和十尊歌）、（Sendai: 万流庵 All-Flowing Cottage, 2018). 両句とも案山子の歌として貴重な記録である。

(24) 『法語・歌頌等 原文対照現代語訳・道元禅師全集⑰』髙橋文二 角田泰隆 石井清純訳註（春秋社、2010）、18 頁。

(25) *Zen Poems of China and Japan The Crane's Bill*. Translated and Compiled by Lucien Stryk and Takashi Ikemoto（Grove Press, Inc.,1987), p. 80. この道元禅師の和歌の英訳はストライクの著書 *Encounter with Zen Writings on Paetry* and *Zen*（Ohio University Press, 1981), p. 56 にも掲載されている。

(26) 松本章男『道元の和歌』（中央公論社、2005）、123 頁。

(27) 同上引用文中。

(28) 大場南北『道元禅師和歌集新釈』（中山書房仏書林、2005）、142 頁。

(29) 『早川孝太郎全集　第八巻』宮本常一　宮田登編（未来社、1982）、322 頁。

(30) Lucien Stryk. *And Still Birds Sing New & Collected Poems*, 前掲、p. 103.

(31) 森美鈴（もり　みすず）『おしゃかさま』絵・岡部祥子（おかべ　しょうこ）・松田悠佳（まつだ　ゆか）（株式会社ユニテ、2009）、9 頁。

(32) 平田精耕（ひらた　せいこう）『禅語事典―より良き人生への二百五十のことば』（PHP 研究所、1988）、396–97 頁。

(33) 久須本文雄（くすもと　ぶんゆう）『禅語入門』（大法輪閣、1984）、61 頁。

(34) 「聖一国師住東福禅寺語録原文」『國譯禪宗叢書第拾巻』（國譯禪宗叢書刊行會、1920、非賣品）、17 頁。

(35) 「國譯聖一国師東福禅寺語録」同上、27 頁。

(36) *The Penguin Book of Zen Poetry*, 前掲、p. 63.

(37) *Zen Poems, Prayers, Sermons, Anecdotes, Interviews,* 前掲、p. 3.

(38) 『國譯禪學大成　第十九巻』（二松堂書店、1930）、1 頁。

(39) 『大日本佛教全書　第七三巻史伝部十二』編集　財団法人鈴木学術財団（講談社、1972）、147 頁。

(40) 『白隠和尚全集　第一巻』（京都市右京区花園妙心寺正法輪社内　白隠和尚全集編纂会、1935）、467 頁。

(41) 村木弘昌（むらき　ひろまさ）『医僧　白隠の呼吸法―「夜船閑話」の健康法に学ぶ』（柏樹社、1992）、114 頁。

(42) 同上、114–115 頁。

(43) Lucien Stryk. *And Still Birds Sing New & Collected Poems*, 前掲、p. 238–30.

(44) 岡田英三郎『紙はよみがえる：日本史に見る紙のリサイクル』（22 世紀アート、2019）、147 頁。

(45) 中尾良信・瀧瀬尚純『日本人のこころの言葉　栄西』、前掲、135 頁。

(46) 同上、164 頁。

(47) 『*Triumph of the Sparrow Zen Poems of Shinkichi Takahashi* 高橋新吉』 Translated by Lucien Stryk with the assistance of Takashi Ikemoto.（University of Illinois Press, 1986）, p. 155.

(48) 高橋新吉『高橋新吉全集Ⅰ』（青土社、1982）、412 頁。

(49) 『続仏教語源散策』中村元編著（東京書籍、1977）、108 頁。

(50) 高橋新吉、前掲、563 頁。

(51) *Triumph of the Sparrow*, 前掲、p. 142.

(52) 高橋新吉、前掲、563 頁。

(53) *Triumph of the Sparrow*, 前掲、p. 142.

(54) 『仏教経典散策』中村元編著（東京書籍、1979）、158 頁。

(55) 同上、158-159 頁。

(56) 同上、162-167 頁抜粋引用。

(57) 同上、198 頁。禅詩人の一人、種田山頭火も壮大な句「天の川ま夜中の酔ひどれは踊る」を残している。この句をスコット・ワトソン氏は "Milky Way middle night drunkard dancing"（*The Santoka* versions by Scott Watson . Bookgirl Press, 2005, p. 36.）と訳している。種田山頭火も高橋新吉と同じようにスケールの大きい句を残している。伊藤勳氏は、著書『ペイター藝術とその変容　ワイルドそして西脇順三郎』（論創社、2019）の中で山頭火についても書いている。工藤好美氏宅での研究会に出席していた伊藤氏は山頭火のことを聞いたという。工藤氏が「旧制第五高等学校医科（中略）在学中に俳人種田山頭火と出会い、歌の道を志すべく、父親の意に叛いて五高をやめ、早稲田大学予科に入学し、次いで同大学文学科英文学専攻科に進んだ。（中略）早稲田に入ったのは、山頭火が在籍していたことのある大学だったからだと（工藤）先生から聞いている」（306 頁）。山頭火の持つ詩人のエネルギーの強さが感じられる話である。有元清城氏は「山頭火」と題する詩を書いている。「電気毛布にくるまって / 枕もとのラジ・カセでサン＝サーンスの / チェロ・ソナタを聴きながら / 何故か、ふと / 「一草庵」の山頭火を想い出した / 行乞五十九年 / ただひたすらに生き抜いた生涯 / その最後のすみかでただ独り / 酒もなく、米も乏しく / 着古した法衣も破れ / 足にはく下駄も無かったという夜は / どんなに寒かったろう / どんなに淋しかったろう / 一所不住 / 彼は今いずこを / 旅していることか / そして / 今日の私は　もはや / 昨日の私ではない」（有元清城『詩集　樹の顔』マスミダ印刷、初版 1983 年、復刻版 1993 年、非売品、226-227 頁）。『詩集　有元清城』（丸善名古屋出版サービスセンター、1996 年、214-215 頁にも収録 ISBN 4-89597-133-3 C0092 P 2000 E）。

(58) 高橋新吉、前掲、612 頁。

(59) *Triumph of the Sparrow*, 前掲、p. 70.

(60) 高橋新吉、前掲、469 頁。

(61) Triumph of the Sparrow, 前掲、p. 90.

(62) 高橋新吉、前掲、242 頁。

(63) 同上引用文中。

(64) 『淵黙自適集』（法隆寺、1964）、121 頁。

(65) 同上、150 頁。

(66) 高田良信「小僧時代の思い出」『聖徳』第 98 号、（法隆寺、昭和 58（1983））：31-32 頁。

（67）浅野清『法隆寺』（社会思想社、1963）、14 頁。

（68）高橋新吉、前掲、382-383 頁。

（69）*Triumph of the Sparrow*, 前掲、p. 61.

（70）高橋新吉、前掲、383 頁。

（71）同上、407 頁。

（72）同上、469 頁。

（73）同上、561 頁。

9章

ピーター・マシーセンの2作品『雪豹』と
『九頭龍川』の比較研究

　アメリカの作家、ピーター・マシーセン（Peter Matthiessen, 1927-2014）は1978年に *The Snow Leopard*（『雪豹』）を出版している。そして1986年に *Nine-Headed Dragon River*（『九頭龍川』）を出版している。ピーター・マシーセンは『雪豹』を圧縮した形で "Nepal: Himalayan Journals 1973" と題して『九頭龍川』に収めている。*The Snow Leopard*『雪豹』 と *Nine-Headed Dragon River*『九頭龍川』 の中の "Nepal Himalayan Journals 1973" を比較してピーター・マシーセンの心の変化の様子を見ようとした。

　ピーター・マシーセンは作品『雪豹』（*The Snow Leopard*）の中で次の様に書いている。

　　　測ってみると、断崖絶壁の山径は場所によっては約60センチ足らずの幅
　　　しかないところもある。切り立った崖の端に沿っている）(1)

　片側が断崖絶壁の山径は場所によっては道幅が2フィートより少ない所もあるという。1フットは30.48センチだから、2フィートは約61センチである。非常に狭い道である。その山径が切り立った崖に沿っている。転んだら深い谷底に落ちてしまう危険な旅である。この旅が何とか無事に終わったのはシェルパを含めた現地の人々のお陰だ。彼らは険しい道の案内や重い荷持を担いでくれた。だからピーター・マシーセンはこの旅ができたことに対して彼らに謝辞を述べている。

　結城史隆・稲村哲也・古川彰氏は『ヒマラヤ環境誌—山岳地域の自然とシェルパの世界—』で次の様に述べている。

> ネパール全体のなかにあって、ここ数十年におけるシェルパ社会の社会上昇は際立っている。シェルパは、登山ブームの到来のなかでまず、高地に適応した山岳民族であることや交易の経験が実質面での「文化資本」となり（山岳）観光業の中心的な担い手となることができた。同時に、NPO援助によって整備された学校での教育（とくに外国語能力）により新たな「文化資本」を身につけて観光業の担い手としての地位をよりいっそう確立した。さらには、観光の増大と大衆化の流れのなかで、シェルパ的な生活・文化自体が、観光の消費対象となり、「文化資本」に転化していったのである。[2]

　シェルパの人たちは彼らの高地での交易生活が観光業の中で生かされている。そして教育を受けて外国語等も身につけ、さらに彼らの生活スタイルも観光の目玉になっているという。そのようにして彼らは自ずと社会上昇を続けている。見習うことが多い。

　ピーター・マシーセンの父親の最初の従兄は 20 世紀の批評家 F・O・マシーセンであった。[3] F・O・マシーセンは著書『アメリカン・ルネサンス』でも有名である。前川玲子氏によると「F・O・マシーセンは、近代人の意識の中で分裂している知性と感性との再統合、悲劇的な人間観と楽天的な人間への信頼感との調和、そして内省的個人主義と連帯的同朋愛との相互補完の可能性を追求するという難題を自らに課したのである」。[4] F・O・マシーセンの血筋を引き、アメリカ人としてのピーター・マシーセンも近代人の意識の分裂を感じていたのだろう。ピーター・マシーセンもその問題に向かって、禅僧になったと思う。そして命がけのヒマラヤ巡礼も解決に向かっての一つの行為であったのではないか。さらに、ピーター・マシーセンを禅に導いてくれた恩人であった亡

き夫人への追悼の旅でもあった。

　この『雪豹』を翻訳した芹沢高志氏は「訳者あとがき」で「もともと私は環境計画分野で活動をしてきた人間で、われわれを含む生物と環境間の、ダイナミックな相互形成過程に関心を抱いてきた。（中略）その活動コンセプトとして〈精神とランドスケープ〉ということが頭にあり、友人の編集者、金坂留美子と話すなか、内世界の旅と外世界の旅がこだましあう、そんな作品のシリーズができないかと考えて、めるくまール社の和田禎男社長に相談したのである。そのシリーズの第一作として考えていたのが、この、ピーター・マシーセンの『雪豹』だった」[5] と述べている。芹沢高志氏の語っている「内世界の旅と外世界の旅がこだましあう」思いと前川玲子氏の上述の「内省的個人主義と連帯的同胞愛」には重なる部分があるように思う。

　『雪豹』では1973年9月28日の物語から始まり12月1日の日付まで日記のように毎日の報告が続く。マシーセンは1978年に出版した『雪豹』から8年後の1986年に『九頭龍川』を出版している。その中で「ネパール：ヒマラヤの日記　1973」と題している箇所（69-113頁）は『雪豹』の中から日付を選択し、新たに編集したものである。『雪豹』の圧縮版ともいえるが、題名から察するに『雪豹』とは違う作品とも言える。例えば、『雪豹』の11月14日の終わりの部分「クリスタル仏教寺院の僧はすごく楽しい人に見える。（中略）あなたは雪豹に出会いましたか。いいえ。それもまた素敵ではありませんか。」[6] が『九頭竜川』では11月12日の日付の後半部分になっている。

　『九頭竜川』の11月12日は次のようになっている。

　　　昨日うろついていた一匹の狼が対岸の祈りの壁のあちこちに完全な円形の足跡を残していた。そこは山々を登りめぐってツァカンに至る小道のふもとである。今朝はその小道に雪豹の足跡があった。（中略）僧は話をする時は足を組んで坐る。裸足である。しかし動き回る時は昔風の紐のない靴

を履いている。高僧の背後の入り口には一匹の狼の毛皮がつるされている。屋内でそれを腰の周りに着けて背中を暖める。」[7]

　『九頭竜川』の11月12日の内容は『雪豹』の11月12日の段落4番目から段落7番目までの文章と『雪豹』の11月14日の終わりの2つの段落の文章から構成されている。『雪豹』の11月12日の頁数は5頁であるが、『九頭龍川』の11月12日の頁数は2頁弱である。『九頭竜川』の11月12日はマシーセンが雪豹の足跡を見つけたあたりから始まり、「あたかも援護を得ようとするかのごとく、青羊たちは仏教寺院のすぐそばで草を食べている。私もジャン・ブーと一緒にこのお寺の僧を訪ねる」[8]と続いている。マシーセン自身が何かを求めて寺院を訪ねている様子が伺える。3番目の段落でピーター・マシーセンは「しかし私は心の準備が出来ていないし、反発している。全ての物事に保障という幻影を定めた世界をしっかり握っていた手が死によって失われる恐怖がある」[9]と語っている。

　5番目の段落ではクリスタル仏教寺院の僧を訪ねた様子が書かれている。そして6番目の段落、つまり最終場面でピーター・マシーセンは次のように語っている。

　　　真相を真心から受け入れること。このことが（中川）宗淵老師の言おうとしていたことかも知れない。老師が私の胸を一撃したかの如くに感じた。私はクリスタル寺院の僧に感謝し、礼拝（らいはい）し、山を穏やかな気持ちで下りる。バター茶と風が呼び起こすようなイメージ、クリスタル仏教寺院、雪の上で踊る青羊たち。それで充分である。あなたは雪豹に出会いましたか。いいえ。それもまた素敵ではありませんか。[10]

　上記の「山を穏やかな気持ちで下りる」の後、『雪豹』では「防寒服を着た私の足下に見える折り重なった幡（仏典の言葉が書かれている）

が照り輝いている」と書かれているが、『九頭龍川』では削除されている。

　　中川宗淵老師は次のような句を残しておられる。

Extraordinary link

we find each other again

bright moon

Shōen no mata musuba re te tsuki akaki

勝縁の又結ばれて月明き[11]

　　上の句「勝縁の又結ばれて月明き」に相当するのが、上の英文 "Extraordinary link / we find each other again / bright moon" である。「勝縁の」の英訳が "Exordinary link" である。「又結ばれて」が "we find each other again" である。「月明き」が "bright moon" と表現されている。宗淵老師はこの句について次のように語っておられる。「生死という大問題でへとへとに疲れ果てた一人の若い旅人が私の庵を訪ねてきた。ちょうど 3 月の満月であった。彼と私は初対面であったけれど、すぐに私たちは打ち解けて、強いきずなを覚えた。一晩中語り合った。」(1931 年 3 月 10 日)[12]

　　中川宗淵老師はアメリカでの禅の確立のために尽力された。『雪豹』の巻頭に中川宗淵老師たちの名前が掲げられ、"Gassho in gratitude, affection, and respect"（感謝、親愛の情、敬意を表して合掌）と表現していることからマシーセンもまた中川宗淵老師たちから大きな影響を受けていることがわかる。

　　『九頭龍川』では先ほども引用したが、"this is just what Soen-roshi might have said:" では小文字の "r" が使われて "roshi" になっている。そ

れに対して『雪豹』では大文字 "R" が使われて おり "Soen Roshi" となっている。『雪豹』より後に出版された『九頭龍川』では小文字 "r" が使われることによって（中川）宗淵老師がマシーセンにとって尊敬するが、同時に近しい存在になっている。これは他のところでも見られる。『九頭龍川』の 10 月 16 日では、"a talisman given to me by Soen-roshi, my lama in Japan." （日本の僧、宗淵老師から授かったお守り）と表現されて小文字 "r" が使用されて "roshi" になっている。

それに対して『雪豹』では "a talisman given to me by the Zen master Soen Roshi, "my lama in Japan." となっている。ここでは大文字の "Roshi" になっている。そして "the Zen master" という言葉が使われてよそよそしい感じがする。『九頭龍川』ではこの "the Zen master" も削除されてすっきりしたものになっている。

マシーセンはこの 10 月 16 日を次のように結んでいる。

> 峰々に現れる光りを見守りながら静かにちょっとだけ坐る。背後の巨岩に震えがある。非常に微かなので別の時には気付かれないかもしれない。再び微動が来る。大地が私の注意を引く。それにもかかわらず目に入らない。(13)

10 月 20 日も『雪豹』では大文字の "Roshi" となっている。『九頭龍川』では小文字の "roshi" である。『九頭竜川』の冒頭は次のように始まる。

> ヒマラヤに向けての）出発に先立ち、（嶋野）栄道老師に丁重に挨拶に行った。数カ月間続いている奇怪な死のささやき声について老師に打ち明けた。老師はうなずいて示した。恐らくそのささやき声が予知している事は精神的な「重大な死」と再生であろう。「雪は死滅と復活のしるしであるかもしれない」と老師は小声で言った。(14)

その少し後、老師はこのように言う。"He instructed me to recite the *Kannon Sutra* as I walked among the mountains, and gave me a koan: All the peaks are covered with snow–why is this one bare?"[15]（私が（ヒマラヤの）山中を歩く時、観音経を唱えたらいいと教えてくれた。そして私にひとつの公案を与えてくれた。即ち、「全ての峰は雪で覆われている。何故この峰は雪が無いのか。」）ところが『雪豹』では表現が次のように少し異なる。"He instructed me to recite the Kannon Sutra as I walked among the mountains, and gave me a *koan*（a Zen paradox, not to be solved by intellect, that may bring about a sudden dissolution of logical thought and clear the way for direct *seeing* into the heart of existence）: *All the peaks are covered with snow–why is this one bare?*"[16] 2行目の語 "koan" がイタリック体になっており、公案についての説明がある。それは「禅のパラドックス。知性では解決しない。純理論的な思考を思いがけず崩壊させ、存在の中心を見通す道を明らかにする」となっている。この公案の説明を上述の『九頭龍川』では削除することによってすっきりした文章になっている。

10月30日の『雪豹』では次のような文章がある。"This stillness to which all returns, this is reality, and soul and sanity have no more meaning here than a gust of snow; such transience and insignificance are exalting, terrifying, all at once, like the sudden discovery, in meditation, of one's own transparence."[17]（一切が元に帰っていくこの静けさ、これが本質であり、ここでは突然の雪に意図がないように、高潔さも正気もただ現れ出たものである。坐禅中突然自己の透明性を知るように、はかなさと微々たることに気がついて、気持ちが強まり、動転する。）つまり突然の雪は何の意図もなく起こる。人間の高潔さとか正気という思いも突然雪のように過ぎ去っていくのである。この箇所が『九頭龍川』では少し違った表現になっている。"This stillness to which all returns is profound reality, and concepts such as soul and sanity have no more meaning here than gusts of snow; my transience, my insignificance are exalting, terrifying."[18]『雪豹』の "This stillness to which all returns, this is reality" が『九頭龍川』では "This stillness to which all returns is profound reality,"（一切が元に帰っていくこの静けさが感銘深い本質だ）と表現が変化している。"profound"（感銘深い）という語が加わっている。『雪豹』では "and soul and sanity have no more meaning here than a gust of snow;" であるが、『九頭龍川』では "and concepts such as soul and sanity have no more meaning here than gusts of snow;"（ここでは突然の雪と同様に高潔さや正気といった観念も意図はない）となっている。"concepts"（観念）という語が入ることによって、人間の思いのはかなさが浮き彫りになってきている。高潔さとか正気も一つの現象にすぎない。『雪豹』では "such transience and insignificance are exalting, terrifying, all at once, like the sudden discovery, in meditation, of one's own transparence." となっているが、『九頭龍川』では "my transience, my insignificance are exalting, terrifying."（私のはかなさと私の微々たることの気持ちが強まり、動転する）と短い文章になっている。"my" という語が入ることによってはかなさと微々たる事の主体がはっきりしている。

　『雪豹』の 10 月 21 日の 4 番目の段落は『九頭龍川』では最初の段落になっている。『雪豹』の 5 番目の段落は『九頭龍川』では 2 番目の段落になっている。次のように書かれている。"Upstream, in the inner canyon, dark silences are deepened by the roar of stones. Something is listening, and I listen, too: who is it that intrudes here? Who is breathing? I pick a fern to see its spores, cast it away, and am filled in that instant with misgiving: the great sins, so the Sherpas say, are to pick wildflowers（下線部筆者）and to threaten children. My voice murmurs its regret, a strange sound that deepens the intrusion. I look about me——who is it that spoke? And who is listening? Who is this ever-present "I" that is not me?" [19]（上流へ、隠れた峡谷の中へ、謎めいた静けさは石のとどろきで深まる。何かが耳を傾けている。私もまた耳をそばだてる。ここに侵入してきたのは誰だ。誰が息をしている。私は胞子を見るためにシダをもぎ取ってから、投げ捨て

た。すぐさま不安な気持ちでいっぱいになった。シェルパたちが言っていた。「野生の花をもいだり、子供たちを脅したりするのは大きな過ちだ。」私は後悔の言葉をこぼした。侵入の気持ちを深刻にする不思議な声。私は周りを見てみる。話したのは誰だ。誰が聞いているのだ。私ではない絶えず存在する「私」は誰だ。）（下線部筆者）

　上述の『九頭龍川』では "wildflowers" という語が見られる。ところが『雪豹』では同じ箇所が "wild flowers" と表現されている。つまり、『雪豹』では "wild flowers" が二つの語から成っている。それに対して今引用している『九頭龍川』ではこの二つの単語が一つになって "wildflowers" と表現されている。山根一文氏の論文「英語複合語再考―名詞複合語を中心として―」を参照する[20]と、『雪豹』に現れる "wild flowers" は形態的には分離（separate）型複合語であり、『九頭龍川』において変更された "wildflowers" はソリッド（solid）型複合語に分類される。そして山根一文氏は「複合語の定義でみたように、複合語化（compounding）とは2語が結合して1語になることであるとすれば、分離→ハイフン→ソリッドと、右に行くにつれて、いわば複合語らしさが増加していると言える。従って、ソリッド型の複合語が形態的には典型的な複合語であると言う事ができよう」[21] と述べている。マシーセンが分離型の "wild flowers" からソリッド型の "wildflowers" に変更した理由の一つは上述したシェルパの言い伝え「野生の花をもいだり、子供たちを脅かしたりするのは大きな過ちだ」という言葉が年月を経て彼の心の中でより深く育まれていったのではないだろうか。さらに禅の修行を重ねることによって野生の花との一体感が強まって行ったと考えられる。だから "wild flowers" から "wildflowers" に書き換えたであろう。因みに「英語の持つ豊かさは、ゲルマン諸国語一般のそれと同様に、一つには複合詞作成の能力によるものである」[22] という。

　『九頭龍川』11月17日の2番目の段落は『雪豹』の段落12番目に相当する。『九頭龍川』では次のように書かれている。

> 人が禅の道を歩み始めたいという熱望には郷愁のようなものがある。この旅で曲がりなりにも私は故郷へと歩み始めた。私の修行、私の山での坐禅、私の早朝の読経、私の公案「全ての峰は雪で覆われている。何故この峰は雪がないのか」が故郷へ行くことの目的である。[23]

　この『九頭龍川』では "the way of Zen"（禅の道）という表現がある。しかし最初に書かれた『雪豹』の表現では単に "the path"（行路）となっていた。しかし後にマシーセンはそれを "the way of Zen" に変更している。一層具体的な表現になっている。"Homegoing"（故郷へ行くこと）という表現がある。マシーセンが "homecoming" を選ばず "homegoing" という表現を使用していることは一般的な意味の「帰郷」とは違うことを示している。この郷里はいわゆる自分の生まれた所ではなく、「本来の面目」ともいうべきところである。そこに向かおうとするので "homegoing" という表現になると思う。

　『雪豹』で書かれていた 11 月 1 日の全文及び 11 月 1 日の前頁に紹介されていたブラツラフのラビ、ナッチマンの言葉と芭蕉の『奥の細道』の一節が『九頭龍川』では削除されている。そして『九頭龍川』では新たに道元禅師の言葉が引用されている。[24] その英文に対応する現代日本語を中村宗一老師の著書から引用する。中村宗一老師は道元禅師の原文から現代日本語に訳している。

> 古仏心というのは無始の大過去より存在する仏心のことと、まるでよそごとのように解してはならない。自己の日常の生活である粥を食べる「心」であり、飯を喫する心である。さらには草足り、水足る心、一切の吾人の心の「はたらき」が古仏心である。このようなありのままの生活の中で、坐仏し、作仏するのを発心というのである。（中略）
> およそ発菩提心の因縁は、外部から菩提心を発しなさいと言われたり教えられたりして、菩提心を発すのではない。ただ菩提心をもって菩提心を発

すのである。（中略）一本の草をもって仏殿を造り、無根樹をもって経巻を造り、砂をもって仏を供養し、米のとぎ汁をもって仏に供養することである。（中略）一にぎりの食べ物をあらゆる存在に施すのである。

発無上心

―永平道元[25]

マシーセンが道元禅師の『正法眼蔵』から「発無上心」巻を選んだ理由はこの巻の冒頭が次のように始まっているからと思う。すなわち、「釈尊は涅槃経に於いて「ヒマラヤ山は大涅槃の如くである」と説かれた。知るべきである。この譬喩はまことに適切な譬えと言うべきである。雪山のありのままを正しく把握して譬えたと言うべきである。ここで釈尊が雪山（ヒマラヤ山）を譬喩として提起されたのは、雪山のありのままの姿の偉大さ崇高さを把え、これを大涅槃に喩え、大涅槃の清浄絶対の境地を雪山に喩えたのである。」[26] マシーセンは雪豹に出会いたくてヒマラヤで巡礼の旅をした。同時に禅の世界も学んでいた。その時、道元禅師の『正法眼蔵』の英訳も読んだものと思われる。この「発無上心」の巻に書かれていたヒマラヤと実際にピーター・マシーセンが分け入ったヒマラヤの旅とが一致したものと思われる。

ヒマラヤ山のふもとでお釈迦様は仏法の修行を80歳で遷化されるまで続けられた。道元禅師は「発無上心」で次のように述べている。

釈尊は暁の明星を見て、自己と全大地と有情（生きとし生けるもの）と同時に仏道を成就せられたのである。この故に、発心も修行も菩提も涅槃も釈尊と同時の発心であり、釈尊と同時の修行であり、釈尊と同時の菩提であり、釈尊と同時の涅槃である。即ち発菩提心は釈尊と同時の発菩提心であり、同時に発菩提心は釈尊と同時の修行であり、菩提であり涅槃である。仏道に於いて身心というのは草木瓦礫であり、風雨水火である。即ち「あらゆるものごと」なのである。山河大地が自己の身心なのである。同

時に自己の身心が山河大地なのである。これを同時というのである。」(27)

お釈迦様はある日、病気で困っている様子の一人の龍の女性に出会った。どうしたのですか、と問いかけるとその女性はこう語った。

> 私は昔の九十一劫に、毘婆尸仏の法会の中で、比丘尼となりましたが、淫欲を思念することは酒に酔ったもの以上でした。出家したとはいえ、如法にはできませんでした。伽藍の内でベッドに厚い布団を敷き、しばしば淫欲を犯し、欲望の心で大いなる快楽を生じました。あるいは他人の物を貪り求め、信者の布施を求めることが常でした。(28)

ずっと苦しんでいる龍の女性はお釈迦様に救いを求めた。お釈迦様は手で水を掬ってその龍の女性に言われた。

> 「この水は瞋陀留脂薬和と名づける。わたしは今、真実語であなたに語ろう。わたしは昔、鴿を救おうとした結果、身命を捨てたが、決して疑念をおこして物惜しみする心を起こそうとはしなかった。この言葉がもし真実ならば、あなたの悪い思いをことごとくいやしてさしあげよう。」その時、仏世尊は、口に水を含み、その目の不自由な雌の龍の体に注ぐと、一切の悪い思いの嫌な臭いのするところは皆すっかり治ってしまった。治ってから、このようにいった、「わたしは今、仏の御許において、三帰を受けたいと望みます」。この時、世尊は、すぐに龍の女に、三帰依を授けられた。(29)

「釈尊の在世には、逆罪を犯した人も、邪見をもった者も道を得た。祖師の門下にあっては、猟師も、木こりも、さとりを開いた。ましてそのほかの人にできないことがあろうか（できないことではない）。ただ正師の教え導きをたずね求めるべきである。」(30)「雪山は雪山であることのために大悟することがあり、木石は木石の形をかりて大悟する。」(31)

「(龍と作るには禹門（龍門）をこえなければならないと言われるが、仏祖の坐禅においては）龍と作るのに禹門の内も外も関係ない。今の（この坐禅の中で行われる）一知（全体ただ一つの知）をわずかに使用することは、尽界・全山河を拈って来て、力を尽くして知のはたらきが行なわれているのである。」(32) 『正法眼蔵』の中で、「龍」という言葉、「ヒマラヤ（雪山)」という言葉が現われている。マシーセンは『正法眼蔵』の英訳を読んでいるので、「龍」とか「ヒマラヤ」といった言葉を意識していったものと思われる。マシーセンの著書『九頭龍川』の題名の中の「龍」は『正法眼蔵』に登場する「龍の女性」や「龍門」にも刺激されたのではないだろうか。

　11月4日の『九頭龍川』では『雪豹』の最初の段落のみが掲載されている。他の段落は全て削除されている。掲載された最初の段落においてもさらに次の文章が省略されている。即ち：「観音様、言いかえればアバロキタを称える観音経や大乗仏教の基盤である摩訶般若波羅密多経の「核心」般若心経を含む。」(33) この段落の最後部も省略されている。即ち：「嘴［口ばし］は短くとがり、頭は淡いグレーである。赤褐色の胸部と白い腹部を持っている。それはムネアカイワヒバリ（プルネラ）である。」(34) 従って『九頭龍川』の11月4日の日記は非常に短いものになっている。結局ピーター・マシーセンの言いたいことは次のことである。

　　毎夜寝袋で12時間過ごしたが寒気に苦しめられた。しかし禅の修行に心が傾いていることが分かった。毎朝日の出前にダウン・パーカを寝袋に入れて暖かくした。それから坐禅を行い、45分くらいお経を唱えた。(35)

『九頭龍川』の11月9日の終わりの部分は次のようになっている。

　　雪の山頂から太陽光線がきらめく。黒色のベニハシ烏の群れが空を軽快に

飛んでいく。

明暗が小道に十分に浸透する。この今の充満する存在の中で。(36)

　この文章で注目されるのが "this moment"（この今）である。『九頭龍川』では "this moment"（この今）と表現されているが『雪豹』ではそこが "the Present"（現在）と表現されている。マシーセンは "the Present" から "this moment" に表現を変えている。「この今」を表すためにマシーセンは "the Present" より "this moment" のほうがふさわしいと考えたと思われる。そういう言葉の配慮はほかにも見られる。

　10月9日の『雪豹』では "by Eskimo shamans"（エスキモー人のシャーマン）となっている。しかし『九頭龍川』では "by Inuit shamans"（イヌイトのシャーマン）と表現が変更されている。スチュアート・ヘンリ氏は次のように述べている。

　　「イヌイト（Inuit：イヌイットとも表記する）とは、従来エスキモーと呼ばれてきた極北地帯の先住民のなかで、北アラスカからグリーンランドにかけて分布する複数の地域集団の呼称である。南西アラスカからセント・ローレンス島とロシアのチュコト（チュクチ）半島にかけて分布する「エスキモー」のユッピク（Yup'ik）とその地域集団ユイト（Yuit）は、イヌイトと異なる言語（「方言」）を話し、イヌイトに含まれることをいさぎよしとしない［詳しくはスチュアート 1993a, 1995a, 2000］。しかし近年、イヌイトは極北地帯先住民の総称として使われる傾向にあるので、ユッピクに限る話題以外は、ここではイヌイトとする。(37)

　エスキモーの別名がイヌイトとは限らないようである。マシーセンは極北地帯の先住民に敬意を表してイヌイトに変えたであろう。10月14日でも『九頭龍川』は "the Eskimo" から "the Inuit" に変えている。

　10月9日はアインシュタインのことについても述べられている。『九

頭竜川』では次の通りである。

> アインシュタインは自分の考え方に重要であったのは直観であると言明した。彼の相対性の理論と仏教の時空同一性の概念とはよく似ている。仏教のその考え方はヒンズー教の宇宙論と同じくヴェーダの古代の教えから由来している。[(38)]

『九頭龍川』では "the ancient teaching of the Vedas" というように "teaching" が単数形である。ところが『雪豹』ではそこが "the ancient teachings of the Vedas" というように複数形の "teachings" になっている。ピーター・マシーセンは複数形 "teachings" を単数形 "teaching" に変更している。

10月14日の『九頭龍川』では次のようになっている。

> 体と心が一体になる時、知性、感情、感覚がすっかり洗い落とされた全存在は次のことを体験する。即ち、個々の存在、うぬぼれ、物質と現象の「実体」はつかの間の幻想的な分子配列にすぎないことを。[(39)]

ここでは "experiences"（体験する）が坐禅の深みを表している。『雪豹』では "may be" が使用されることによって心のゆれが見られる。

10月14日の『九頭龍川』では釈迦牟尼仏が "Shakyamuni" と表記されているが『雪豹』では "Sakyamuni" となっていた。表記が "Sakyamuni" から "Shakyamuni" に直されている。11月15日の『九頭龍川』に段落を変えて次の文章がある。"Yet in other days, such union was attainable through simple awe." [(40)]（当時はあい変らずそのような結合は単純な畏怖によって成し遂げられていた。）『雪豹』では "Yet" ではなく "But" が用いられている。段落変えはなされていない。この文章の前の段落ところでマシーセンは語っている。

　　見晴らしの良い所に坐禅の場所を見つける。風がなく、雪が溶けた山の背
　のくぼ地。私の頭は冷たい山の空気ですっきりする。気が楽になった。
　風、風に吹かれる草、太陽：カサカサになる草、山の空を南へ向かう鳥た
　ちの鳴き声は岩と同じく飛びすぎて行かない。それに他ならない。全て同
　じことである。山は静寂に落ち着き、私の体は太陽の光に溶けるように
　消えてしまう。涙がこぼれる。思わず知らず。どうしてそうなるのか分か
　らない。今まで山をそれとは違って理解していた。固守する何かを山々に
　見ていた。(41)

　マシーセンは山で坐禅をした時、それまでの山に対する見方が変化し
たことを語っている。
　マシーセンは少し後の所で次のように語る。

　　危険な状態と同じように、はめをはずした性欲で、私たちは一時的ではあ
　るが、生き生きとした今に駆り立てられる。それは私たちの生命から離れ
　ているものではない。そこでは私たちは生命「であり」、私たちの存在が
　私たちを満足させる。他者との歓喜の中で、孤独は永遠の中に散ってい
　く。(42)

　そしてこの後に先ほど述べた "Yet in other days, such union was
attainable through simple awe."（当時はあい変らずそのような結合は単純
な畏怖によって成し遂げられていた。） が続いている。"Yet" で始まる
行変えされたこの文章は当時の心境の重要性を強調している。
　同じく11月15日の『雪豹』の5番目の段落が『九頭龍川』では最初
の段落になっている。ただし［　　　］の部分は『雪豹』では書かれて
いたが、『九頭龍川』では削除されている。

　　［別世界の使者のように、テュクテンとギャルツェンは満月の日に到着し

た。］［今は］　月が欠け始め、シェイでの素晴らしい月の様な澄んだ生活があっという間に僅かとなった。［二人が到着してから刺激的な日々が生じているが、しかし］　ある種の力がだんだん弱まっていき、呪文が解けていく。［そして］　何とかしてここに居残りたいと思うが、私［もまた］は出発の準備をする。［私のリュックサックの開けていない手紙に悩まされる］　私の一部は子供たちに会いたい、酒を飲みたい、愛を交わしたい、風呂に入りたい、心地いいベッドで寝たいと思いこがれている。この部分はすでに山々を越えて、南に向かっている。(43)

そしてマシーセンはこの事が彼を悲しませると述べている。

11月11日の『雪豹』では9行番目の段落と10番目の段落が別々の段落になっているが、『九頭龍川』では一つの段落になっている。『雪豹』の10番目の段落の最初の文章 "Having got here at last, I do not wish to leave the Crystal Mountain."(44)（遂にクリスタル・マウンテンに到着したので、そこを離れたくない。）　は『九頭龍川』では前の段落の中に入っている。

　　私たちは9月の終わりから最新のニュースを聞いていない。12月まで何も耳にしないと思う。少しずつ私の考え方がはっきりしてきた。風と太陽が私の頭を通り抜けていく。鐘の音のごとく。ここでは私たちは少ししか話さないが、寂しくはない。本来の自分自身に戻る。遂にクリスタル・マウンテンに到着したので、そこを離れたくない。(45)

このクリスタル・マウンテンはチベット仏教の聖地である。『九頭龍川』では「本来の自分自身に戻る」という前の段落と次の段落「遂にクリスタル・マウンテンに到着したので、そこを離れたくない」という次の段落が一つの段落として続くことによって、「本来の自分自身に戻る」という精神的な表現と「遂にクリスタル・マウンテンに到着したので」

という仏教聖地への物理的到着とが一つになった様子を醸し出している。これは『雪豹』の段落分けとは大きく異なるところである。

11月10日の『雪豹』では "our common skin; eternity is not remote," (私たちの共通の皮膚そして不滅は遠く離れたものではない)[46] のように "skin" と "eternity" との間にセミコロン（；）が使われているが、『九頭龍川』ではその間がピリオド（.）になって二つの文章に分かれている。『九頭龍川』では次のようになっている。

> 愚かさは繰り返すことを止めて去っていった。トカゲは依然としてそこにいる。私たちと共通の皮膚に暖かさをもたらす日光を浴びているトカゲは岩で横腹を鼓動させている。不滅は遠く離れたものではない。不滅は私たちのすぐ傍にある。[47]

文章を独立させることによって「不滅」という言葉がすぐそばにあることが浮き彫りになっている。また "common"（共通の）という表現によってトカゲと人間とが一つながりになっていることを表している。

『九頭龍川』は20の章から成っている。その全ての章の最初に道元禅師の言葉が引用されている。第6章は23行にわたる引用で最も長い。平均すると12.7行である。その中で『雪豹』を圧縮したと思われる "Nepal: Himalayan Journals 1973" は第7章と第8章の二つの章から構成されている。さきほど紹介した "Arousing the Supreme Mind"（「発無上心」）は第8章の最初に掲げられている。第7章も第8章と同じく『正法眼蔵』から引用されている。マシーセンは中川宗淵老師、道元禅師たちの教えの道に進み、それが『雪豹』になり、そしてさらに一層マシーセンの境涯が高まって『九頭龍川』という作品となっていったことが二つの作品の比較によって確認できたことである。

注

（1） Peter Matthiessen, *The Snow Leopard*（The Viking Press, 1978）, p. 92.　因みに
　　ピーター・グウィン氏は「峡谷の村で出会ったユキヒョウ」と題するレポ
　　ートでユキヒョウに出会った様子を詳しく報告している。そのきっかけ
　　は、彼が学生時代に読んだピーター・マシーセン著『雪豹』によるとい
　　う。（文＝ピーター・グウィン　写真＝プラセンジート・ヤダブ、フレデリ
　　ック・ラリー、サンデシュ・カデゥール『ナショナル　ジオグラフィック
　　日本版』2020 年 7 月号：90-107.

（2） 山本紀夫・稲村哲也編著『ヒマラヤの環境誌　山岳地域の自然とシェルパ
　　の世界』（八坂書房、2000）、315-316 頁。因みに根深誠著『シェルパ　ヒ
　　マラヤの永光と死』中央公論新社、2002）の中の「解説」で鹿野勝彦氏は
　　「本書は 1990 年代前半までに、根深氏が主にダージリン、ネパール、チベ
　　ットなどで直接、シェルパたちから聞き取った証言を中心に構成されてい
　　る」と述べている（319 頁）。根深氏はこの著書で「山でたくさんのシェル
　　パが死にましたが、それはもう心配してもしようもないことです。なにも
　　かも、もはや取り返しのつかないことなのです」（164 頁）とシェルパの言
　　葉を紹介している。重い証言である。また「山をやめてからどうでした
　　か。その印象を聞かせてください」と根深氏が質問すると「わたしは山の
　　仕事をやめたあと、自分の畑の仕事をはじめました。ジャガ芋、ダイコ
　　ン、キャベツ、グリーンピースなどを栽培しました。山の仕事をやめてよ
　　かったと思っています。なぜなら、山の仕事は危険で、ときにはたいへん
　　な苦労もあるし、食べものがなくて困ったこともありました。この仕事
　　は、たぶん教育を受けていない人のためのものだと思います。いままで、
　　ずっとお金のために山の仕事をやってきたのです」（165 頁）とシェルパが
　　答えている。貴重な記録である。

（3） William Dowie, *Peter Matthiessen*（Twayne Publishers, 1991）, p. 8.

（4） 前川玲子（まえかわ　れいこ）『アメリカ知識人とラディカル・ビジョンの
　　崩壊』（京都大学学術出版会、2003）、203 頁。

（5） 芹沢高志「訳者あとがき」ピーター・マシーセン『雪豹』芹沢高志訳（早
　　川書房、2006）、449-450 頁。

（6） *The Snow Leopard*, 前掲、p.246.

（7） Peter Matthiessen, *Nine-Headed Dragon River Zen Journals 1969-1985*
　　（Shambhala, 1986）, pp. 101-102. マイケル・エング・ドッブズ先生（Sensei
　　Michel Engu Dobbs）は「あと書き」で Peter Muryo Matthiessen（仏教徒名）
　　が書いた『九頭龍川』について次のように述べている。「ピーター・マシー

センが『九頭龍川』(1986) を出版して 25 年の年月が経つとアメリカの禅は大きく変わってきている。禅を修行する女性が増えてきている。修行している女性たちの多くが修行センターの指導者になっている。在家のままでの修行の傾向が出ており、平等に力点を置いている。そして社会活動にも積極的に参画している。」(Peter Matthiessen / Peter Cunningham, *Are We There Yet? A Zen Journey Through Space And Time*. Introduction by Bernie Glassman (Counterpoint, 2010), p. 155.

(8) 同上、p. 101.

(9) 同上引用文中。

(10) 同上、p. 102.

(11) *Endless Vow The Zen Path of Soen Nakagawa*, presented with an introduction by Eido Tai Shimano, compiled and translated by Kazuaki Tanahashi and Roko Sherry Chayat (Shambhala, 1996), p. 51.

(12) 同上引用文中。

(13) *Nine-Headed Dragon River*, 前掲、p.84.

(14) 同上、pp. 84-85.

(15) 同上、p. 85.

(16) *The Snow Leopard*, 前掲、p. 130.

(17) 同上、p. 173.

(18) *Nine-Headed Dragon River*, 前掲、p. 88.

(19) 同上、p. 87.『九頭龍川』の 9 月 28 日でも "Wildflowers"(p. 73) と 1 語で表現されている。それに対して『雪豹』の 9 月 28 日では "Wild flowers"(p. 15) と 2 語から成っている。

(20) 山根一文「英語複合語再考─名詞複合語を中心として─」『中村学園大学・中村学園大学短期大学部研究紀要』第 37 号 (2005):53-58 参照。

(21) 同上、54 頁。

(22) Erich Klein『複合詞の音声変化』重見博一・木原研三訳 (研究社、1977)、1 頁。

(23) *Nine-Headed Dragon River*, 前掲、p.105.

(24) 同上、p. 90.

(25) 中村宗一他訳『全訳　正法眼蔵』巻三 (誠信書房、1975)、172-173 頁。

(26) 同上、171 頁。

(27) 同上、178 頁。

(28) 石井修道訳注『正法眼蔵　9　原文対照現代語訳・道元禅師全集⑨』(春秋社、2014)、19-20 頁。

(29) 同上、20–21 頁。

(30) 水野弥穂子訳注『正法眼蔵 1 原文対照現代語訳・道元禅師全集①』（春秋社、2013）、33 頁。

(31) 同上、260 頁。

(32) 水野弥穂子訳注『正法眼蔵 2 原文対照現代語訳・道元禅師全集②』（春秋社、2014）、34 頁。

(33) *The Snow Leopard*, 前掲、p. 202.

(34) 同上引用文中。

(35) *Nine-Headed Dragon River*, 前掲、p.93.

(36) 同上、p. 97.

(37) スチュアート・ヘンリ（Henry Stewart）「極北の民族イヌイトにみる経済開発と文化再生」（Economic Development and Cultural Rejuvenation in Inuit Society）『立教アメリカン・スタディーズ』（*Rikkyo American Studies*）30：21–36（March 2008）、22 頁。

(38) *Nine-Headed Dragon River*, 前掲、pp. 76-77.

(39) 同上、pp.81–82.

(40) 同上、p. 103.

(41) 同上引用文中。

(42) 同上引用文中。

(43) 同上、pp. 102–103.

(44) 同上、p. 100.

(45) 同上引用文中。

(46) *The Snow Leopard*, 前掲、p. 227.

(47) *Nine-Headed Dragon River*, 前掲、p.98

10 章

ルース・オゼキの
『あるときの物語』について

この作品を早川書房から上下2巻本で日本語に翻訳出版した田中　文
（たなか　ふみ）氏は「訳者あとがき」で次のように述べている。

> ルース・オゼキ（Ruth Ozeki）は1956年、（アメリカ）コネチカット州ニ
> ューヘイブンでアメリカ人の父と日本人の母のもとに生まれた。スミス大
> 学で英文学とアジア研究を学び、卒業後は奈良女子大学の大学院で日本の
> 古典を研究するかたわら、京都の飲み屋街でバーのホステスとして働いた
> り、生け花や能楽を習ったり、京都産業大学で英語を教えたりした。その
> 後、ニューヨークでドキュメンタリー映画の製作に携わったのち、1998年
> に『イヤー・オブ・ミート』*My Year of Meats*（佐竹史子訳、アーティスト
> ハウス）で小説家デビューし、2003年には二作目となる *All Over Creation*
> を発表し、環境政治学、科学技術、グローバル・ポップカルチャーなどの
> 問題を独自のハイブリッドな語り口で鋭く、ときにユーモアたっぷりに切
> り取る手腕が世界の批評家から高く評価された。2010年に曹洞宗の禅僧と
> なり、現在はニューヨークとブリティッシュコロンビアを行き来して生活
> している。夫は環境芸術家のオリバー・ケルハンマーである。[1]

ルース・オゼキ（Ruth Ozeki, 1956-）は、英文学、アジア研究にとどま
らず、日本の大学で日本の古典を学び、京都の飲み屋街で働いている。
日本の様々な表情を実地に体験しているところにこの作家の探求心を感
じる。松永京子氏は、ルース・オゼキの第一作目の小説『イヤー・オ

ブ・ミート』（*My Year of Meats*, 1998）と第二作目『オール・オーバー・クリエーション』（*All Over Creation*, 2003）について研究されている。氏は、「『イヤー・オブ・ミート』の畜産のナラティブに構築された巧緻な戦争科学と農業の関係性が、『オール・オーバー・クリエーション』でさらに前景化され、遺伝子組み換え作物に連繋する戦争科学の問題にまで発展している」[(2)] と論じている。また結城正美氏はルース・オゼキの作品について研究発表している。氏は「食をテーマとする Ozeki の次の二つの作品、合成女性ホルモン剤 DES による食肉と環境と人間の身体の汚染を描いた *My Year of Meats*（1998）と、遺伝子組み換えじゃがいもをめぐる農家や環境活動家の物語を描いた *All Over Creation*（2003）に共通する特徴を指摘し、二項対立的な概念世界を揺さぶる Ozeki の文学実践を分析した」[(3)] と述べている。

　仏教僧という視点から書かれたのが、この『あるときの物語』である。この物語の構成が曹洞宗の修行僧が使う応量器に似ている。応量器とは修行僧が食事に用いる器である。一番大きい器に次に小さい器が入るといったように、一番小さい器まで収まる入れ子式になっている。この物語の登場人物の一人、ルースは海岸でフリーザーバッグを見つける。その中に日記らしきもの、手紙などが入っている。その日記の表紙はフランス語であるが、その中に書かれているのは大半が英語で、日本語も混じっている。その日記の書き手はヤスタニ・ナオという日本人である。そして書き手のナオはひいお婆ちゃん、言い換えるとヤスタニ・ジコウ（禅宗のお坊さん）の人生を語り伝えるための日記だと書いている。ルースの中に日記などが収まり、その日記の表紙はフランス語で、その中は英語と日本語で書いたナオという女性が収まり、その中にひいお婆ちゃんが収まっている。応量器のようにきちんと収まっている。

　あるとき（夏休み）、ナオは父親と共にひいお婆ちゃんの住んでいるお寺を拝登（お参りすること）する。夜、ひいお婆ちゃんはお風呂に入る時、お祈りをした。[(4)] お風呂も修行道場の一つである。この英語に

相当する言葉を禅の修行道場では次のように唱える。

沐浴偈

沐浴身体　当願衆生　身心無垢　内外光潔[5]

お風呂に入る時はあらゆる存在と共に願いましょう

身も心も洗い流して、光り輝くように。

　道元禅師は身も心も洗うのは仏陀の教えに基づくものであり、全てが清らかに輝くと説いている。仏陀はまずお袈裟を洗いそして体と心を洗い菩提樹のもとで坐禅をして成道したと言われている。だから沐浴は仏陀の作法であり、私たちの作法でもある。そして道元禅師は次のように述べている。

　　心の働きもまた思考し、解釈して自分で善し悪しときめられない。思考・概念に染まる以前の静寂な心は人間の汚染した観念で捉えられない。体も心も計れないから、沐浴という慮り・働きも同様に分別出来ない。この無限の大きさを取り上げて悟りを行動に実証するそれが、仏陀と祖師が大切にしてきたことである。自我の計らいを先にせず、その計らいを実体とこだわるべきではない。そのようなわけであるから、このように沐浴し、洗濯して自我を超えた身心の無限性を徹底して清らかにしていく。たとい地・水・火・風の四大の条件が合成した肉体とはいえ、たとい色…体と、受・想・行・識の意識活動の合成縁起した命であっても、たとい趙州が言ったように縁起・無常な命の事実こそ確かだとしても、沐浴すれば、身も心も自我のこだわる心はさわやかになってくる。[6]

　ナオはこの偈を少し大げさだなと思ったけれど、しかし銭湯で体を洗っていたバーのホステスたちもお風呂から上がり、とても清潔できれいになっているようであったことを思い出している。[7] ナオは日本のお

風呂の入り方を説明している。日本ではその浴槽のお湯を皆が使用するので、その浴槽に入る前に体をよく洗って、汗やほこりなどを落とすのが作法である。西洋では一人が入るたびに浴槽のお湯を捨てて、新しいお湯を入れ替える。これではお湯がたくさん必要になってしまう。日本ではお湯を節約して大切に使うというのがお風呂の原点である。

ナオはこのお寺では沐浴の時だけでなく、顔を洗う時も歯を磨く時もお便所に行く時も私たちとは異なる所作があると語る。(8) ここで使用されている "crazy" は必ずしも悪い意味ではなくて「熱心な」とか「真面目な」という肯定的な表現である。だから "these crazy routines" は「顔を洗う時も、歯を磨く時も、お便所に行く時も真面目な日課」と理解することができる。

道元禅師は洗面について次のように述べている。

> 洗面は西のインドから伝わり東のチーナ（秦）国に広がった。諸学派の律の記録にははっきりしているが、やはり仏方や禅の祖師方が伝えたのが純粋な跡継ぎのありかたである。（中略）ただ垢と脂を取り除くだけでなく仏と祖師の清浄な命と心を伝えるものである。顔を洗わないで礼を受け相手に礼をするのは、どちらも罪になる。自ら礼をし、相手に礼をし、礼をする者と礼をされる者と本性は共に空であり、煩悩以前の静寂である。本性において自・他のみならず浄・穢を越えている。だから必ず洗面するのである。(9)

洗面の偈（言葉）は次通りである。

手執楊枝　当願衆生　心得正法　自然清浄
（楊枝をとるとき）(10)

楊枝とは現代でいえば歯ブラシに相当する。上の言葉は「歯ブラシを

取る時はあらゆる存在と共に願いましょう　心に正法を得て　自ずと清浄になるように」と解される。次の偈は続く。

　　　　　　しんしゃくようじ　とうがんしゅじょう　とくちょうぶくげ　ぜいしょぼんのう
　　　　　　晨　嚼　楊枝　当願衆生　得　調　伏牙　嚙諸煩悩
　　　　　　（楊枝を使うとき）(11)

　上の言葉は「歯ブラシを使う時はあらゆる存在と共に願いましょう丈夫な歯を得て　あらゆる煩悩をこそぎ落しますように」と解される。さらに偈は続く。

　　　　　　そうそうくし　とうがんしゅじょう　こうじょうほうもん　くぎょうげだつ
　　　　　　澡漱口歯　当願衆生　向浄法門　究竟解脱
　　　　　　（口をすすぐとき）

　この言葉は「口をすすぐ時はあらゆる存在と共に願いましょう　汚れを取り、仏の教えに進み　この上ない悟りをえますように」となる。『僧堂の行持』では「口歯をすすぐに当に願わくは衆生　浄法門に向って解脱を究めおわらん」と訳されている。(12) 最後に次の偈を唱える。

　　　　　　いすいせんめん　とうがんしゅじょう　とくじょうほうもん　ようむくぜん
　　　　　　以水洗面　当願衆生　得　浄法門　永無垢染
　　　　　　（顔を洗うとき）(13)

　「お水で顔を洗う時はあらゆる存在と共に願いましょう　大切な浄水を得たことを感謝して　長くお水を汚さないようにしましょう」と意訳した。
　ナオはお便所に行った時の言葉を書いている(14)。ナオは最初この言葉を嫌っていたが、徐々になじんできて、ある日トイレを使用した後"Thanks, toilet"（ありがとうね、トイレさん）(15) と言うようになった。ナオが書いた言葉に相当する日本語の洗浄の偈は次の通りである。

左右便利 当願衆生 蠲除穢汚 無淫怒癡
（さゆうべんり とうがんしゅじょう けんじょえお むいんぬち）

（大小便所に入るとき）⁽¹⁶⁾

この偈は『華厳経』浄行品によるという。⁽¹⁷⁾

「大小便の時あらゆる存在と共に願いましょう　体の毒素を取り除き
むさぼり・怒り・愚かさの三毒もなくすように」さらに偈は続く。

已而就水 当願衆生 向無上道 得出世法
（いにじゅすい とうがんしゅじょう こうむじょうどう とくしゅつせほう）

（お水を使う前）⁽¹⁸⁾

「お水を使用する前にあらゆる存在と共に願いましょう　仏の教えに
心を向けて　仏道のダルマを具えるように」　そしてお水を使う時の偈
が続く。

以水滌穢 当願衆生 具足浄忍 畢竟無垢
（いすいてきえ とうがんしゅじょう ぐそくじょうにん ひっきょうむく）

（お水を使うとき）⁽¹⁹⁾

「お水を使用し、手を洗う時にあらゆる存在と共に願いましょう　寛
容でどこまでも裏表がない人でありますように」

　以上の作法は確かに修行道場ではふさわしい。けれどひいお婆ちゃ
ん、ジコウ禅僧もわかってくれたけど、**中学校のトイレでこんな作法を
したらいじめられてしまうからやめたほうがいいとナオは思った。**ジコ
ウ禅僧も「**まあ時々感謝する気持ちを持つだけで良いよ。心持が大切な
要素だから。もったいぶることは要らない**」と同意してくれた。」⁽²⁰⁾
（下線部と太字は筆者　以下同じ）

　ブッダの十大弟子の一人、サーリプッタ（舎利子又は舎利弗）は「大
小便を洗う作法によってバラモンを教化した。浄潔を求めるバラモンが

浄潔の法を行う修行者を探したが満足出来なかった。<u>ある時</u>、サーリプッタの洗浄の作法を観たバラモンは感動して比丘（仏教僧）になった。」(21) ここで下線を引いた**ある時は**この作品の題名『あるときの物語』のある時を示している。さきほど述べた歯を磨く時、お便所に行く時、手を洗う時、等全てある時である。あるとき、あるときに真摯に取り組む。それがある時であろう。片山一良氏はサーリプッタについて次のように書いている。

> 尊者ラーダは王舎城のバラモンであったが、年老いて子供たちに軽視され、出家しようとした。最初は許されなかったが、やがてサーリプッタ長老のもとで認められ、まもなく阿羅漢果を得た。彼は常に謙虚であり、従順であり、仏に称賛されたという。(22)

　サーリプッタのある時、ある時の立ち居振る舞い、法にかなった所作、相手を思う心によってバラモンがサーリプッタに帰依して仏道修行に励み、阿羅漢果を得たという。サーリプッタは大小便を洗う作法に止まることなく、人の心の作法を心得ていた僧侶であったから多くの人々から信頼を得たのであろう。
　ナオはひいお婆ちゃんと一緒に足洗い場に行って、偈を次のように唱えている。

> 私が足を洗う時
> あらゆる存在が
> 無事に修行をするために
> 優れた足の力を得られますように(23)

　坐禅堂では坐禅の間、規則正しい歩みでゆっくりと歩くことを経行（きんひん）、という。「経行が終わってさらに端正に坐禅しようとするならかならず

足を洗うという。足が汚れて不浄に触れるわけではないが、仏陀や祖師の作法はそのようになっている。」(24)

アメリカの動物行動学者のテンプル・グランディン氏は「文明社会なら、どこでも礼儀作法があります。たとえば、「どうぞ」とか「ありがとう」と声をかけ合います。このようなルールが大切なのは、ほんとうに悪い行為に至りかねない怒りをふせぐためです」(25)　と述べている。なぜ礼儀が必要であるかという理由をグランディン氏は的確に説明している。礼儀作法によってお互いの心が安らぎ、優しい気持ちにつながっていく。

ナオはひいお婆ちゃん、ジコウ（禅尼僧）ともう一人の尼僧、ムジとお寺の台所で大根の漬物作りの手伝いをした。ひと段落した後、ジコウ尼僧はナオと足を洗った。その時の偈が上の言葉である。そしてジコウ尼僧はナオを本堂に連れて行った。二人はお線香をつけ、焼香してから坐禅に入っている。ナオは坐禅について思いをめぐらした。(26)

> 坐禅は家よりいい。坐禅は絶対に失うことのない家で、そういう気持ちが好きなのと、ジコウおばあちゃんを信用しているから、わたしはずっと続けている。それに、ジコウを見習って、ちょっとだけ希望を持って世界を見たって害にはならないかなと思って。(27)

お風呂でナオはジコウお婆ちゃんに体の傷をみられてしまった。ナオはジコウお婆ちゃんにアメリカから日本の学校に転校した時、いじめられたことを話した。クラスメートはナオが死んだことにしてお葬式ごっこをした。その時、クラスメートが般若心経を唱えていたことなどを話した。ナオが話し終わると、ジコウ尼僧は優しく語りかけている。(28)

> 「心配いらないよ、なっちゃん。おまえは死んでない。おまえの葬式は本物じゃないもの」わたしは、は？そんなのもう知ってるけどって思った。

「その人たちはまちがったお経を唱えていたんだよ」とジコウは説明した。「お葬式で般若心経は唱えない。大悲心陀羅尼を唱えなくちゃならないの」それ聞いてすごくほっとしたよって言おうとしたんだけど、その前にジコウはこう言った。「なっちゃん、お前は本物の力をつけた方がいいね。スーパーパワーを身につけたほうがいい」(29)

　ジコウ尼僧の語った『大悲心陀羅尼』について大野栄人氏は次のように述べている。

　　千手千眼観世音菩薩は、仏世尊に次のように言われました。「仏世尊よ、もし諸の人天がこの大悲心呪を誦持するならば、命の終る時、十方の諸仏が必ず来ってお手を授け、その人の欲む仏土に導かれるであろう。仏世尊よ、諸の衆生が有って、この大悲心呪を誦持するにもかかわらず、三悪道（地獄・餓鬼・畜生道をいう）に堕ちるようなことがあれば、私（千手千眼観世音菩薩）は誓って自分だけの正覚をとりません。（中略）このように、大悲心呪には、人智では推し量ることのできない甚深微妙で不可思議な力を具足えています。(30)

　私たちの命が終わる時、大悲心陀羅尼を唱えると十方の諸仏が来て、仏土に導いて下さるという。しかし大野栄人氏はさらにこう述べている。「いくら手や眼をさし向けてもらっても、千手千眼観世音菩薩の所在を知らなければ、どうすることもできません。所在を知るためには、私以外のすべての人々、それに山や河や樹木や大地、太陽や月、空気や水などの自分を生かし続けてくれるものに対して、手を合わせて祈ることです。いくら求めても、祈る心なしに千手千眼観世音菩薩の所在を知ることはできません。祈るための呪文が『大悲心陀羅尼』なのです。」(31)　だからお葬式ではジコウ尼僧がなっちゃんに語ったように「大悲心陀羅尼」は大切な呪文であることが分る。ジコウ尼僧はナオ（なっ

ちゃん）に「本物の力、スーパーパワー」を身につけることを薦めている。この本物の力について石田稔一氏はこのように述べている。

> 私たちは社会生活をしている関係上、実に多くの頼りとするものを求めて生きています。親・妻・夫・親類・友人・知人・財産・健康など、よるべとするものは数多くあります。しかし、そのような一切のよるべを失ったとしても、最後に残るべきは、自己というよるべです。現代はあまりにも多くの人のぬくもりの中によるべを求めすぎていて、一人で孤独のうちに歩み続ける厳しさを忘れているようです。釈尊が、「おのれこそ、おのれのよるべ」と言っておられるこの自分とは、主体性を持った一箇の人格としての自己、義務や責任を負い、道徳的、社会的行為を実践して行く自己であり、平たく言えば、人間として正しく生きていく自分のことです。釈尊は、利己主義的で自分や自分のものに執着する自己を苦悩の原因として戒められる反面、人間として正しく生きる自己については、おのれのよるべとしなくてはならないと言っておられるのです。(32)

　石田氏の言う「人間として正しく生きていく自分」がジコウ尼僧の述べる「本物の力、スーパーパワー」であろう。さきほどナオは「坐禅は絶対失うことのない家」と語っている。ナオにとっては坐禅はすばらしいよるべになっている。それは言いかえれば人間として正しく生きる自己をよるべとすることに他ならない。しかしナオはさりげない親切心が心を温かくすることも語っている。(33)

> 病気のお年寄りの家をたくさん訪ねられたし、訪ねていったときにはわたしはときどき、庭の雑草抜きもした。(34)

　ここもある時の話である。ある時、ナオは人生で長い経験をした人々に会い、その人たちから不思議なパワーをもらったのではなかろうか。

そのパワーはジコウ尼僧の言っている本当の力であろう。それは石田氏の語っている正しく生きる自己のことであると思われる。その訪ねて行った先で草取りをするという貴重な体験を積むことができたのはスーパーパワーであろう。前のところで述べたブッダの十大弟子の一人、サーリプッタ（舎利子）はある時、祇園精舎の建立に尽力したスダッタ（給孤独）長者が重い病気になったとき見舞いに行った。食欲がなく、苦しい毎日ですという長者の言葉を聞いてサーリプッタは「長者よ、怖れることはない。あなたは人々のために善行を施し、人を幸せにする知恵を施し、また人を貶めることのない言葉に基づいて生活している。これらはみな、あなたの苦しみを無くし、元気を与える」と語った。長者はこの教えを聞いて、病気を回復したという。(35) 吉川武彦氏は専門家の立場から次のように述べている。

> 私は医学を学び、精神医学を出発点にして精神科医療に携わり、実地医療とは対極の保健福祉行政に研究面や実際面で深く関わってきましたが、健康と病気、病気と障害の間に"深くて暗い川"があるのではなく、また、健康と病気などの境目を人がつくっているとばかりはいえないのではないかと思っています。それはつまり、「健康のなかに病気が潜む」という考えをもつようになったということです。言い換えれば、"病気は健康の一形態"ということになりましょう。(36)

　吉川氏は非常に私たち励ましてくれる言葉を述べている。さらに次のように書いている。長くなりますが引用させていただく。

> 登校拒否・不登校・いじめ・自殺・盗み・性非行など、いま、子どもに関わる事件が頻発していますが、この問題を解くために、かつて私は"幼熟"といった、脆弱なこころの持ち主が増えていることを指摘しました。その意味では、"こころの子育て"こそ、いま、最もホットな精神保健福

社の問題なのです。精神衛生とか精神保健といわれてきたこれまでのメンタルヘルスは、精神障害者を病院や地域で支えるサポーティブ・メンタルヘルスではありましたが、これがサポーティブ・メンタルヘルスのすべてではありません。なぜなら、精神障害者だけがサポートを求めているわけではないからです。サポーティブ・メンタルヘルスを求めている人は子どもから老人までたくさんいます。そのことへの気づきが、登校拒否・不登校の子に対するフリースクールを生み出したのです。いじめを理由にして、転校も可能になりました。ボケ症状を示す人にもデイサービスが行われるようになりました。このリストラの時代、どのような人生選択をすればいいか悩んで孤立している人を、いったい誰が支えているでしょうか。シングルマザーやシングルファーザーが悩んでいるとき、いったい誰がどのように関わりをもっているでしょうか。(37)

　吉川氏の説明からサポーティブ・メンタルヘルスを求めている人は子どもから老人までたくさんいることがわかる。さきほどナオがお年寄りの家を訪問して草取りも行ったとある状況が吉川氏の言葉から頷くことができる。またこの作品『ある時の物語』ではいじめにあったナオ、ナオの父親のリストラ、ノイローゼで苦しんでいるナオの母親のことなどが書かれている。そういった問題に対して、吉川氏の「その目が輝いてこそ、追いつめられた人の現実を直視することができ、追いつめられてこころを病んでしまった人や精神障害に陥ってしまった人を暖かく見ることができるのではないかと思います」(38) という言葉は救われる気がする。吉川氏の述べるように、目が輝いてこそ、今の苦しみをしっかりと捉えて共に生きて行く優しさを見ることの重要性をジコウ尼僧からも教えられる。

　ナオは秋葉原のテレビ画面の前を通りかかった時、テレビでは昆虫の戦いを映し出していた。アナウンサーはクワガタムシとサソリの戦いを大声で叫んでいた。敗者はクワガタです。死にました。サソリの勝

ち。その時の様子をナオは書いている。[39]

> わたしは泣きだした。冗談抜きで。それまでは、どんなこともわたしを泣かせなかった。うちのお金が全部なくなったことも、サニーベールでのすばらしい生活をあとにして日本のしけたアパートに引っ越してきたことも、頭のおかしい母親も、自殺願望のある父親も、親友に捨てられたことも、何か月も、何か月も続いたイジメも。わたしは一度も泣かなかった。それなのになぜか、くだらない虫たちがおたがいを切り刻んでいる光景には耐えられなかった。あまりにひどすぎた。でもひどいのは、虫たちじゃなかった。そういうのが面白いって考えた人間のほうだった。[40]

テンプル・グランディン氏は自身の経験を語っている。「私はよくいじめられました。こどものころは、いじめられると相手に怒りをぶつけていました。」[41] さらに彼女はこう語っている。

> あるとき食堂で盛大ななぐり合いをして、そのあとに乗馬をさせてもらえませんでした。馬に乗りたくてたまらなかった私は、喧嘩をしなくなりました。この・お・し・お・き・は、効果抜群だったのです。それでも、腹の虫はおさまりませんでした。怒りのはけ口を見つけなければなりません——どうしても気持ちを断ち切れなかったのです。それで、いじめられたときには泣くことにしました。最近、学校内乱射事件が多発していますが、少年たちが、怒りではなく、涙で気持ちを表現できるなら、あのような恐ろしい事件はなくなるのでしょうか。このような事件は、いじめが大きな要因になっています。私たちの社会では、男の子に強くなれと教えることが重視されすぎているのではないでしょうか。私は今でも、泣いて怒りを鎮めます。仕事中に怒りを爆発させたら大目に見てもらえないでしょうが、泣きたいときには、人のいないところで泣けばいいからです。[42]

　グランディン氏は泣くことによって怒りを鎮めているという。学校内乱射事件の背後にイジメ問題を見ているのも鋭い指摘である。ナオもクラスでのパンツ事件というイジメを受けて学校を退学したいと思う。ナオは学校を辞めて尼さんになりたいと母親に言ったが反対される。結局、目の前に迫った入試はうけてみることになった。ナオがイジメを受けていた時、心を落ち着ける場所があった。それは近くのお寺の庭の石のベンチに座って時間を過ごすことだった。お坊さんと私は互いにお辞儀をした。お坊さんは何も言わなかった。しかしお互いが礼儀正しいことによってナオは心が落ち着いている。東京からずっと遠いところのお寺の尼僧、ジコウお婆ちゃんが健康状態が良くないという知らせを受けてナオは仙台行きの新幹線に乗った。お寺に着くと、幸いにもお婆ちゃんは生きていた。寝ていたジコウは起きて、「生」という書を書き、しばらくして息を引き取った。

　この作品を翻訳した田中文氏は題名を『ある時の物語』という日本語に置き換えている。これは道元禅師の意を汲んだ表現ではないだろうか。何故ならば成河智明師は道元禅師の『正法眼蔵』「有時」の巻について次のように述べているからである。

　　「有」が存在であるという解釈はできない、というより無理なところがある。何故なら物の存在の次元と時（時間）の次元は全く異なるからである。また「有時」が特別の意味を持っているということは、この巻中には見あたらない。「有時」の巻の「有」が存在であり、「時」が時間であるとするならば、そのことが巻中のどこかに書かれているはずである。道元の著作は懇切丁寧であり、余すところがない。それなのに、有は存在であるとはどこにもない。それであれば「有時」は冒頭の古仏の言葉通り「有る時、或る時」であり、本文中にみられる「有」は「或」またはその文意から「連続する時間の中から取りだされた或る（時）」と考えるのがよいと思われる。[43]

　住職として仏法を受け継ぎ、お寺の行事を日々綿密にされたその体験と真摯に道元禅師の書に親しんだ成河智明師の説明はわかりやすく説いているので納得できる。さらに師は「自分が過去（の時間）を理解するというのは自分に関連ある物事がいつ生じたかを取り出して考えるのであるから、過去にいろいろの物事があると言うのは、結局時間の上に自分自身を並べる（排列する）ということである」[44]と述べる。そして「普通、時間は皆に共通のものとして考えがちであるが、過去の「或る時」にそこで何が起きたか、何があったのかで時間が定まる。とすれば、時間は個々人によってまちまちである」[45]と語る。そして「時を考える場合に、時は過ぎ去るものとすれば、過去に起きた事を現在から見ると、遠く離れてしまっていることになる。しかし、時は別の面がある。その事象の時々に自分が居たのであり、自分がおり時もあるとすれば、有る時はそのまま現在の瞬間（而今）であると（道元は）言うのである。」[46] 成河智明師はさらに次のように説く。

　　一般の人でも、毎日の仕事において、計画を立てている。すなわち、何時になにをするか、誰と会うか予定を立て、それを実行している。その日時を取り去れば、ある時に何かをしたのであり、ある時に誰かにあったのである。しかし、このある時（時間）と言うのは一般の人が定めたものでなく、仏の法（天然の理）が凡夫に関ったというのである。ここで道元は明確に仏法で説く時間のありようを述べる。すなわち、凡夫がある時に釈尊をある時に明王を考えても、このある時が仏法とは考えないので、その人のものとはならないと言いきるのである。この世界で使われている時間は、午、未（正午、午後二時）というように並んでいるが、これは仏法によるのであるから、子（午前零時）もある時付けられた名であり、丑（午前二時）も時の名、生も死も時の名というだけである。こうして考えれば、全宇宙をある時という考えで明らかにできるという。ここで道元が明確にしているのは、時に特別の時は無く全て有時（ある時）として排列さ

れるに過ぎない、つまり時間の次元だけということから、この世（尽界）を平等に見ることが出来ると説いているのである。(47)

　生も死も時の名という。そうすると、『ある時の物語』で「ジコウ尼僧が亡くなる時に「生」という書をしたためた。これは生と死がひとつであるとジコウが理解したことを示しており、したがってジコウは完全なる悟りを得たものと理解される。」(48) これを仏法の観点からすれば、ジコウはある時亡くなったが、私たちが今考える時、ジコウは今私たちの前で発心し、修行し、成道し、涅槃に入っているのである。

注

（1）田中　文「訳者あとがき」ルース・オゼキ『あるときの物語』〔下〕（早川書房、2014）、田中文訳、317 頁。
（2）松永京子「カルチャーとビジネスの狭間で—デイヴィッド・マス・マスモトとルース・L・オゼキの作品を中心にして」『アメリカ研究』（The American Review）2007（41）：113−131、117 頁。
（3）結城正美「Ruth Ozeki のハイブリッドな食風景」『中部アメリカ文学』第 18 号（2015）、33 頁。
（4）Ruth Ozeki, *A Tale for the Time Being*（Edinburgh: Canongate Books Ltd, 2013）, p. 164.
（5）『勤行聖典』（曹洞宗大樹寺専門僧堂［当時］鳥取県八頭郡八頭町福地、1969）、88 頁。伊藤古鑑老師によると「真言宗における諸尊の念誦次第を読んでみると入道場観は極めて微細に説いてある。『法華経』「安楽行品」にもある通り、まづ道場に入る前には手を洗い、口を漱ぎ、新浄の法服袈裟を着て、内心一点の妄念を抱いてはならぬのである」（伊藤古鑑『異譯對照　大般若理趣分の研究』（岐阜県山県郡梅原村　普及房、1927）、186 頁。）日本は古来より、手を洗い、口を漱ぐことなどが行われてきていることがこの書物から伺われる。医学的立場から、小田泰子氏は「病原菌やウイルスを伝播し、繁殖させ、発症させる条件というのは人間自身がつくったもの、つまり文明であり、文化であり、社会にほかならない。即ち、社会や文化・文明のあり方が病気のあり方を規定する」と述べている。（小田泰子『種痘法に見る医の倫理』東北大学出版会、1999、10 頁）そうすると、お

　　寺をはじめとして日本の社会で一定の距離を置いてお互いに挨拶したり、
　　合掌するのは単に儀式としてだけでなく、病気なども出来るだけお互いに
　　防ぐ合理的な方法の一つであることが察知される。

（ 6 ）『曹洞宗僧堂清規集成（二）』新井勝龍　大田大穣監修・中野東禅編著（四
　　　季社、2002）、16-17 頁参照。

（ 7 ）Ruth Ozeki, *A Tale for the Time Being*, 前掲、p. 164.

（ 8 ）同上、p. 166-167.

（ 9 ）『曹洞宗僧堂清規集成（二）』前掲、30-31 頁参照。

（10）『勤行聖典』（大樹寺）、前掲、87 頁。

（11）同上引用文中。

（12）『僧堂の行持＝如法の衣食住＝』楢崎通元編集（瑞応寺専門僧堂、愛媛県新
　　　居浜市山根町 8-1。昭和 54（1979））、36 頁。

（13）『勤行聖典』（大樹寺）、前掲、87 頁。

（14）Ruth Ozeki、前掲、p. 167.

（15）同上引用文中。因みに澤岡昭氏は宇宙トイレと高齢者トイレについて興味
　　　深い事を述べておられる。一部抜粋引用させていただく。「宇宙ステーショ
　　　ンにある 2 つのトイレは穴が 10 センチしかありません。その 10 センチの
　　　穴へ便を通さなければなりません。中は少し圧力を低くして空気の流れを
　　　つくっていますが、その流れが上手くつくられないと、重力がないため肛
　　　門から出た便がずっとついている状態になり、ちぎれても壁にべたっとつ
　　　いたりして汚れてしまうそうです。ロシアの宇宙飛行士は汚れたままでも
　　　わりと平気で掃除をしないそうですが、それが日本人宇宙飛行士は気にな
　　　って、若田光一さんはいつもトイレ掃除をしていたそうです。そのせいで
　　　評判がよくなって船長になったという話もあるぐらいなんです。（中略）高
　　　齢者が寝たきりの状態で排便することを考えると、宇宙トイレと高齢者の
　　　トイレは共通の部分があり、私は臭いの問題や、閉鎖空間での排便などの
　　　研究をしたいと思っています。」（『ヘルシーなごや』60　平成 30 年春号、
　　　名古屋市医師会、01-02 頁）澤岡氏の研究が成就されることを願っている。

（16）『勤行聖典』（大樹寺）、前掲、87 頁。

（17）『原文対照現代語訳　道元禅師全集［第六巻］正法眼蔵 6』［訳注］水野弥
　　　穂子（春秋社、2009）、6-7 頁。

（18）『勤行聖典』（大樹寺）、前掲、87 頁。

（19）同上引用文中。

（20）Ruth Ozeki、前掲、p. 167.

（21）『曹洞宗僧堂清規集成（二）』、前掲、122 頁参照。中村晋也氏も「ある時、

バラモンは托鉢から戻って足を洗う舎利子又は舎利弗の姿を見て、歓喜心を発し、さらに舎利弗の説法を聞いて仏に帰依する心を持った」と述べている。（『釈迦と十人の弟子たち』（河出書房新社、2003）、82頁）菅沼晃著『ブッダとその弟子89の物語』（法蔵館、2000）に依ると、「ある時、サーリプッタ（舎利子）はラージャガハの街かどで托鉢している一人の比丘に出あった。このときの模様は『律蔵』「大品」第一大犍度にくわしい。この比丘はアッサジといい、バーラナシーのミガダーヤ（鹿野苑）で最初にブッダの説法を聞いた五人の比丘の一人であった。アッサジの立ち居ふるまいが法にかなっているのを見て、心をうたれたサーリプッタがその師を問うと、ブッダこそ師であるとのこと。「仏陀は何をお説きになるのですか」と重ねて問うと、アッサジは「自分は入門して間もなく、ブッダの教えをくわしく説くことはできないが」と言って説いたのが次の詩句であったという。「如来はもろもろの存在は原因より生じる。如来はその原因をお説きになった。もろもろの存在の止滅をもお説きになった。偉大な沙門はこのようにお説きになった。」この詩句を聞き終わると、ただちに、サーリプッタに清らかな真理を見る眼（法眼）が生じたという。ここで説かれたのは「縁起」の教えであり、これによってサーリプッタは仏弟子となったのである」（76頁）。お釈迦さまから弟子たちに伝えられた仏法の心の所作の大切さが伝わってくる。

(22) 片山一良訳『パーリ仏典 〈第3期〉6 相応部（サンユッタニカーヤ）蘊篇Ⅱ』（大蔵出版、2016）、39頁。

(23) Ruth Ozeki、前掲、p. 177.

(24) 『曹洞宗僧堂清規集成（二）』、前掲、22-23頁参照。

(25) テンプル・グランディン（Temple Grandin）『自閉症感覚　かくれた能力を引き出す方法（*The Way I See It A Personal Look at Autism & Asperger's*）』中尾ゆかり訳（NHK出版、2014）、207-208頁。

(26) Ruth Ozeki、前掲、p. 183.

(27) 田中文訳『あるときの物語［上］』著者　ルース・オゼキ（早川書房、2014）、273-274頁。

(28) Ruth Ozeki、前掲、p. 176.

(29) 田中文訳『あるときの物語［上］』、前掲、264頁。

(30) 大野栄人『和訳大悲心陀羅尼―千手千眼観世音菩薩のお経』（仏典現代語訳研究会、名古屋市中区門前町3番21号、天寧寺内、1984）、16-19頁。

(31) 同上、19-20頁。

(32) 石田稔一『般若心経読解』前掲、62頁。

(33) Ruth Ozeki、前掲、p. 205.

(34) 田中文訳『ある時の物語［上］』、前掲、304 頁。

(35) 山辺習学『仏弟子伝』（法蔵館、1984）、56-57 頁参照。

(36) 吉川武彦『「こころの病い」事始め──精神障害者問題入門』（明石書店、1998）、13 頁。

(37) 同上、14-15 頁。
　　長年にわたってアメリカの作家、Sherwood Anderson を研究している小園敏幸氏は最新の論文の結論の中で次のように述べている。「Sherwood Anderson は 64 年間の生涯に 4 人の女性と結婚し、1 人の女性とプラトニック・ラブを経験した。Anderson は「フロイトを読んでいない」と言い切ったのは真実であった。彼がフロイトを読んでいたら、女性遍歴はなかったであろう」（小園敏幸「Sherwood Anderson に見る Oedipus Complex──創作と実人生と──」『サイコアナリティカル　英文学論叢─英語・英米文学の精神文学的研究─』No. 40：13-38、2020）誠に示唆に富む言葉である。謙虚な態度で名著に親しみ、心を育てていく大切さをこの論文から学ぶことができた。

(38) 同上、15 頁。

(39) Ruth Ozeki、前掲、p. 291.

(40) 田中文訳『あるときの物語［下］』、前掲、117-118 頁。

(41) テンプル・グランディン、前掲、179 頁。

(42) 同上、179-180 頁。

(43) 成河智明『道元を求めて　一　正法眼蔵二十　有時について』（長圓寺、2003）、7 頁。

(44) 同上、18-19 頁。

(45) 同上、22 頁。

(46) 同上、25 頁。

(47) 同上、33-34 頁。

(48) 田中文訳『ある時の物語［下］』、前掲、232 頁。

あとがき

　有縁の方々から貴重な書物・論文・随筆・同人誌・寺報などを恵贈いただいております。それらの論述は私に幅広い観点からの見方を教えてくれます。ありがたいことです。この場を借りてお礼申し上げます。

　拙著において引用させていただいた書籍、論文、書簡などの著者の方々、出版社、研究機関などに対して厚くお礼申し上げます。

　拙著の原稿の元になりました拙稿の発表の機会を与えてくださいました愛知学院大学『教養部紀要』、愛知学院大学『語研紀要』、愛知学院大学禅研究所（同研究所所長、岡島秀隆教授）そして比較思想学会東海地区研究会に感謝します。

　各所の図書館におきまして貴重な図書の閲覧をさせていただいております。お陰で大きな恩恵を受けております。お礼申し上げます。

　今回拙著の出版を快く引き受けてくださいました開文社出版株式会社社長の丸小雅臣氏をはじめ同社の皆様、株式会社啓文堂、創栄図書印刷、イラストレーター：萩原まお氏の皆様の長期間にわたるご尽力に対して心より感謝します。

　また妻満枝の日本画の写真撮影に協力してくださいました株式会社あるむ（名古屋）にお礼申し上げます。

　絵の一つに「烏枢沙摩明王」があります。ご承知のように昔から仏教ではお便所を守る明王として知られています。もう40数年前になりますが、あるお寺の接心会に参加したことがあります。そのお寺のお便所（東司）に烏枢沙摩明王が祀ってあります。烏枢沙摩明王にお拝をして東司を使用しました。ありがたく思い出します。道元禅師は『正法眼蔵』の中で、歯を磨くことや大小便について述べています。ですからお寺ではお便所を掃除することも大切な修行の一つとなっています。確か

に昔から便所は伝染病が広がりやすい場所の一つとして見なされていた
ことも便所を掃除することの大切さに繋がっているでしょう。そうしま
すと伝染病の退散にも繋がっていくように見守っているのがお釈迦様の
化身とされる烏枢沙摩明王ではないでしょうか。

　本書で烏枢沙摩明王に関係しているところは、例えば、3章のところ
で「仏教もお便所を修行の大切な場所と見なしている」という表現がそ
うです。また7章及び10章のところもそうでしょう。もう一つの絵
「ゆらぎ」という題名の絵も掲載しています。この絵は最初からゆらぎ
を意識して描いた海の絵ではありません。本文の1章でフレッチャーの
作品『日本の版画』を取り上げました。その中で「遠くのお寺の晩鐘」
という詩について調べているうちに武者利光氏の著書や論文及びそれに
関する資料などを読むうちに「ゆらぎ」というものに惹かれました。絵
が完成するにつれてその中に「ゆらぎ」を感じるようになりました。そ
れで武者氏をはじめとする方々の研究にあやかって「ゆらぎ」と名付け
た次第です。

初出一覧

1. 「ジョン・グールド・フレッチャー作『日本の版画』抄訳『愛知学院大学語研紀要』第 43 巻第 1 号：161-186（2018）。

2. 「『雨月物語』（上田秋成）と『ナイン・ストーリーズ』（サリンジャー）」比較思想学会東海地区研究会で口頭発表（於愛知学院大学楠元学舎、2019 年 7 月 13 日）。

3. 「あるアメリカの詩人・作家たちのメッセージ——ケルアック、スナイダー、ディキンスン——」『愛知学院大学教養部紀要』第 65 巻第 2 号：1-16（2018）。

4. 「アメリカからのメッセージ——ロアルド・ホフマンとフィリップ・ホエーランの詩」『愛知学院大学教養部紀要』第 66 巻第 2・3 合併号：97-112（2019）。

5. 「フィリップ・ホエーランの詩」『愛知学院大学教養部紀要』第 66 巻第 2・3 合併号：83-96（2019）。

6. 「現代アメリカの文学作品と仏教」愛知学院大学禅研究所講演会（於愛知学院大学日進学舎、2019 年 5 月 29 日）。

7. 「既成価値を問うアメリカの詩人たち——ホエーラン、スナイダー、ギンズバーグ——」『愛知学院大学教養部紀要』第 65 巻第 3 号：15-33（2018）。

8. 「ルシアン・ストライクと池本喬の禅文学の翻訳」未発表原稿。

9. 「ピーター・マシーセンの作品 *The Snow Leopard*（『雪豹』）と *Nine-Headed Dragon River*（『九頭龍川』）の比較研究」『愛知学院大学語研紀要』第 44 巻第 1 号：81-104（2019）。

10. 「ルース・オゼキ（Ruth Ozeki）の *A Tale for the Time Being*（『あるときの物語』）について『愛知学院大学教養部紀要』第 66 巻第 1 号：1-15（2018）。

著者紹介

田中　泰賢（たなか　ひろよし）

昭和 21 年 12 月 21 日　島根県隠岐の島町今津に生まれる。

広島大学大学院文学研究科修士課程修了。
愛知学院大学名誉教授・博士（文学）愛知学院大学。

最近の著書：
『Buddha 英語　文化　田中泰賢選集』全 5 巻、あるむ、2017 年。
『アメリカ現代詩と仏教：スナイダー / ギンズバーグ / スティーヴンズ』22 世紀アート、2019 年、電子書籍。

日本の心に共感したアメリカ文学

（検印廃止）

2021年 5 月 31 日　初版発行

著　　　者	田 中 泰 賢
発 行 者	丸 小 雅 臣
組 版 所	株式会社 啓文堂
カバー・デザイン	萩 原 ま お
印 刷 ・ 製 本	創 栄 図 書 印 刷

〒 162-0065　東京都新宿区住吉町 8-9
発行所　開文社出版株式会社
TEL 03-3358-6288　　FAX 03-3358-6287
www.kaibunsha.co.jp

ISBN978-4-87571-885-7　　C3098